Kari Hotakainen

Aus dem Leben eines unglücklichen Mannes

Roman

Aus dem Finnischen
von Stefan Moster

Piper München Zürich

Die Übersetzung wurde von FILI, Finish Literature
Information Centre, gefördert.

Deutsche Erstausgabe
Februar 2005

Titel der finnischen Originalausgabe:
»Juoksuhaudantie«, Werner Söderström Osakcylitio, Helsinki 2002

Satz: KCS GmbH, Buchholz / Hamburg
Druck und Bindung: Clausen & Bosse, Leck
Printed in Germany ISBN 3-492-27083-2

www.piper.de

Fundament und Entwässerungsgräben

Matti

Ich sitze auf der Gartenschaukel unter den Apfelbäumen und lasse die nackten Füße über das Gras gleiten. Es ist ein Nachmittag im August, ich habe den Ofen eingeschaltet. Bald werden sie aus dem Auto steigen, und wir werden gemeinsam in die Sauna gehen. Zuvor aber werde ich den Menschen verpflegen, der mir alles gegeben hat, was er besitzt.

Dort in der hohen Birke singt ein Vogel. Was für einer? Den ganzen Tag habe ich dem lauten Rufen und dem ungleichmäßigen Rhythmus meines Herzens zugehört, und jetzt erkenne ich nicht, was da mit eigener Stimme Botschaften aussendet. Ein sanfter Wind rauscht in die Birke und nimmt den Vogel mit. Ich blicke in die Höhe, nehme die Füße von der Erde, die Schaukel versetzt mich leicht in Bewegung. Mir wird schwindlig. Die Anstrengung des Tages hat den Sauerstoff in meinem Gehirn aufgezehrt. Selbst als ich die Schaukel anhalte, kommt es mir noch vor, als schlüge die Erde kleine Wellen.

Ich schulde niemandem einen Pfennig, aber manchem eine Erklärung.

Alles begann vor einem Jahr, als ich meine Frau und mein Kind verlor. Ich wußte nicht, wie ich sie zurückbekommen sollte. Sicher war nur, daß es mir mit Worten nicht gelingen würde.

Sie gingen Anfang April fort, in der Dämmerung eines

Freitagabends, mitten im Spiel gegen Schweden. Helminen hielt die Scheibe auf der blauen Linie, drehte sich und wendete sich und paßte zu Karalahti, dessen Schuß wütend gegen den Pfosten pfiff. Ich sprang auf und schrie: »Verdammte Scheiße.« Während des finnischen Überzahlspiels hatte Helena die Kleine angezogen, und nun standen sie bereits in der Diele. Ich konnte nichts mehr tun, als sie die Tür öffnete und mir wünschte, ich möge in der Hölle auf kleiner Flamme schmoren.

Ich rannte ihnen nach. Sirkku hatte vor der Tür geparkt, Helena sprang mit Sini auf dem Arm auf die Rückbank. Ich erwischte den Griff der hinteren Tür, aber nach wenigen Metern mußte ich loslassen. Ich fiel in den Matsch und starrte den roten Rücklichtern nach.

Als ich zurückkehrte, teilte der Reporter mit, in der Drittelpause sähen wir in einer Einspielung den Gruß von General Adolf Ehrnrooth an das Team der Finnischen Löwen. Der General saß in seinem Sessel, zitterte und sprach von der Bedeutung eines unabhängigen Vaterlandes. Er befahl den Jungs, bis zum Schluß aufrecht zu kämpfen. Da ich meinen Eimer in der Küche vergessen hatte, kotzte ich auf den hellen Teppich. Mit zwei Gläsern Wasser spülte ich mir den General aus dem Mund.

Ich rief Sirkkus Handy an, es war nicht eingeschaltet. Ich rief die Festnetznummer an, dort lief der Anrufbeantworter. Ich hinterließ eine Nachricht. Matti hier. Es war keine Absicht. Kommt sofort zurück, Mensch! So geht das doch nicht!

Ich setzte mich neben das Telefon und wartete. Ich war sicher, sie würde gleich anrufen und sagen, in fünfzehn Minuten sei sie mit Sini wieder da.

Nach drei Tagen bekam ich einen Brief, in dem meine Charakterzüge und die juristischen Details des Vorfalls dargelegt wurden. Helena schrieb, sie reiche die Scheidung ein und sei ohne weiteres in der Lage, das halbe Jahr Trennungszeit abzuwarten. Die Trennung war für sie eine ausgemachte Sache und begründet.

Ich ging auf den Balkon und zündete eine Zigarette und den Brief an.

Während der nächsten zwei Tage sammelten sich Trauer und Haß in mir an, mir stockte der Atem, es stach in der Brust, ich bekam seltsame Schwindelanfälle und fuhr immer wieder mitten im Schlaf auf. In den frühen Morgenstunden stand ich auf dem Balkon und blickte auf meine Faust: Wem gehört diese knöcherne Waffe?

Helena goß das gesamte Fundament ihrer Scheidungsabsicht auf einen Schlag.

Auf einen einzigen.

Und was hatte sie zuvor getan? Mir schlimme Sachen an den Kopf geworfen, so schlimm, daß mir schwarz vor Augen wurde, die Umrisse der Küchenschränke ins Schwanken gerieten und ich für einen Moment nichts mehr sah. Helena wandte bei mir einen altbekannten Trick aus der grauen Vorzeit der Menschheit an: Sie schlug mit Worten zu, damit ich fleischlich zuschlug. Und wer ein blaues Auge hat, dem rollen Gerichte und Sozialbehörden sofort den roten Teppich aus.

Vor diesem Faustschlag hatte ich alles getan, was ich konnte. Alles, sage ich. So gut wie nichts, sagt sie.

Ich hatte mich geöffnet, hatte zu ihr gestanden, Verständnis gezeigt und ungünstigen Vereinbarungen zugestimmt. Ich hatte mich sogar bereit erklärt, zu einem dieser Familientherapeuten zu gehen, die sich hierzulande fast genausoschnell vermehrt haben wie die Heilbäder. In der Zeit, in der ich zu Hause herumgelungert und Rockmusik gehört habe, hat man für dieses Land eine Legion von Therapeuten und

Psychologen ausgebildet, die sich um die Krisenherde der Paarbeziehungen kümmern sollen.

Eine Woche lang bereute ich meine Zusage, entwickelte jedoch mit Hilfe von Atemübungen und Sit-ups einen bestimmten Gesichtsausdruck, mit dem ich dann den Raum betrat und auf einem gelben Stuhl Platz nahm.

Leider verlor ich bald die Beherrschung. Der Therapeut war ein flaumbärtiges Schaf, und ich konnte sein sanftes Glotzen nicht ertragen. Er verglich eine lange Beziehung mit einer Wüstenwanderung. Seiner Ansicht nach waren wir ohne Kompaß in eine Sanddüne geraten. Eine Krise sei eine Chance, sagte der Flaumbart und forderte uns auf, uns in den Sand zu werfen, um Atem zu schöpfen. Ich kippte den Instantkaffee auf seine Unterlagen und rief, ich hätte nicht gewußt, daß dies eine Reha für minderbemittelte Paare sei. Der Flaumbart erschrak nicht, sondern wischte alles weg und lobte mich für meine Meinungsäußerung. Wer seine Meinung nicht äußere, der verkümmere. Erst nachdem ich seinen Overheadprojektor umgeworfen hatte, wies er mir die Tür.

Zwei Tage ging ich in der Wohnung auf und ab und bekam den bekannten Energieschub. Ich machte von Grund auf sauber, setzte die Stofftiere aufs Bett und schrubbte die Ecken, so gut ich konnte. Zuerst glaubte ich, Helena wolle mir nur den Kern ihres feurigen Charakters zeigen, aber allmählich blieb mir nichts anderes übrig, als die Trennung für Wirklichkeit zu halten.

Die Tage gingen im Nebel dahin, an Einzelheiten erinnere ich mich nicht. Ich war verlassen worden. Als ich draußen eine Mutter mit ihrem Kind sah, gehörten sie mir. Als im Fernsehen ein Bericht über Probleme in Kindergärten kam, stürzte ich zum Apparat und schaltete ihn aus. Sämtliche braunhaarigen Frauen der Modewerbung waren Helena.

Am schlimmsten waren die Stofftiere. Sie saßen überall, und jedes von ihnen starrte mich an wie einen Mörder. Ich stopfte sie alle in einen großen Karton und schaffte sie in die Kleiderkammer. Der kleine Teller mit dem Bärenmuster stand noch auf der Spüle, ich warf ihn in den Abfall, als ob er giftig wäre.

Eines Tages rief Helena an und erklärte, sie werde ein Annäherungsverbot beantragen. Ich brüllte, auf der Grundlage eines einzigen Schlages sei das vollkommen unmöglich. Sie behauptete, sie werde die Beamten schon überzeugen können. Ich wußte, das würde ihr nicht gelingen, doch allein die Geste tat so weh, daß ich den Hörer aufknallte.

Ich schrieb ihr einen Brief und tat alles, um ihn ruhig und versöhnlich klingen zu lassen. Ich bat darum, Sini so bald wie möglich sehen zu dürfen. Helena willigte ein, hielt jedoch an ihrer Scheidungsabsicht fest.

Sie brachte Sini zum Parkplatz des Supermarkts und ließ die Kleine auf mich zurennen. Ich fing sie auf und gab mir Mühe, mein Schluchzen für mich zu behalten. Sini zwirbelte meine Nackenhaare und wollte wissen, wo ich gewesen sei. Zu Hause. Aber nicht bei uns zu Hause, unser Zuhause ist jetzt bei Mamas Freundin. Bald kommt ihr wieder in euer richtiges Zuhause. Mama sagt, das kommen wir nicht. Mama macht nur Spaß. Nein. Ich will ein Eis. Zu Hause kriegst du eins. Im richtigen? Ja.

Am Montagmorgen brachte ich Sini zurück. Helena hatte als Übergabeort denselben Parkplatz bestimmt. Übergabeort. Wie kann sie so reden? Ich drückte Sini und sagte, das nächste Mal gehen wir zum Tivoli. Zum Holzpferd? Genau. Zu dem, das sich dreht? Ja. Und zur Giraffe. Abgemacht. Mit flatternden blonden Haaren rannte Sini auf Helena zu, sie nahm das Mädchen auf den Arm und verschwand in dem Menschenmeer.

An den folgenden Tagen dehnte ich meine Joggingrunden so weit aus, daß ich nicht mehr mit meiner Muskelkraft lief, sondern nur noch mit dem Atem. Anschließend stand ich unter der Dusche und wußte nicht mehr, wo ich gewesen war. Meine Beine hatten eine lange Strecke bewältigt und mich unterdessen in der Wohnung zurückgelassen.

Eines Sonntagnachmittags verirrte ich mich gegen Ende eines Laufs in eine Gegend außerhalb meines Reviers und stand mitten in einer Siedlung mit Einfamilienhäusern, an der Kreuzung zweier kleiner Straßen. Ich stützte mich auf die Knie und ließ den Schweiß fließen.

Als sich mein Atem beruhigt hatte, blickte ich mich um.

Zuerst sah ich überall nur Grün.

Weißdornhecken, Apfelbäume, Fliederbüsche, Birken, Kiefern, Espen, Grünflächen. Hinter dem Grün blitzten Häuserwände auf, Giebel, Veranden, Türen, Fenster, Dächer. Ich kniff die Augen zusammen, die Sonne stand mitten am Himmel und brannte ungehindert auf mich herab.

Durch Sonnenfunkeln und Blattgrün hindurch sah ich eine Gestalt, einen Mann mit Noppenhandschuhen. Grübelnd und sinnierend jätete er Unkraut, auf der anderen Seite der dichten Fichtenhecke schob sein Nachbar einen tuckernden Rasenmäher. Irgendwo weiter weg kreischten und lachten Kinder.

Ich ließ den Schweiß rinnen und ging weiter die kleine Straße entlang.

Hinter einem Zaun blitzte ein Stück braunes Fleisch auf. Ich blieb stehen.

Eine Frau bewegte sich durch einen grünen Garten, in der einen Hand ein Glas Weißwein, in der anderen eine Zeitschrift für Inneneinrichtung. Sie ließ sich auf einer Sonnenliege nieder, stellte das Glas auf einem runden Tisch ab und fing an, in dem dicken, glänzenden Magazin zu lesen. Ab und zu legte sie die Zeitschrift auf ihre Brust und sah die Sonne an, als wäre sie speziell für sie am Himmel emporgestiegen. Die Frau drehte ihre langen Beine wie kostbare Gegenstände hin und her, um die bestmögliche Position zu finden. Es sah aus, als würden die Beine unter den Brüsten anfangen und gar nicht mehr aufhören.

Am Straßenrand, unmittelbar vor der Weißdornhecke, ragte ein großer Stein aus der Erde. Dort setzte ich mich hin und starrte die Frau durch den Heckenzaun hinweg an. Sie blätterte in der Zeitschrift und blinzelte mit den Augen. Irgendwo hörte man nun ein regelmäßiges, leichtes Klatschen. Ich korrigierte meine Position und sah, wie ein rundlicher Mann in hellbraunen Shorts und ärmellosem Hemd auf die Frau zuging. Seine Badelatschen schlugen dabei gegen die Fersen. Der Mann blieb vor der Frau stehen, küßte sie auf die Stirn und nahm neben ihr auf seiner eigenen Sonnenliege Platz. Der Stoff wimmerte unter dem Gewicht des Wals. Dort saßen sie nun und hatten einander und die Sonne.

Ich nahm eine bessere Position ein und bog einige Zweige zur Seite, um den ganzen Garten sehen zu können. Zwei alte Apfelbäume, Johannisbeersträucher, kleine Zierfichten. Der Rasen war frisch gemäht, hier und da konnte man kleine Grashäufchen erkennen, die der Mäher ausgespuckt hatte.

Dann sah ich rot.

Es stand am Ende des Gartens: ein altes Holzhaus.

Ich weiß nicht, was in mich fuhr, aber in diesem Augenblick rastete unwiderruflich etwas ein. Oder aus.

Ich wollte so ein Haus.

Ich erschrak und stand auf. Die Sonne erhitzte ungehindert meinen Kopf. Ich dachte, das Gefühl käme von dem Flüssigkeitsverlust, den die Wärme verursacht hatte, und entfernte mich, um es loszuwerden.

Ich ging zweihundert Meter von dem roten Haus weg und rekapitulierte die Tatsachen.

Mein Leben lang hatte ich in Etagenhäusern gewohnt und diese Wohnform wegen ihrer Einfachheit und Freiheit von Sorgen gemocht. Über Einfamilienhäuser hatte ich manchen Artikel gelesen, aber nichts darin hatte mich dazu veranlaßt, über diese Alternative auch nur nachzudenken. Im Gegenteil, mit Entsetzen hatte ich an Renovierungen gedacht, an leckende Rohre und Heizkosten.

Ich machte mich im Dauerlauf auf den Weg nach Hause und hoffte, der frische Schweiß würde die Schlacke, die Frau, den Mann und das rote Haus wegspülen. Nachdem ich mich geduscht hatte, setzte ich mich zum Rauchen auf den Balkon und sah vor meinen Augen jenes rote Haus.

Was war das? Auf jeden Fall kein Wunschtraum.

Ein Wunschtraum ist ein warmes Gefühl, über das man ruhig spricht, wobei man sich die Reaktion des Gesprächspartners auf der Zunge zergehen läßt.

Ein Wunschtraum ist eine familieninterne Angelegenheit, auf die man gern zurückkommt, auch wenn man weiß, daß man sie erst verwirklichen kann, wenn die Kinder groß sind: eines Tages.

Ich wußte, in Tausenden von Mietshäusern wurden, wenn die Kinder im Bett waren, Tagträume vom eigenen Haus am Stadtrand geträumt, es wurde gerechnet, in Zeitungen geblättert und sonntags seufzend besichtigt.

Aber was um Himmels willen hatte das alles mit mir zu tun?

Ich begriff, daß es nicht mein Wunsch war, sondern der von Helena.

Plötzlich sah ich alles klar vor mir.

Wie Helena mit glühenden Wangen von den Häusern befreundeter Familien gesprochen hatte, von den Gärten und den Terrassenkonzepten, wie sie attraktive Details, Kellerraumoptionen und Einrichtungslösungen aufgezählt hatte. Und wie begeistert sie von jener Wohngegend gewesen war. Ich erinnerte mich, keine Energie zum Zuhören gehabt zu haben, müde von der Hausarbeit hatte ich auf der Couch gelegen und immer nur zustimmend gebrummt. An vielen Wochenenden hatte mich Helena gebeten, einen Spaziergang in jene Gegend zu machen, aber jedesmal war mir eine bessere Beschäftigung eingefallen.

Sie wollte das Haus.

Ich wollte sie.

Mit Hilfe des Hauses würde ich vielleicht Erfolg haben.

Ich begann mit den Vorbereitungen.

Meine komplizierte Lebenssituation hatte einen Vorteil. Durch Helenas und Sinis Abwesenheit konnte ich mich voll auf die Sache konzentrieren. Ich wußte, ich würde mir besonders viel Mühe geben müssen.

Über Häuser wußte ich nichts, nur daß jenes Haus, das den Hoffnungsfunken entzündet hatte, ein altes Frontkämpferhaus war, an dem später ein zusätzlicher Flügel angebaut worden war. Und zufällig, oder auch nicht, war ich selbst ein Frontkämpfer, ein Veteran aus dem Befreiungskrieg der Frauen.

Ich gehörte zu der Gruppe, die in diesem Land als erste an der Heimatfront um die Befreiung der Frau gekämpft hatte. Das kann ich ganz gelassen sagen, ohne auf irgendwelche Spannungen zwischen den Geschlechtern anzuspielen.

Ein Mann von der Heimatfront erledigt die Hausarbeit

und versteht seine Frau. Während unserer Ehe habe ich all das getan, was unsere Väter unterlassen haben. Ich habe Wäsche gewaschen, Essen gemacht, die Wohnung geputzt, IHR Zeit für sich gelassen und uns gegen die Gesellschaft verteidigt. Stundenlang habe ich mir IHRE beruflichen Probleme angehört, die Schwankungen IHRES Gefühlslebens und IHRE Wünsche nach vielfältigeren Zärtlichkeitsbeweisen. Ich führte komplexe Operationen durch, um SIE vom Herd zu befreien, und wurde nicht müde darin, gute Kost bereitzustellen, wenn SIE erschöpft nach Hause kam.

Da sich dieselben Verrichtungen täglich wiederholten, entwickelte ich mich allmählich vom Gesellen zum Meister. Ich war fähig, einen Brotkanten vom Boden aufzuheben, wenn ich Sini auf dem Arm hatte. Meine Ohren gewöhnten sich an das Quengeln, und die Fühler meines zentralen Nervensystems zuckten auch beim lautesten Schreien nicht mehr zusammen. Jeden Abend las ich ihr eine Geschichte vor. Jeden Abend. Vier Jahre lang, das macht zusammen fast tausendfünfhundert Abende, im Durchschnitt jeweils vier Seiten. Wie viele Seiten Abenteuer von Hüpfmäusen und anderem Viehzeug dabei zusammengekommen sind, mögen andere ausrechnen.

Selbst unter schwierigeren Umständen, wenn Helena auf Dienstreise war oder Migräne hatte, war ich imstande, das Essen für zwei Tage zu machen, das Geschirr zu spülen, für die Familie einzukaufen, und all dies – ich schwöre es unter den kühlen Augen des Familientherapeuten – habe ich getan, ohne an die Decke zu gehen.

Ich habe zugehört, verstanden, gestreichelt, vorgespielt und nach dem Akt in Gefühlen geschwelgt. Zu nichts von all dem habe ich irgendeine Art von Ausbildung erhalten. Auch Vorbilder gab es keine. Ich war ein unerfahrener Jüngling, als ich den Schrecken und Feuerstürmen im Befreiungskrieg der

Frauen entgegentrat. Ich weiß noch, wie ich in die überwältigende Finsternis des schwarzen Dreiecks blickte, in der Gewißheit: Wenn ich dort meinen Kopf hineinstecke, kehre ich nie mehr ans Licht zurück.

Ich steckte ihn hinein und stieg zum Licht empor. Die Geheimnisse des Sex lernte ich wie der Bauer das Alphabet, durch Einbleuen, indem ich mehr als einmal mit dem Kopf gegen einen Baum rannte. Ich überwand meine Angst und meine Schüchternheit, aber die große Mühe und der harte Leistungsdruck zehrten mich innerlich aus und nahmen dem Ganzen einen Teil der Freude. Helenas ermatteter Gesichtsausdruck war jedoch ein derart großes Dankeschön, daß ich immer wieder die Kraft hatte, meine Arbeit als Neulandgewinner fortzusetzen.

Innerhalb von zehn Jahren lernte ich, alles, was mit dem Haushalt zu tun hat, hundertprozentig zu erledigen. Darum war ich gekränkt, als Timo Jutila, der Kapitän der finnischen Eishockeymannschaft, erklärte, alles hundertzehnprozentig zu machen. Wie konnte er so etwas sagen? Als einer, der nur von Männern umgeben und auf Spesen in ausländischen Hotels wohnte, mußte er sich um nichts kümmern als darum, mit den anderen Bürschchen rechtzeitig auf dem Eis zu sein, um einem kleinen Gegenstand nachzujagen. Während ich mich um Verpflegung, Kinderbetreuung, die Stellung der Frau und die Atmosphäre an meinem Arbeitsplatz kümmerte.

Ich habe getan, was ich konnte, und sogar ein bißchen mehr. Meine Artigkeit und meine Angewohnheit, mich dem Ganzen vollkommen zu widmen, wurden schließlich zur Last. Helena schlug mir vor, in eine Männergruppe zu gehen, wo ich über mich reden könnte. Ich lehnte strikt ab und war über ihre wiederholten Anspielungen derart verärgert, daß unser Alltag anfing, von den Wogen von Streitereien und Versöhnungen haltlos hin und her geworfen zu werden.

Schließlich saßen wir in einem erbitterten Stellungskrieg fest, ich stumm auf der Wohnzimmercouch, sie heulend auf dem Fußboden im Bad.

Der Stellungskrieg endete unentschieden. Das Donnern der Geschütze verstummte, verkohlte Fichten ragten trostlos aus der Erde, Rauch stieg aus den Sümpfen auf. Die Stille an der Front war schneefrei. Die Gegner belauerten sich, schlugen auf ein halbes Wort hin Lärm, warteten auf den entscheidenden Zug.

Helena führte ihn aus.

Ihrer Meinung nach war ich es.

Als ich zuschlug.

Aber wer hat vorher was gesagt?

Sie.

Und so was sagt man zu mir nicht, nicht nach all dem, was ich für sie und für das Wohl der Familie getan habe.

Sie sagte – den genauen Wortlaut weiß ich nicht mehr –, ich sei ein schlapper Kochlöffelschwinger, ein Aufgeber ohne Ehrgeiz, der nur zu Hause hocke und seine schlechte Laune garen lasse wie einen Getreideauflauf. Du mußt mal raus aus deinem Mief und deiner Rockmusik, mal unter Männer kommen! Du solltest dich einer Gruppe anschließen, die für irgend etwas kämpft!

Es wäre noch mehr aus diesem Mund gekommen, aber das ließ ich nicht zu. Ich wollte genau auf den Mund schlagen, aber ich traf daneben. Die Faust krachte zwischen Schläfe und Wangenknochen, Helena torkelte, schlug mit dem Kopf gegen eine Ecke des Schranks und fiel auf den Boden.

Dieser Schlag zermürbte mich. Ich war kein Gewohnheitsschläger, sondern ein gemeiner Mann, der einen einzigen Fehler gemacht hatte. Die Faust war mir im Bruchteil einer Sekunde gewachsen und wie eine Rakete in die Umlaufbahn der Wohnung geschossen. Als einer, der mit Gewalt absolut keine Erfahrung hatte, schwang ich sie zu heftig und zu pauschal. Ein unschuldiger Klaps auf die Wange hätte den Zweck genauso erfüllt.

Hätte sie nur zurückgeschlagen! Hätte ich nur nicht zugeschlagen! Hätte sie nur ihre Worte anders gewählt! Hätte es mir bloß nichts ausgemacht, daß in meinen Augen schwarze Punkte brannten! Hätte, hätte, hätte.

In einer leeren Wohnung kann einen so ein Hätte-wenn-und-Aber auffressen.

Wie weit darf man gehen, beim Äußern seiner Gefühle? Diese Zwischenfrage wird von der Opposition nie gestellt.

Ich gebe zu, ich hätte nicht schreien und nicht schlagen sollen, aber wenn man für eine möglichst breite Äußerung von Gefühlen ausgebildet ist, schießt man leicht über das Ziel hinaus. Diese Erklärung hörte SIE sich nicht mehr an, statt dessen schloß SIE sich mit Sini im Schlafzimmer ein.

Der Ausdruck von Gefühlen bildet einen wesentlichen Bestandteil des Lebens von Männern meines Alters, und deshalb kam mir die Vorstellung ungerecht vor, SIE oder die Behörden besäßen ein Meßgerät, mit dessen Hilfe man genau zeigen könnte, wann ein Gefühlsausdruck innerhalb akzeptabler Grenzen bleibt und wann er in den roten Bereich kommt.

Ich war zur Waffenruhe bereit, aber SIE gab mir keine zweite Chance. Kaum war SIE weg, zeigte SIE den Behörden die Prellung an ihrer Stirn, und am Telefon erklärte SIE, ich dürfe das gesamte Mobiliar behalten, SIE das Kind. Ich umklammerte den Hörer dermaßen, daß es knackte.

Es tröstete mich kein bißchen, daß die Ehescheidung seit der Gesetzesnovelle von 1988 zum Volkssport geworden war. Nach dem neuen Gesetz konnte man nach einem halben Jahr

Trennungszeit zum Abschied winken. In der Nachkriegszeit gab es jedes Jahr ungefähr 3500 Scheidungen. Im Jahr 1985 waren es 9000, im Jahr 1995 über 14000.

In der aufgekratzten Zeit des Aufschwungs Ende der achtziger und während der Rezession Anfang der neunziger Jahre war die Ehescheidung zu einem Bestandteil des Alltags geworden, um den herum die Gesellschaft ein Schutznetz gezogen hatte. Dort konnten sich die Paarhälften, ohne Prestigeverlust und ohne Scham empfinden zu müssen, hineinfallen lassen. Mir wurde übel bei dem Gedanken, selbst zur Verschlechterung der Statistik beizutragen.

Statistiken sind kalte Zahlen, warm werden sie erst, wenn sie zum Leben erwachen. Um auf die richtige Zahl zu kommen, muß man mit dem Herzen rechnen, nicht mit dem Taschenrechner.

14000 Ehescheidungen bedeuten eigentlich 28000 Scheidungen, denn nach jeder Scheidung bleiben zwei Ladungen Sprengstoff zurück, plus Kind oder Kinder. Wenn die durchschnittliche Kinderzahl einer finnischen Familie zwei beträgt, kann man die Statistik noch um zwei weitere kleine Menschen pro Scheidung Fleisch werden lassen. Die Scheidung berührt also vier Personen. Und dabei bleibt es nicht. Neben den unmittelbar Betroffenen sind an dem Gemeinschaftsprojekt noch Behörden, Sozialarbeiter, Juristen, Polizisten, das Personal der Frauenhäuser, Psychologen und Angehörige beteiligt.

Eine überstürzte, stümperhafte Trennung in einer Zweizimmerwohnung hält einen ganzen Wohnblock in Atem.

Das Studieren der Statistiken hat mich Helena und Sini kein bißchen näher gebracht.

Ich zündete das Material, das ich beim Amt für Statistik bestellt hatte, an und warf es lodernd ins Waschbecken. Der Rauch des verbrannten Papiers schwebte in der Küche und erinnerte mich an das Ferienhaus von Helenas Eltern am Päijänne-See.

Dort waren wir in dem Sommer, als Sini drei war, für ein paar Wochen hingefahren. Ich weiß noch, wie ich mit Sini ans Ufer des großen Sees ging und sie mich fragte, wohin das ganze Wasser geschafft wird, wenn der Winter kommt. Es bleibt unter dem Eis. Was macht es da? Es wartet. Auf was wartet es? Darauf, daß der Sommer kommt und das Eis auftaut. Wann kommt der Sommer? Jetzt ist Sommer. Jetzt darf das Wasser einfach so dasein? Genau. Wohin werden die Fische getan? Wann? Wenn der Winter kommt. Die bleiben auch unter dem Eis. Was machen die da? Sie warten auf den Sommer. Alle warten auf den Sommer. So ist es.

Ich beschloß, ein Haus zu kaufen.

Im Befreiungskrieg der Frauen waren die Jahre zerronnen, jetzt mußte ich aus meinem Loch kommen und herausfinden, woraus die Welt draußen zusammengesetzt war.

Mein ganzes Leben lang war ich es gewohnt gewesen, daß sich alles änderte und nichts an Ort und Stelle blieb: nicht die Arbeitskraft, nicht die Kreditzinsen, nicht die Wohnungspreise. Alles drehte sich und schwankte, der Boden unter den Füßen, die Vögel am Firmament. Ich war vierzehnmal umgezogen, mein jetziger Arbeitsplatz war der achte. Und wieder stand ich vor etwas neuem, diesmal vollkommen überzeugt, nichts davon zu verstehen.

Mein Erwachsenenleben hatte ich mit Arbeiten verbracht, wie sie unglückliche Männer verrichten. Neidisch hatte ich aus der Distanz verfolgt, wie andere mit vertraulichem Unterton von Bohrmaschinen und Seitenschneidern sprachen. Die praktisch veranlagten Männer sahen aus wie fremdartige Wesen in Overalls. Lauthals gut gelaunt tauchten sie vor einer defekten Maschine auf, reparierten sie und gingen an der nächsten Tankstelle einen Kaffee trinken. Ich hatte sie beobachtet, wie man ein unerklärliches Naturphänomen beobachtet.

Ich überlegte, wer mir jetzt helfen konnte.

Die erste Frontkämpfergeneration, die ihre Häuser selbst gebaut und ihnen den Namen gegeben hatte, saß mittlerweile im Altersheim und aß rote Grütze. Sie konnten mir nicht helfen, und ich hätte sie auch nicht darum gebeten.

Sie hatten mir dieses Land erkämpft, dafür war ihre ganze Zeit draufgegangen. Als Erbe hatten sie mir einsilbige Antworten und die Angst vor Frauen hinterlassen.

Ich hatte von ihnen nichts gelernt, was mir im Haushalt von Nutzen gewesen wäre. Sie hatten nie eine Windel gewechselt, keinen einzigen Nudelauflauf zubereitet, und schon gar nicht hatten sie ein Kind mit Ohrenentzündung stundenlang zwischen Schlafzimmer und Küche hin und her getragen. Sie hatten das Land befreit, die Befreiung der Frau und die Arbeit an der Heimatfront überließen sie meiner Generation.

Von ihnen war kein Verständnis für meinen Kampf zu erwarten, und ich hatte sie auch nie darum gebeten. Die ersten Frontkämpfer behaupteten, für uns wäre die Welt ein Kinderspiel. Sie kehrten mit zersplittertem Geist von der Front zurück und konnten nicht begreifen, wie jemand, der nach dem Krieg geboren wurde, ernsthaft das Wort »Probleme« in den Mund nehmen konnte. Wenn es im Haus eine funktionierende Heizung und im Dorf eine kostenlose Schule für alle gab und keine massierte Artillerie in der Nähe, dann gab es keinen Grund zum Jammern.

Ich ging meine eigenen Waffenbrüder durch.

Es sah schlecht aus.

Nahezu alle waren geschieden und in eine andere Gegend gezogen. Manche waren in der Zwei-Familien-Spirale derart ins Schleudern geraten, daß ich mir nicht einmal vorstellen konnte, Kontakt mit ihnen aufzunehmen. Mein Anruf hätte ihnen all das in Erinnerung gerufen, was ihnen womöglich schon zu vergessen gelungen war. Das wäre ein unangenehmer Zusammenstoß an vorderster Front gewesen.

Ich dachte über die Leute an meinem Arbeitsplatz nach, aber mir fiel keiner ein, der versucht hätte, seine Familie zurückzubekommen, indem er ihr ein Haus beschaffte. Einer hatte für seine Frau im Gartenhaus eine Sauna eingebaut. Sie war mit dem Taxi angefahren gekommen, hatte festgestellt, daß die Kacheln geschmacklos waren, und war zu ihrem neuen Partner zurückgekehrt.

Meinen Vater wollte ich nicht belästigen, dann hätte ich ihm die Hintergründe erzählen und ihn unter Umständen am Telefon nach seinem Anteil an meiner derzeitigen Lebenssituation befragen müssen.

Ich dachte über meine Verwandten nach. Mein Onkel war Zimmermann, aber ich hatte nichts mit ihm zu tun. Ich genierte mich, aus dem Nichts heraus Kontakt aufzunehmen und ihn bei einem Problem um Hilfe zu bitten, das ihm sicher fremd war, ja vielleicht sogar angst machte.

Ich mußte allein klarkommen, so wie bis jetzt auch.

Noch nie hatte mir irgend jemand geholfen. Früher hatte mich das nicht gestört, aber jetzt tat es weh. Ich war fast gekränkt, als ich begriff, daß sich keine Volksbewegung der Sache derer annahm, die den Befreiungskrieg der Frauen überstanden hatten.

Andererseits war genau das mein Fehler, meiner und der von meinesgleichen.

Wir hatten unser Anliegen nie vorgebracht. Statt dessen

war jeder in seinem eigenen Bereich ins Gelände marschiert und hatte die Schützengräben so tief ausgehoben, daß es von weitem nicht einmal wie ein Schlachtfeld aussah. Und während der Kämpfe hatten wir keinen Kontakt gehalten. Jeder handelte für sich, ohne etwas von den anderen zu wissen. Das Heulen der Wölfe drang nur in Form von Einzelfällen an die Ohren der Mächtigen, nicht als geballte Geräuschlawine aus dem Wald.

Mein Schweigen hatte ich damit begründet, daß eine Nation fünfzig Jahre braucht, um das Trauma der vorangegangenen Kriegsgeneration zu verarzten, darum konnte es sich meine Zentralheizungsgeneration nicht leisten, über ihre eigenen bescheidenen Streitigkeiten zu jammern. Zumal sich eine Generation dazwischen gedrängt hatte, die so viel Aufhebens von ihrer Rebellion und ihrer sexuellen Befreiung gemacht hatte, daß sich die Veteranen ihre Pelzmütze verschreckt immer tiefer ins Gesicht gezogen hatten.

Jede Generation muß warten, bis sie an die Reihe kommt.

Was nie der Fall sein wird.

Wenn sie es nicht fordert.

Jede Generation?

Welche Generation, verdammt noch mal?

Ich war noch nie auf den Gedanken gekommen, irgend etwas zu repräsentieren, am allerwenigsten etwas so Großes wie eine ganze Generation. Ich repräsentierte einzig und allein mich selbst und die Männer von der Heimatfront, die nicht allgemein bekannt und erst recht nicht statistisch erfaßt waren.

Johnny Rotten ist ein Gammler und hat unrecht.

»Ich weiß nicht, was ich will, aber ich weiß, wie ich es kriege.«

Das hat er gesungen, als er und ich jung waren. Und ich habe mitgegrölt.

Aber es ist anders: Ich weiß, was ich will, aber ich weiß nicht, wie ich es kriege.

Die ganze Nacht verglich ich die Kreditangebote der Banken. Ich rechnete aus, wie das Leben nach einem normalen Hausschema aussehen würde: Ein Haus in ordentlichem Zustand in dieser Gegend würde etwa 1,3 Millionen Finnmark kosten. Für unsere Wohnung bekäme ich vielleicht 700 000, den Rest von der Bank, mit der längsten möglichen Laufzeit.

Letzte Rate: 14. Juli 2029.

Schuldendienst 7900 Finnmark im Monat. Plus Instandhaltungskosten. Nach Steuer 9800 Finnmark Lohn, sämtliche Überstunden einkalkuliert. Grob gerechnet: ein Tausender im Monat zum Leben. 1000 Finnmark für 30 Tage. 33 Finnmark pro Tag.

Erbsensuppe aus der Dose. Haferbrei. Leberauflauf kurz vor dem Verfallsdatum. Keine neuen Kleider, nicht mal eine Mütze, auch wenn mir die alte wie ein spitzer Turm vom Kopf absteht und darauf »Südfinnische Volksbank« zu lesen ist. Spaghetti mit Tomatensoße, dazu den billigsten Thunfisch in Öl. Altes Brot aus dem Supermarkt. Kaffee ohne Milch, einmal am Tag. Zum Joggen im Winter die dicksten Einlegesohlen. Anschließend die Haare mit Wasser waschen oder das Shampoo aus der Schwimmbadsauna in kleine Flaschen abfüllen. Alle Kleider für Sini vom Flohmarkt. Keine exotischen Gewürze, kein Lammbraten. Selbstgedrehte Zigaretten, mit Papier, das Arbeitskollegen aus Tallinn mitbringen. Kein Handy. Keine einzige Rockplatte, nicht einmal gebraucht.

Wenn das Haus abbezahlt sein würde, wäre ich vierundsiebzig, so alt wie mein Vater jetzt.

Wen würde ich an jenem Tag im Juli anrufen, um ihm mitzuteilen: »Es ist vollbracht«? Sini wäre dann vierundvierzig, verheiratet. Irgendwo in Lohja würde sie genervt den Hörer abnehmen und sich irgendeinen Hinderungsgrund einfallen lassen, eine kleine Ohrenentzündung oder die Konfirmation ihres Ältesten, um nicht zu dem alten Sack fahren und sich sein wirres Gefasel über Rezession und Aufschwung anhören zu müssen, über den Nokia-Rausch, über jene prekären Jahre, als er ein Mann mittleren Alters gewesen war, wer will sich das schon anhören, wenn er behauptet, ihr wißt ja nichts vom Leben, ihr habt dieses Finnland ja nicht aufgebaut, in dem ihr so gut lebt.

Ade, 14. Juli 2029. Ich mußte das Haus auf andere Art bekommen.

Ich stellte einen Operationsplan auf und vereinbarte einen Termin beim Bankdirektor. Ich sagte ihm, ich suchte ein billiges Haus für meine Familie.

»Wo bekommt man denn so was?«

»Bald ist es soweit. Ich brauche dreihunderttausend Finnmark Zusatzkredit.«

»Nun mal schön langsam.«

»Nein, schnell. Die alte Bude ist fast abbezahlt. Krieg ich die dreihundert?«

»Das wird sich schon machen lassen. Aber wenn Sie ein bißchen mehr aufnehmen, können sie zwischen mehreren Objekten wählen.«

»Ende der achtziger Jahre habt ihr jedem dahergelaufenem Kerl Geld gegeben. Ist die Zeit jetzt nicht reif für angemessene Summen? Wann ist das Geld auf meinem Konto?«

»Na, na. Haben Sie das Haus schon gefunden?«

»Es wird sich finden. Bekomme ich fünfzehn Jahre Laufzeit?«

»Das läßt sich machen. Sie und Ihre Frau haben ja einen festen Arbeitsplatz. Steht Ihre bisherige Wohnung schon zum Verkauf?«

»Ich verkaufe sie morgen. Stellen Sie die Kreditunterlagen aus. Ich komme nächste Woche wieder. Kann ich mal aufs Klo?«

Er zeigte auf die Tür links.

Ich stützte mich aufs Waschbecken, wusch mir das Gesicht und warf einen Blick auf den Mann im Spiegel. Die Züge kamen mir bekannt vor. Ich ging ins Büro des Direktors zurück, gab ihm die Hand und trat hinaus ins Frühlingslicht. Auf dem Heimweg mußte ich auf einer Parkbank Rast machen. Mir war schwindlig. Ich sah zum Himmel hinauf. Die Wolken zogen wie in einem Film mit Zeitraffer. Für einen Moment machte ich die Augen zu. Als ich sie wieder aufmachte, waren die Wolken wieder auf ihrem Platz.

Zu Hause beschloß ich, außer der Zweizimmerwohnung auch die ganze Einrichtung zu verkaufen.

Ich rief in verschiedenen Geschäften an, las *Die gelbe Börse* und stauchte die Preise dermaßen zusammen, daß fast alles, was Geldwert hatte, innerhalb von vier Stunden aus dem Haus war. Helena hatte Sinis alten Kinderwagen im Keller stehenlassen, dafür konnte ich einer sentimentalen Erstgebärenden sechshundert entreißen. Ein fünfzigjähriger Pferdeschwanz zahlte für psychedelische Vinylplatten mit Wachsflecken zweihundert pro Stück. Für die Stereoanlage bekam ich nur einen Tausender. Für zwei Paar Boots sprangen zweieinhalbtausend heraus, weil der Typ mit der Lederweste und dem Vokuhila-Schnitt zur Zielgruppe gehörte. Für die übrigen Klamotten nahm ich einen Zehner pro Hemd, drei pro Hose, einen Hunderter für normale Halbschuhe. Den alten

Schwarzweißfernseher wollte keiner, den Wickeltisch wollte ich nicht verkaufen. Ich schleppte den Fernseher in den Keller und warf ihn beim Nachbarn in den Käfig.

Die Laufklamotten, ein bißchen Geschirr, einen Topf und eine Pfanne behielt ich. Und den Computer.

Für das ganze Inventar bekam ich insgesamt zwölftausend. Das Geld band ich mit einem Gummi zu einem straffen Bündel zusammen und steckte es in die Innentasche meiner Laufjacke. Ich setzte ein Inserat in die Zeitung, laut dem ich wegen Umzugs ins Ausland günstig eine Zweizimmerwohnung neben dem Zentralpark verkaufte.

Ein kinderloses Paar schaute sich die Wohnung an.

Ich faßte kurz die Vereinbarungen der Eigentümergemeinschaft zusammen und nannte die Nachbarn verträglich. Mir fiel auf, daß sich das Paar in meiner Anwesenheit nicht aufs Überlegen konzentrieren konnte. Darum ging ich auf den Balkon, eine rauchen.

Meine Hand zitterte, und die Pumpe klopfte.

Ich fühlte mir den Puls. 145.

Mir wurde klar, daß die Seele mit dem Körper macht, was sie will. Der Verstand schließt mit dem Körper einen Vertrag: Wir verkaufen die Wohnung, dann kaufen wir ein Haus. Anschließend rufen wir Helena an und teilen ihr mit, daß es Zeit ist heimzukommen. Doch die Seele zerreißt diesen Vertrag, sie kennt keine Scham.

Ich streckte die zitternde Hand zum Aschenbecher aus, zerknautschte den Stummel und ging wieder hinein.

Das Paar maß gerade das Schlafzimmer aus. Der Mann sagte schüchtern, wir messen hier nur ein bißchen, in einem halben Jahr sind wir zu dritt. Ich würgte mein Gefühl ab und gratulierte. Die Frau wurde rot, sie lobte die Wohnung. Sie sei genau richtig für eine Familie von ihrer Größe. Ich war der gleichen Meinung.

Sie boten mir 670 000 Mark an.

Ich verlangte 687 000, so viel müßte ihnen ihr Glück wert sein. Der Mann sagte, er müsse kurz darüber nachdenken. Ich log ihnen etwas von einem anderen Käufer vor, der gegen Mittag kommen würde, um sein Angebot abzugeben. Wenn sie zu lange überlegten, könnte das dazu führen, daß der künftige Nachwuchs seine ersten Schritte in wesentlich spartanischerer Umgebung machen müsse.

Das Paar bat darum, wenigstens einen Moment nachdenken zu dürfen, bevor es sich endgültig entscheide.

Ich gab ihnen eine halbe Stunde, ging nach unten und setzte mich auf die Schaukel. Ich betrachtete das Haus, in dem wir fünf Jahre gewohnt hatten. Während dieser Zeit wurde Sini geboren. Ihre Schaukel schwang leer hin und her. Ich mußte daran denken, wie gern Sini schaukelte.

Hii-aaa. Hii-aaa.

In ihrem viel zu großen, bunten Schneeanzug und mit gespreizten Beinen kreischte und schrie sie mit offenem Mund, und ich nahm die Ketten in die Hand und gab ihr Schwung. Sini wollte noch mehr Schwung, ich hatte Angst, sie könnte sich überschlagen und auf den Kopf fallen, aber Sini lachte ausgelassen und wollte immer mehr. Ich schaukelte sie eine Stunde, und wenn ich sie anschließend auf den Arm nahm, sah ich, daß die ganze Welt schaukelte und auch Papis Gesicht nicht an einer Stelle blieb.

Ich fuhr zusammen und sah auf die Uhr. Ich war schon länger als eine halbe Stunde weg.

Ich rannte hinein.

Das Paar war mit dem Preis einverstanden. Um das Geschäft zu besiegeln, schüttelten wir einander die Hand. Der Mann küßte die Frau, ich wandte mich ab.

Es war unmöglich, als Lagerarbeiter genug Geld für ein Haus zu verdienen. Darum beschloß ich, mir schnell mehr zu besorgen, ohne Lohnsteuerkarte.

Ende der achtziger Jahre hatte ich die Prüfung für Masseure gemacht, aber mittlerweile hatte ich das Gefühl für die Praxis verloren. Also las ich meine alten Mitschriften und die Physiologiebücher durch. In dem Fitneßraum, der im Luftschutzbunker eingerichtet worden war, massierte ich zwei große Kerle, um wieder ein Gefühl für das Fleisch zu bekommen, dann setzte ich eine Annonce für preiswerte Massage in die Zeitung und holte die Massagebank aus dem Keller. Mitten im Wohnzimmer baute ich sie auf. Nachdem ich in alten Erinnerungen gegraben hatte, fand ich einen Hippie-Laden, wo ich Duftöl und zwei Stimmungslampen kaufte.

Kaum war die Zeitung erschienen, rief eine Frau mittleren Alters an und erkundigte sich nach der Massage. Mir fiel der Unterton auf, weshalb ich erklärte, ich sei nicht von der Brunftzunft. Thailänder und Russen hatten die Massageszene so gründlich durcheinandergebracht, daß ich die ersten zehn Anrufer alle nach demselben Schema aus der Leitung warf.

Ich setzte den Preis sehr niedrig an, nahm siebzig Finnmark für die halbe Stunde. Manche gaben einen Hunderter, weil ich so umständlich nach dem Wechselgeld suchte. Sechs Kunden massierte ich pro Abend, anschließend war ich fertig. Fünfzehn Minuten lang saß ich mit dem Kopf auf den Knien neben den Bildern von Helena und Sini auf dem Klo. Danach zwang ich mich zu laufen. Ohne Physis geht nichts. Um halb eins in der Nacht kam ich vom Joggen zurück, war so aufgedreht, daß ich bis halb drei wach blieb, und um sechs mußte ich zur Arbeit gehen.

Ich verschob das Joggen auf den Morgen. Ich stand um fünf auf, ging laufen, ging zur Arbeit, kam nach Hause und fing mit den Massagen an. Ich verwandelte mich in eine Maschine, die ihren Treibstoff aus zwei Fotos von minderer Qualität bezog.

Ich massierte jeden Abend und jedes Wochenende und bekam innerhalb eines knappen Monats an die dreizehntausend Mark zusammen. Das klingt nach einer hohen Summe, aber wenn man sie im Großraum Helsinki neben den Sockel eines Einfamilienhauses legt, ist es nur ein Büschel Moos oder ein Haufen trockener Blätter, der aus der Regenrinne gefallen ist.

Ich war gezwungen, irgendeine Zusatzfinanzierung herbeizuzaubern.

Darum beschloß ich, mich zu beugen und es mit erotischer Massage zu versuchen. Ich konnte nicht sofort damit anfangen, zuerst mußte ich ein paar Abende lang Trockenübungen machen. Ich übertrug Methoden, die bei Sportlern angewendet wurden, und ging mögliche heikle Situationen durch.

Meine erste Kundin war deutlich älter als ich, schon nach wenigen gezielten Berührungen schnurrte sie zufrieden, und am Ende gab sie mir ordentlich Trinkgeld. Der Besuch der Dame ließ das Ganze in einem rosigen Licht erscheinen, und ich konnte mir damals nicht vorstellen, in welche Schwierigkeiten ich durch meine Bereitschaft zu dieser intimen Arbeit noch geraten würde.

Im positiven Nachklang dieser Erfahrung mit meiner ersten Erotikkundin fiel mir eine weitere Verdienstmöglichkeit ein. Ich fing an, gestohlene Waren zu vertreiben.

Mein leerer Kellerkäfig diente Heimelektronik, Handys, Videorekordern und Mountainbikes als vorübergehende Heimat. Kerle, die ich vom Sehen kannte, schleppten mit raschelnden Bomberjacken und klimpernden Schlüsselbunden das Zeug hinein. Ich besaß keinen kriminellen Hintergrund und merkte, wie mich schon ihr lautes Gepolter im Keller mitten in der Nacht nervös machte.

Oft stieg mein Puls schon am frühen Abend auf nahezu hundertdreißig an, weil ich mir während der Massage eine neue Heimat für eine Sechstausend-Mark-Videoanlage und ein Viertausend-Mark-Mountainbike überlegen mußte. Wenn ich im dunklen Keller halbtot über den Preis eines Breitbildfernsehers und mögliche Lieferung frei Haus verhandelte, dachte ich, daß Helena keine Ahnung hatte, welchen Preis ich für einen einzigen Faustschlag bezahlte.

Das mit der Erotik war am schmerzlichsten.

Es war schwer, sich daran zu gewöhnen, daß die übliche Oberkörpermassage sich jetzt bis auf die Hinterbacken und dazwischen erstreckte. Geriet eine Kundin in Erregung, tat ich, als wäre ich voll dabei, obwohl ich mir gleichzeitig über die Einrichtung von Sinis künftigem Kinderzimmer Gedanken machte.

Am schwierigsten waren die Brustmassagen, weil ich dabei an Helenas Brüste denken mußte. Die Brüste der meisten Kundinnen waren für mich nur widerliche Fleischklöße, aber die eine von der Supermarktkasse hatte Brüste wie Helena, rund und voll.

Die Brustwarzen wurden hart, mir kamen die Tränen.

Ich simulierte einen Schwindelanfall und brach die Massage ab.

Die Kasse war bereits aufs äußerste erregt gewesen, sie rollte sich von der Bank, warf mich auf den Boden und versuchte, mir eine Brust in den Mund zu schieben. Ich packte sie an den Haaren und zog sie von mir weg.

Die Kasse heulte auf dem Fußboden im Wohnzimmer, ich in der Küche.

Ich erklärte ihr alles und berechnete nicht den vollen Preis. Sie wollte ihn trotzdem bezahlen und bat mich, sie nächste Woche wieder zu massieren. Ich schlug vor, es ohne Erotik zu tun.

Da begriff ich zum ersten Mal, wie sehr sich die Sehnsucht schon hochgeschraubt und mir den Kopf verdreht hatte. Nachdem die Kasse gegangen war, machte ich auf dem Balkon ein paar Atem- und Bauchmuskelübungen. Ich tötete das Gefühl durch Bewegung ab.

An dem Abend kam noch ein Kunde, ein lokaler Gewichtheber, dessen Schulterregion eher an Beton erinnerte als an Fleisch. Unter Einsatz meines ganzen Gewichts kam ich zwischen die Knubbel. Nach fünfzehn Minuten äußerster Anstrengung fing die Fitneßhose an zu wimmern und zu seufzen.

Die halbe Stunde kam mir wie eine Ewigkeit vor. Mit fast gefühllosen Fingern bekam ich den Gewichtheber fertig. Er richtete sich auf, zog sich die Hose hoch und sagte, er habe da einen Tip wegen brauchbarer Ministereoanlagen gekriegt. Ich holte ihm eine und verlangte in meiner Erschöpfung sechshundert dafür. Der Gewichtheber legte noch was drauf, weil er mit der Behandlung so zufrieden war. Die wenigsten kommen unter die Knubbel, sagte er, ins Zentrum des Schmerzes.

Nach ihm kam die Dunkelheit.

Ich schlief dreizehn Stunden am Stück und kam zu spät zur Arbeit. Laut Lagerchef Siikavirta war die Logistik im Arsch, wenn jeder in der Firma einlief, wie's ihm Spaß machte. Ich dachte mir einen Vorwand für Siikavirta aus und schlief hinter der Gefriertruhe im Pausenraum weiter.

Als ich von der Arbeit nach Hause kam, wartete im Treppenhaus ein Pferdeschwanz auf mich, der von irgend jemandem meine Adresse bekommen hatte. Ich berechnete ihm vierhundert Mark für das neueste Brikett von Nokia, dann baute ich die Massagebank auf, bis mir einfiel, daß ich an diesem Abend gar keine Kundschaft hatte. Vor mir tat sich stundenlange vollkommene Freiheit auf.

Anderthalb Stunden lief ich, die übrige Zeit dachte ich nach.

Die erotische Massage und das Vertreiben gestohlener Waren hatten in Kombination mit extremer Askese meine Finanzlage und meine Stimmung deutlich verbessert. Ich rechnete aus, daß ich bei diesem Tempo in zwei Monaten wohl ein Angebot für ein renovierungsbedürftiges Haus würde machen können.

Konnte ich noch? Ja.

Ich hatte mich daran gewöhnt, nachts aufzubleiben und den Bogen bis zum äußersten zu spannen. Meine Sinne reagierten jetzt auf den geringsten Impuls. Das Brummen des Kühlschranks kam mir wie ein Riesenlärm vor, meine Finger stanken nach Zigaretten, obwohl die Hand auf dem Knie lag. Wenn der Nachbar über mir die Klospülung zog, hörte sich das an, als schüttete mir jemand einen Eimer Wasser ins Ohr. Ich war ständig müde, egal wieviel ich schlief. Ich hatte das Gefühl, meine Augen wären zu weit offen, obwohl ich im Spiegel sah, daß sie durch die geschwollenen Lider fast geschlossen waren.

Am liebsten hätte ich Helena angerufen und ihr erzählt, was ich für unser neues Leben tat. Aber ich beherrschte mich. Durch das Laufen hatte ich gelernt, daß man nach großen Anstrengungen über dem Boden schwebt und glaubt, alles zu können. Hätte ich sie jetzt angerufen, hätte ich meinen Irrtum später bereut.

Trotzdem wollte ich Kontakt zu ihnen haben. Durch Backen würde ich ihn bekommen, das wußte ich. Die Gerüche mit der weltweit größten Wiedererkennbarkeit sind die von Hefegebäck und Haschisch.

Gegen Mitternacht, eingehüllt von dem Duft frisch gebackener Hefeteilchen, blätterte ich die Häuserangebote in den Zeitungen durch und betrachtete ein Bild der beiden. Helenas Haare waren zerzaust. Ich hatte sie extra darum gebeten, sie zu zerzausen. Sini hatte das zu große, gelbe Sommerkleid an, das sie von einem Mädchen aus der Verwandtschaft bekommen hatte. Die Blume auf dem Bauch war genauso groß wie Sinis Kopf. Sini kniff die Augen zu. Die Sonne des Päijänne-Sees schien ihr hinein. Helena hatte ein Auge geschlossen, als zwinkerte sie mir zu.

Ich klebte das Bild neben dem letzten Kontoauszug an die Kühlschranktür.

Für sieben Minuten ging ich vor dem Bild und dem Auszug in mich, nahm Kontakt auf. Die Technik hatte ich von einem Dänen gelernt, den ich beim Ruisrock-Festival 1978 getroffen hatte. Er sprach von der Konzentration wie vom Glauben. Er stand mit geschlossenen Augen mitten im Lärm und nahm Kontakt mit seiner im Norden von Kopenhagen lebenden Mutter auf. Sein Kopf ruckte hin und her, ein Augenwinkel zuckte, der Mann versank in dem Moment, in dem er sich befand. Ich weiß noch, wie ich ihn beobachtete und dabei die Massen und die Musik vergaß. Als er wieder auf die Wiese zurückkehrte, berichtete er, seiner Mutter gehe es gut, und sie richte auch mir schöne Grüße aus.

Ich schloß die Augen und schwamm in den universalen Strom hinein.

Die Technik funktionierte. Helena und Sini waren in diesem Moment, in dieser Situation bei mir.

Weg waren die Uneinigkeit, die durch die Luft fliegende Faust und der Augenwinkel, der ihr versehentlich in den Weg gekommen war. Weg war die unerklärliche plastikfolienartige Wand, die sich im Alltag zwischen uns gebildet hatte. Weg war die Mauer der Stille, die nur brave Menschen, die sich nicht streiten, in solcher Dichte errichten können.

Statt dessen war da die an einen Zirkus erinnernde Fülle der Vogelstimmen, als stünde ich mitten im Brutrevier exotischer Vögel.

In dem leeren, hallenden Raum ließen sich Friedenstauben von der bröckelnden Decke herab, alte Bekannte von ausgebleichten Jacken aus Restbeständen der Armee.

Die Tauben flatterten mir auf die Schultern. Ihre Sprache verstand ich nicht, doch die Hauptsache war, daß ich ihre Wellenlänge erkannte. Sie wollten mir mitteilen, daß nicht alles verziehen war, die Faust aber schon.

Ich schüttelte mich in diese Welt zurück, vor die Kühlschranktür.

Mir war etwas seltsam zumute, aber ich hatte einen klaren Kopf.

Ich ging auf den Balkon und steckte mir eine Zigarette an. Mit sechs Zügen sog ich das Nikotin ein. Während ich die Kippe an der Innenwand des Glases zerquetschte, das mir als Aschenbecher diente, fiel mir ein, daß Sini genau mit diesem Glas gespielt hatte. Ich warf es in den Müll.

Dann machte ich mich wieder ans Werk und studierte die ganze Nacht Häuserangebote. Nur die in schlechtem Zustand markierte ich. Ich fand zwei, die meinen Puls beschleunigten. Und den Haß verstärkten. Mein Kontoauszug teilte mir schmucklos mit, daß ich noch Dutzende von Handys, Tonwiedergabegeräten und zuwendungsbedürftigen Damen loswerden mußte, bevor ich ein ordentliches Angebot für irgendeines der Häuser machen konnte.

Das Kaufen und Abbezahlen einer Wohnung war bei uns zu einer Religion geworden, zu der sich fast alle bekannten, unabhängig davon, welche Partei sie wählten. Das wilde Schlingern der Wohnungspreise, flüssiges Geld und hohe Zinsen hatten im ganzen Land, vor allem aber in Helsinki einen Stamm herangezogen, der vor den Banken stand und ein Mantra aufsagte, in dem es um Wohnkomfort ging. Dieser Stamm hatte in zehn Jahren allein für Zinsen eine Summe ausgegeben, für die man auf dem Land ein komplettes Einfamilienhaus bauen könnte.

Ich las die Präsentationstexte der Häuser, die in schlechtem Zustand waren. Sie klangen wie ein schlechter Roman. Die Sätze holperten mit dem immer gleichen Verb dahin, der Verfasser war erregt gewesen, heraus kam sentimentaler Mist. Ich wußte, ich bewegte mich auf dünnem Eis, und wenn ich einbrach, würde ich vergebens darauf warten, daß ein Immobilienmakler und der Bankdirektor ans Loch gekrochen kamen und mich mit dem Skistock aufs Trockene zogen.

Am liebsten hätte ich das ganze Paket vor irgend jemandem ausgepackt. Aber vor wem? Vor niemandem. Ich war es nicht gewöhnt, nach Schicksalsgenossen Ausschau zu halten.

Ich nannte mich einen Mann von der Heimatfront, hatte mir aber nicht die Mühe gemacht, auch nur zu einem anderen von meiner Sorte Kontakt aufzunehmen. Ich hatte mein Leben für einzigartig gehalten, das war ein Fehler gewesen.

Jetzt hatte ich nur meine Arbeit, das Massieren in zwei Versionen und den Vertrieb gestohlener Waren. Und das alles hatte das Haus zum Ziel.

Ich tröstete mich damit, daß die Idee mit dem Haus nichts mit Luftschlössern zu tun hatte.

Die Idee mit dem Haus war ein Generator, der Strom erzeugte, eine Maschine, die Tag und Nacht in Betrieb war – eine Idee, die einen Mann nicht aufzehrte, sondern ihn nährte.

Ich reduzierte die erotischen Massagen und ersetzte die wegfallenden Einnahmen, indem ich mich auf Langstreckenläufer spezialisierte.

Ich rief einige Halbmarathonläufer an, die ich aus dem Zentralpark kannte, und berichtete ihnen von meinem Angebot. Indem ich ihre überanstrengten Muskeln fachmännisch behandelte, machte ich mir in ihren Kreisen einen Namen und konnte die Kundschaft, die Intimbehandlung wünschte, aus der Leitung werfen.

Die Läufer, Männer und Frauen, repräsentierten zum Großteil den gehobenen Mittelstand. Sie hatten im Laufen einen neuen Lebensinhalt gefunden. Weder die Gesellschaft noch Geld, Familie oder Auto können einem geben, was man erlebt, wenn man über dem Boden dahinschwebt. Beim Laufen vergißt der Mensch die hohen Steuern, das Auf und Ab der Zinsen und die zu einem Einheitsbrei vermanschte politische Landschaft. So redeten sie, und ich drückte dabei den Daumen tief in ihre vom Laufen verhärteten Gesäßmuskeln.

An einem Wochenende spitzte sich meine Belastung auf unangenehme Weise zu. Sini war bei mir, aber ich konnte die vereinbarten Massagen nicht absagen.

Sie saß auf einem Karton und aß Schnellgerichte, während ich Läufer massierte. Wenn sie versuchten, Sini vertrauliche Fragen zu stellen, drückte ich sofort den Daumen tief in eine Verhärtung. Nachdem der letzte Läufer gegangen war, kam ich endlich mit Sini raus zum Schaukeln und Spielen. Sie fragte, ob der Onkel mit dem dicken Nacken nach Hause gegangen sei. Ja. In sein eigenes Zuhause? Ja. Hat der Onkel noch Aua? Nein. Papi hat es weggemacht. Hat Papi den Onkel getröstet? Nein, Papi hat ihn massiert. Hat das dem Onkel weh getan? O ja. Schlimm? Nicht schlimm. Angenehm.

Ich meinte, unter meinen Patienten den einen oder anderen Mann von der Heimatfront erkannt zu haben, hütete mich aber, ihn darauf anzusprechen. Leider waren einige von ihnen allzu gesprächig. Sie hielten es für völlig natürlich, den Masseur nach seinen familiären Verhältnissen und dem fehlenden Mobiliar in der Wohnung zu fragen. Ich redete mich damit heraus, daß ich mit meiner Familie in einem Reihenhaus in der Nähe wohnen und diese Räumlichkeiten lediglich vorübergehend als Praxis nutzen würde. Den Fragern stellte ich zehn Prozent mehr in Rechnung, aber das fiel ihnen nicht auf, da meine Preise ohnehin deutlich günstiger waren als die offiziellen Tarife.

An den gehobenen Mittelstand konnte ich keine gestohlenen Waren loswerden. Es war eine Erleichterung, als ich dem Vertreibernetzwerk mitteilen konnte, ich würde keine Heimelektronik mehr annehmen. Von nun an war ich finanziell unabhängig von jenem Geldstrom, den am Laufen zu halten die Nerven mehr strapazierte als das Massieren. Das Netzwerk nahm meine Mitteilung mit Enttäuschung auf, denn ein Keller in einem Haus mit Eigentumswohnungen funktionierte als Zwischenlager deutlich besser als das Pendant in einem Mietshaus.

Der Hauptorganisator des Geschäfts wollte sich erkenntlich zeigen. Er schenkte mir eine Brotbackmaschine, da er vermutete, als Mann mit Familie wisse ich so etwas zu schätzen. Ich verbarg meine Rührung und dankte ihm. Nachdem er gegangen war, heulte ich im Bad.

Anfang Juni war ich am Ende.

Als eingefleischter Läufer war ich es gewohnt, auf meinen Körper zu hören, und außerdem mit geistigen Dingen vertraut, weshalb diese ganzheitliche Diagnose meiner Meinung nach wirklich den Punkt traf. Ich hatte mich kaputtgemacht. Ich hätte mich krank schreiben lassen und ausruhen müssen, das wußte ich, aber das ging leider nicht. Ich besorgte mir Schlaftabletten und war dadurch imstande, in drei Tagen und Nächten insgesamt neununddreißig Stunden zu schlafen. Davon gingen vierundzwanzig Stunden für mein Schlafdefizit drauf, aber es kamen immerhin noch fünfzehn Stunden neue, echte Erholung zusammen.

Das genügte.

Ich wählte in der Zeitung ein Haus in schlechtem Zustand aus. Die Preisvorstellung war unglaublich, die Besichtigung am Sonntag um 13 Uhr. Ich sah mir das Bild von Helena und Sini an und wählte eine Nummer. Es nahm niemand ab. Zur ersten Besichtigung wäre ich gern mit ihnen zusammen gegangen, und unterwegs hätte ich ihnen alles erzählt.

Wie ich auf die Idee mit dem Haus gekommen war.

Was ich alles dafür getan hatte.

Was ich über SIE und sie dachte.

Was ich mir so alles überlegt hatte.

Ich versuchte es noch einmal. Es nahm niemand ab.

Ich ging zur Besichtigung in der Gewißheit, mich auf mein Urteil verlassen zu können. Was für mich gut genug ist, ist mit Sicherheit auch für Helena gut genug. Ich stopfte siebzigtausend in bar in die Tasche meines Jogginganzugs und lief los.

Fünf Minuten vor der berechneten Zeit stand ich vor dem Haus. Das gelbe Auto der Immobilienfirma kam angerollt, ein Kostüm stieg aus und stellte am Straßenrand ein Schild auf: Besichtigung.

Ich ging zu ihr und erklärte, ich wolle das Haus kaufen, jedoch zu einem anderen Preis als dem, der auf dem Zettel stand. Sie sagte, das sei ihr sehr unangenehm. Das wunderte mich, schließlich war das nur ihr Job, es gehörte dazu, sich Angebote anzuhören und sie abzuwägen. Sie schlug mir vor, nach der Besichtigung noch einmal auf die Sache zurückzukommen.

Ich war anderer Meinung. Ohne auf Einzelheiten einzugehen, erzählte ich ihr, daß ich für diese Sache ziemlich große Anstrengungen auf mich genommen hätte, weshalb ich gern ihre Meinung zu meinem Angebot hören würde. Sie blieb bei ihrer Leier, wollte sich mein Angebot gern anhören, jedoch erst nach der Besichtigung.

Mich überkam Müdigkeit. Als hätte ich überhaupt keinen Zucker mehr im Blut.

Ich zog eine dicke Tafel Schokolade aus der Tasche, biß ein Stück ab und erklärte, ich würde um halb drei wiederkommen. Dann trat ich einen Schritt zurück. Sie fragte, ob ich das Haus nicht von innen sehen und hören wolle, was für Renovierungen notwendig seien.

»Die Renovierung ist in dem Moment fertig, wenn Helena und Sini da drin sind.«

Was sagte ich da?

Ich vermengte meine persönlichen Angelegenheiten mit dem Kauf eines Hauses.

Ich erschrak über meine eigenen Worte und entfernte mich im Laufschritt.

Erst auf dem Hügel blieb ich stehen und betrachtete meine neue Wohngegend sechs Minuten lang. Ohne Unterbrechung ist das eine lange Zeit.

Ich lief eine Stunde mit gleichmäßigem Puls, und die restliche Zeit saß ich zwanzig Meter vom Haus entfernt auf einem Stein. Zwei Familien standen im Vorgarten. Sie wirkten entspannt, kickten Grasbüschel und lachten über die Kinder, die zwischen den Sträuchern umherrannten. Sie taten mir leid. Sie wußten nicht, daß das Haus bereits einen sicheren Käufer hatte.

Ein Mann hielt ein Mädchen in Sinis Alter auf dem Arm. Ich wandte den Blick ab.

Das Kostüm begleitete die letzten Besichtiger zur Straße

und überreichte ihnen gelbe Broschüren. Ich ging näher heran und lehnte mich an eine große Birke am Straßenrand. Als der letzte gegangen war, zog ich das Geldbündel heraus, ging zu dem Kostüm und tat, was ich konnte, damit Helena und Sini zurückkamen.

Helena

Gut, daß er mich geschlagen hat. So denk ich jetzt. Hatte ich wenigstens einen Grund, abzuhauen.

Nie mehr Kotzeimer, nicht mehr das ewige Fernsehen, keine Vorträge über Rockmusik, Kochen und daß man irgendeinem Infanteriegeneral das Maul mit Isolierband zukleben müßte.

Der Knöchel tut mir weh. Matti ist mir in die Knochen gefahren. Besser als ins Herz. Dieser Dickschädel.

Kommt an Nudelauflauf schwarzer Pfeffer? Um Reis zu kochen, braucht man die doppelte Menge Wasser. Welche Kartoffelsorte nimmt man am besten für Kartoffelbrei, und muß man beim Zerstampfen Milch dazugeben, oder geht auch das Kartoffelwasser? Hat Matti in seine Gemüsesuppen Fenchel getan? Oder wie hat er diesen bestimmten Geschmack hingekriegt?

Über solche grundlegenden Dinge dachte ich nach, als das Telefon klingelte.

Sirkku sagte, das Display zeige unsere Nummer an, da ließen wir es klingeln.

Ich wollte nicht mit Matti reden, ich wußte, allein die Stimme würde mich in diese Wohnung zurückversetzen, an diesen Abend.

In den ersten drei Nächten wachte ich auf, weil ich um mich schlug. Sirkku rüttelte mich an der Schulter und fragte, was ist los. Ich erzählte ihr, das Zimmer sei gerade voller Tintenfische gewesen.

Jetzt sind wir schon zwei Monate hier, und allmählich wird es leichter. Zur Zeit bin ich noch so mit Sini beschäftigt, daß ich mir gar nicht vorstellen kann, ein Mensch für sich zu sein. Ständig hab ich sie auf dem Arm, ich trau mich gar nicht, sie abzusetzen, weil ich Angst hab, ihr passiert was.

Es gibt nur das Hier und Jetzt, sonst kann ich an nichts denken.

Sini atmet, ich atme, da drüben fährt ein Bus, da sind Leute, die nichts über unser Leben wissen, und ich weiß nichts über ihr Leben. Außer daß ihnen nichts Schlimmes passiert ist. Denn sonst würden sie den Bus stoppen und einfach in irgendeine Richtung davongehen. Mir kommt es vor, als wären Sini und ich die einzigen Unglücklichen auf dieser Welt.

Sirkku sagt immer, das stimmt nicht. Sie hat leicht reden. Was Außenstehende sagen, perlt von einem ab wie Wasser vom Rücken einer Gans.

Da sind als erstes mal die ganzen Haushaltssachen, die Matti fast allein erledigt hat. Gerade jetzt, am Freitagabend, muß ich an seine Hefeteilchen denken. Keine Ahnung, wie er den Teig so locker gekriegt hat. Und die Aufläufe, immer das richtige Verhältnis von Milch und Eiern. Wie er sich darauf konzentriert hat! Ich durfte ihn auf keinen Fall stören, wenn er donnerstags auf der Kochseite ein neues Trockenkuchenrezept entdeckt hatte.

Vor vier Jahren hat er angefangen, diese Zustände zu kriegen. Hat überall Wäschehaufen rumliegen lassen, den Brei auf dem Herd vergessen, ist ständig hinter seiner Zeitung zusammengezuckt. Wir haben uns natürlich Sorgen gemacht, er überhaupt nicht.

Ich hab ihm oft gesagt, nimm dir Zeit für dich, such dir ein Hobby, geh ein bißchen raus. Einmal glaubte ich schon, es hätte funktioniert. Da war in der Zeitung eine Anzeige über die finnischen Meisterschaften im Tiefschnee-Skilanglauf. Die hab ich ausgeschnitten, weil ich dachte, das könnte was für ihn sein, da käme er mit anderen Männern in den Wald. War ein Irrtum. Er wurde sauer und hat geschrien, ob es gut für einen sein soll, wenn man mit unbekannten Männern Blaubeersuppe schlürfen geht.

Er hatte diese Zustände, und es wurde von Tag zu Tag schlimmer, er saß vor dem Fernseher, las Zeitung, hörte Radio und zog die komischsten Schlußfolgerungen aus allem, was er gesehen und gehört hatte, und dann hat er die Kotzeimer gekauft. O Mann!

Man kann in einen anderen Menschen nicht reingucken, schon gar nicht in so einen. Und er hat sich die Rolle auch noch selbst ausgesucht. Der Gipfel war, als er anfing, Konditor zu spielen. Trockenkuchen, Törtchen, Schnecken, Plunder und Piroggen – alles mußte selbst gemacht werden. Und dann mußten sich alle drum herum versammeln und staunen, wie schön unser Mehlhändchen das hingekriegt hat. Nicht, daß sie nicht gut gewesen wären, aber ich hab damals schon geahnt, das wird ins Auge gehen. In halbtotem Zustand hat er die Dinger fabriziert, mitten in der Nacht, nachdem er stundenlang das fieberkranke Baby rumgetragen hat. Ich war abends beim Rückbildungsaerobic und im Depressionstraining für junge Mütter.

Er war selber einverstanden gewesen. Hätte ja sagen können, geht nicht. Hätte ja den Mund aufmachen können.

Und dann wurde das Lamm zum Löwen. Innerhalb von wenigen Monaten hat er sich total verändert. Da ging es mit den langen Vorträgen los, und wenn man keinen Nerv hatte, sich die anzuhören, wurde er sauer. Die Welt wollte er verbessern, nicht unsere Beziehung. Wenn ich geheult oder lamentiert hab, war ihm das völlig egal, da hat er mich bloß von der Couch aus angestarrt wie ein kalter Fisch.

Und dann war bei ihm das Maß voll. Das Faß lief über. Und das Rohr war dicht. Oder was weiß ich.

Ich hab das Gefühl, überhaupt nichts mehr zu wissen.

Außer daß er hier nichts verloren hat.

Auch nicht in der neuen Wohnung, die uns die Stadt versprochen hat.

Die wird häßlich sein. Egal, in diesem Leben werd ich sowieso nicht mehr in einem Holzhaus am Stadtrand wohnen. Das war immer mein Traum. Matti hat nicht mal zugehört, wenn ich davon geredet hab. Ich weiß noch, wie ich ihm eine halbe Stunde von der Renovierung des Hauses von Bekannten erzählte, bis ich merkte, daß Matti dabei die ganze Zeit mit dem anderen Ohr den Spekulationen eines fetten Skibosses über mögliche Erfolge bei internationalen Meisterschaften gelauscht hatte. Das kränkte mich.

Und dann hat er sich gewundert, wie ich ihn so zur Sau machen konnte, bevor er zuschlug. Ich hatte bloß die Wahrheit gesagt, was er für einer war und was für einer er noch nie gewesen war und nie werden würde.

Aber das alles ist jetzt vorbei. Ich werde mit Sini in diese Sozialwohnung ziehen.

Sirkku ist der Meinung, daß die Stadt absichtlich häßliche Häuser bauen läßt, damit die Armen wissen, wo sie hingehören. Ich weiß nicht. Kann sein. Ich will einfach eine Wohnung, vier Wände und normale Möbel. Kann von mir aus häßlich sein, solange es dort keine Tintenfische gibt.

Meine Gedanken sind in den letzten Wochen keine Gedanken gewesen. Alles sieht kaputt aus, nichts hat klare Umrisse. Hätte Sirkku nicht diese Stimmungsmedikamente, wäre ich längst in tausend Stücke zerbrochen. Das kann aber immer noch passieren. Ich dachte schon, jetzt ist es soweit, als ich Sini fragte, wie es am Wochenende bei Matti war. Sie hat irgendwas von großen Männern erzählt, die Matti massiert. Ich hab ihn sofort angerufen. Er sagte, er verdiene zusätzlich Geld durch Massage und es würde alles uns zugute kommen. Scheiße. Der hat das Mädchen in die Wohnung gesetzt und zugucken lassen, wie er splitternackte Männer massiert. Ich sagte ihm, das würde ich dem Sozialamt melden, damit wäre dann zumindest das Umgangsverbot gesichert.

Ich weiß bald gar nichts mehr. Alles dreht sich, nichts bleibt auf der Stelle.

Ich weiß nur, ich hätte im Sommer 1978 nicht zum Ruisrock fahren sollen. Jetzt trinke ich das Selbstgebraute, das ich damals angesetzt hab.

Es gab genau zwei Möglichkeiten, im Sommer aus unserem Kaff herauszukommen. Ich hätte das Sommerfest der Erweckten wählen sollen.

Ich weiß noch, wie er vorm Zelteingang aufgetaucht ist und mir in der Sonne stand. Hat ein bißchen geschwankt und Luftgitarre gespielt und ist mir dann direkt in den Schoß gefallen. Und da ist er geblieben. Über zwölf Jahre. Er war so weich. Sogar die Hände, wie bei einem Pianisten. Flaum am Kinn. Später hat er sich dann einen Spitzbart wachsen lassen. Kaum war die erste Single von den Sex Pistols rausgekommen, war der Bart weg.

Unten konnte er mich anfassen, daß es sich nicht mal angefühlt hat wie ein Finger. Hat Refrains vor sich hin gesungen. Hat mich auf sich zum Schaukeln gebracht, als würde ich auf Wellen reiten.

Hat den Apfelwein aus dem Zelteingang auf die Wiese gekotzt, aber wie kann man einem Mann böse sein, der einen so schaukelt und anfaßt. Ich frag mich bloß, wo er die

Faust herhatte. Sirkku meint, eine Faust wachse im selben Tempo wie eine Kiefer: zwanzig Jahre, bis sie ausgewachsen ist.

Ich hätte zum Sommerfest der Erweckten gehen sollen.

Matti

Ich streckte die Hand mit dem Geld aus. Das Kostüm blickte auf das Bündel, das Resultat meiner harten Arbeit, wie auf eine vergammelte Wurst und sagte, das könne sie nicht annehmen.

Ich wollte den Grund wissen.

Sie sagte, im Immobiliengeschäft sei es nicht üblich, solche Summen in bar mit sich herumzutragen. Dann wollte sie wissen, an was für einen Betrag ich denn gedacht hätte. Gefordert waren 1,2 Millionen Finnmark. Ich erklärte, das seien dreihunderttausend zuviel. Ich würde ihr auf der Stelle hunderttausend als Anzahlung geben und den Rest am nächsten Werktag vorbeibringen. Für mich war die Sache auch ohne nähere Betrachtung sonnenklar. Das Haus war in noch schlechterem Zustand als das Kostüm, bei dem sich am Hals aufgeplatzte Äderchen kreuzten, die daran erinnerten, welch beruhigende Wirkung Weißwein auf gestreßte Immobilienmaklerinnen hat.

Sie sagte, ein solches Angebot könne sie dem Verkäufer nicht vermitteln, äußerte sich bedauernd über die augenblickliche Marktsituation und gab mir ihre Visitenkarte. Ich sagte, ich würde sie in einer halben Stunde anrufen, wenn sich der Staub, den wir hier aufgewirbelt hätten, wieder gelegt habe.

»Änni teim.«

Das Kostüm klemmte sich die Broschüren und das Schild unter den Arm, ließ ihren Körper in den Opel Astra tropfen und mich mit meinem Geldbündel auf der Straße stehen.

Ich ging zurück in die hallende Wohnung, direkt unter die Dusche.

Ich drehte das kalte Wasser auf und stand so lange darunter, bis ich zitterte.

Dann setzte ich mich auf die Massagebank und fing an, zu spekulieren.

Ich wußte, mein Angebot war niedrig, obwohl es für mich hoch war. In einer anderen Lebenslage hätte ich an ein solches Haus allenfalls gepißt, jetzt hatte ich dafür alles geboten, was ich hatte. Ich beruhigte mich, als ich den Kern der Sache erfaßte. Was ich wollte, war kein Haus, sondern eine Familie.

Ich rechnete alles noch einmal durch.

Mir fiel unser Auto ein, das vor dem Haus stand.

Dafür würde ich auf die Schnelle sechstausend bekommen.

Siikavirta könnte ich um zwei Monatsgehälter Vorschuß bitten, ich bräuchte mir nur eine teure Operation auszudenken, die ich privat machen lassen müßte, weil die Warteliste für Kassenpatienten zu lang wäre.

Machte zusammen vierundzwanzigtausend.

Ich könnte eine Woche lang intim massieren, das würde ich schon schaffen. Bei den Brüsten würde ich die Augen schließen und mich zwingen, kalt zu bleiben.

Ich nahm die Visitenkarte und tippte die Nummer ein. Als ich merkte, wie ich den Hörer umklammerte, legte ich auf. Ich machte zwei Minuten Atemübungen, stabilisierte meinen Blutdruck und rief an.

Ich teilte dem Kostüm mein neues Angebot mit und versprach, das Geld auf ihr Konto zu überweisen, wenn sie ein dickes Geldbündel peinlich fand. Sie bedankte sich für das Angebot und lachte, es sei ziemlich dicht an dem Preis, für den sie das Haus gerade verkauft habe. Leider.

Ich sah Helena über die taunasse Wiese laufen und hinter den alten Eichen verschwinden. Ich sah Sini, die auf dem Arm eines unbekannten Mannes vom Kindergarten zu einem Kombi getragen wurde. Ich sah mich selbst als alten Mann auf einer Parkbank, mit Narben im Gesicht, die Hände untätig im Schoß, Gemurmel im Mund. Und ich sah den Hörer, der mir aus der Hand auf den Herd fiel.

Der Gestank ließ mich zusammenfahren, und ich stieß den unförmig zusammengeschmolzenen Hörer zu Boden.

Was ist ein Haus? Ein aus Beton, Holz, Nägeln und Isoliermaterial zusammengepfuschtes provisorisches Obdach.

Es klang verzweifelt, es so herunterzuspielen, denn in zwei Monaten würde ich obdachlos sein.

Selbstsicherheit ist reine Dummheit.

Ich hatte geglaubt, mein Angebot würde problemlos durchgehen, und nun saß ich da, in einer Wohnung, die schon verkauft war, und die nach verbranntem Plastik stank.

Jetzt hatte ich es plötzlich eilig.

Helena

Mir tut der Bauch weh: Matti ist dort eingezogen. Er reibt sich da drin die Füße wund und pilzig, die Hornhaut an seinem Kartoffelzeh scheuert an dem empfindlichen Gewebe. Seine verbeulten Knie bringen meinen Darm durcheinander. Er verbreitet sich über die wilde Ehe von Rockmusik und unpolitischer Einstellung, nächste Woche bringt er seine Plattensammlung ins Antiquariat, erklärt er mit Schaum vorm Mund, und dann verlangt er, daß ich mir eines noch anhöre, obwohl ich schon fast ersticke. Er wechselt die Position, es tut weh im Unterbauch, wenn er seine Beine neu sortiert. Ich bin so voller Matti, ganz leer bin ich. Und abends kommt Sini mit ihren Fragen. Wo ist der Papi? fragt sie. In unserem früheren Zuhause, antworte ich. Gehen wir hin, schlägt Sini vor. Nein, sage ich. Wann holt mich der Papi ab und nimmt mich auf die Schultern? fragt sie. Nächste Woche, antworte ich und denke, wenn es nach mir ginge, nie mehr. Sini lacht und sagt, dann nimmt sie der Papi wieder auf den Schoß und singt: Hoppe, hoppe, Reiter, wenn er fällt, dann schreit er, fällt er in den Graben, fressen ihn die Raben. Sie will auf meinen Schoß, aber ich hab keinen Nerv dazu. Sie zieht an meinen Jeans und wimmert. Papi schaukelt mich immer, sagt sie. Aber ich bin nicht Papi, denke ich. Ich muß sie unbedingt ablenken. Ich hebe eine Handpuppe vom Boden auf, stecke die Hand hinein und schwenke sie. Sini haut der Puppe eine rein, mein Mittelfinger rutscht aus dem Loch, und der Puppenkopf hängt leblos herab. Sini fängt an zu weinen, weil Sirkkus Auto uns von Zuhause weggebracht hat und weil die Puppe tot ist. Ich hole den Mop aus der Besenkammer und setze ihn mir auf den Kopf. Guck mal, was die Mama hat, sage ich. Sini biegt sich vor Lachen und plärrt, damit putzt der Papi den Boden. Mit diesem Spiel kann ich sie immerhin an den Eßtisch locken. Sirkku hat Kartoffelbrei gemacht und kleine gebratene Maränen. Sini klatscht sich ein Riesenbutterauge mitten ins Püree und sagt, Papi hat's mir so gezeigt. Papi, Papi, Papi. Er ist überall. Matti ist stückweise auf der ganzen Welt verteilt, und die meisten Stücke liegen in Sirkkus Wohnung. Sini ißt zehn Minuten lang. Während dieser Zeit redet sie nicht von Papi. Ein Rekord. Als der Teller leer ist, will Sini rausgehn, schaukeln. Ich hab eigentlich keine Lust, aber ich zwinge mich. Ich nehme sie auf den Schoß und schaukele mit so viel Schwung, daß alles durcheinandergerät. Die Wolken, die Bäume, Erde und Haar.

Matti

Ohne es zu wissen, setzte das Kostüm eine große Operation in Gang. Ich saß im Wohnzimmer auf dem Fußboden und dankte ihr für die Lehre. Sie hatte mich aus meinem blinden Eifer gerissen: Ich war nahe daran gewesen, ein Haus zu kaufen, über das ich nichts wußte und bei dem ich überhaupt nicht das Gefühl hatte, es könnte unser zukünftiges Zuhause sein. Die Sehnsucht hatte mein Urteilsvermögen anfaulen lassen.

Ich schüttelte den Kopf und sagte zu meiner Seele: Sei mal eine Zeitlang still.

Ich mußte von Grund auf neu anfangen, mit den elementarsten Dingen.

Mir war klar: Um an ein Haus zu kommen, mußte ich mich selbst und die Gegner des Projekts mit heruntergelassenen Hosen überraschen. Jetzt genügte nicht einmal der verlogene hundertzehnprozentige Einsatz, den Timo Jutila propagiert hatte. Es war nicht einmal genug, wie ein unbegabter und daher aus gutem Grund bescheidener Skilangläufer einfach zu tun, was man konnte, und dann zu sehen, wozu es reichte. Für einen vollkommenen Sieg braucht man immer auch die Schwäche des Gegners.

Und ich brauchte Helenas Verständnis.

Das nicht sehr groß war.

Helena zog falsche Schlußfolgerungen aus dem Wochenende, an dem ich vor Sinis Augen vier Läufer massiert hatte. Ich rief die Behörden an und erklärte alles so ruhig, wie ich konnte: Dem Mädchen fehle nichts, aufgrund meiner schlechten Organisationsfähigkeit sei an dem Wochenende einfach viel zusammengekommen, ich sei mit Sicherheit fähig, mich um meine Tochter zu kümmern.

Ich saß auf dem Fußboden, atmete sechsmal tief durch, stand auf und ritzte mit dem Messer ein Datum in die Schlafzimmerwand, über dem verkauften Ehebett: 3.7.1999. Aus den Geschichtsbüchern war mir in Erinnerung geblieben, daß sich die berühmte Schlacht von Tali-Ihantala, die den Vormarsch der Russen stoppte, 1944 genau an diesem Tag zugespitzt hatte. In der heftigsten Phase des Kampfes beschossen mehr als zweihundertfünfzig Geschütze ein und denselben Punkt. Ich hatte nicht mehr als ein Geschütz, aber solange mir klar war, wohin ich es richten mußte, genügte mir das. Finnland gewann durch jene legendäre Abwehrschlacht Zeit – also dasselbe, was ich auch wollte. Ich war sicher, falls Helena zu einem neuen Versuch bereit wäre, könnte ich sie innerhalb eines halben Jahres überzeugen.

Ich beschloß, mich so tief in die Kultur des Einfamilienhauses zu verbohren, daß ich jede Einzelheit und jede Nuance kennen würde, wenn ich wieder herauskam. Ich beschloß, sämtliche Häuser der Gegend unter die Lupe zu nehmen, unabhängig davon, ob sie zum Verkauf standen oder nicht. Ich beschloß, auch den Volksstamm kennenzulernen, der sich am Stadtrand seine Kultur bewahrte. Ich war ein Etagenhausbewohner und hatte keine Berührungspunkte mit Menschen, die auf andere Wohnformen verfallen waren. Mich interessierte, was für Leute sich für ein Einfamilienhaus entscheiden und auf welcher moralischen Grundlage sie glauben, ein solches zu verdienen. Ich wollte auch wissen, was für Nachbarn wir haben würden.

Von der Summe, die ich für die Einrichtung bekommen hatte, steckte ich siebentausend in Anschaffungen. Ich kaufte einen Stadtplan, ein Aufnahmegerät, ein Fernglas, einen Outdoor-Anzug in Tarnfarbe und einen Rucksack mit einem aufklappbaren provisorischen Sitz.

Ich abonnierte Zeitschriften, in denen es ums Wohnen und um Häuser ging, lieh mir in der Bibliothek sämtliche Bücher aus, die von alten Häusern handelten, und saugte mit den Schlagwörtern »Zuhause«, »Vaterland«, »Wiederaufbau« und »Immobilienvermittlung« sämtliche Artikel aus dem Internet, die das Thema auch nur im geringsten streiften.

Ich kaufte mir neue Laufschuhe und einen neuen Pulsmesser.

Ich kaufte mir ein Notizbuch, das in die Brusttasche des Outdoor-Anzugs paßte.

Ich kaufte mir ein schnurloses Telefon als Ersatz für das geschmolzene.

Ich stellte meinen Kopf auf eine Frequenz ein, auf der er alles, was mit Häusern und Wohnen zu tun hatte, empfing.

Ich zählte: In der Gegend gab es zwölf größere Straßen und zwischen diesen fünfundzwanzig Nebenstraßen.

Ich zählte außerdem, daß ich noch achtundzwanzig Lebensjahre vor mir hatte. Und diese Restzeit würde ich mit Helena und Sini im eigenen Haus am Stadtrand verbringen. Der Augusttag würde kommen, an dem ich in der Dämmerung auf der Gartenschaukel saß, ohne daß mich jemand störte.

Im Vermessungsamt der Stadt besorgte ich mir eine genaue Karte von dem Wohngebiet und klebte sie an die Wand – neben die Fotos.

Ich studierte sie wie die Heilige Schrift.

Man konnte die Straßen, die Grundstücksgrenzen, die Häuser, sogar die Bepflanzungen darauf erkennen.

Die großen Verkehrswege, die Autobahn nach Tuusula

und der Ring I waren dunkelgrün, die normalen Straßen weiß, die Hauptrouten durch die Stadtteile hellgelb, die Viertel mit den Wohnblocks dunkelorange, die Einfamilienhaussiedlungen hellbraun, blaßgrün die Waldstücke und Parks. Fußgängerwege und Laufstrecken waren als unterbrochene Linien eingezeichnet. Die Vergrößerung war genau, wie sie sein sollte: aus einem Meter Abstand lesbar.

Ich nahm die systematische Arbeit gleich am Tag nach meiner Enttäuschung durch das Kostüm auf.

Ich schnallte mir den Gummilappen des Pulsmessers um die Brust, schloß das Handgelenkgerät an und drückte die Knöpfe. Nach anderthalb Minuten zeigte das Display die Werte: Ruhepuls 51. Harri Kirvesniemi und Mika Myllylä hatten in ihren besten Zeiten einen Ruhepuls von 40, aber mit ihnen verglich ich mich nicht. Sie bekamen von ihren Heimatgemeinden Grundstücke und Häuser geschenkt, insofern waren unsere Werte gar nicht vergleichbar. Auch nicht unsere Träume, denn ich wußte, in was für Häusern die Skiläufer wohnten. Stillos rustikal. Massen an verschenkten Quadratmetern. Aufgeblasene Veranda. Architektur aus den Schweizer Alpen.

Die Skiläufer brachten meinen Puls sofort auf 98. Ich vergaß sie. Rechts und links hatte ich das Material auf dem Tisch gestapelt, dazwischen stützte ich meine Ellbogen auf und fing an zu lesen.

Die Prospekte der Immobilienfirmen ließen meinen Puls flott auf über hundert ansteigen, darum ging ich zu den Artikeln über, die sich mit der Geschichte der Frontkämpferhäuser beschäftigten. Das beruhigte ihn, er entsprach jetzt dem Wert bei gemächlichem Gehen, aber die Haus- und Gartenzeitschriften erzeugten den ersten Schweiß, wie ich ihn normalerweise erst an dem steilen Anstieg vor dem Schwimmbad Pirkkola bekomme.

Am Nachmittag versuchte ich ein Nickerchen zu machen, aber es gelang mir nicht.

Mein Kopf bestand aus Schotter.

Ich beschloß zu backen. Die Herstellung von Kuchen und Gebäck hatte mir immer geholfen. Ich machte die normale Teigmenge, obwohl Helena und Sini gar nicht zu Hause waren. Ich gab ein bißchen mehr Kardamom als sonst hinzu, weil sich jetzt niemand darüber beschweren konnte. Ich ließ den Teig neben dem Herd gehen und zog wahllos eine Zeitschrift aus dem Materialstapel.

Der Siedler war das inoffizielle Sprachrohr der Einfamilienhausbewohner. Es erinnerte mich an die Zeitschrift *Das Volk kämpft*, die ich als Jugendlicher gelesen hatte. *Der Siedler* setzte sich mit verschiedenen Aspekten des Wohnens im Eigenheim auseinander und berichtete, was für ein Leben die Stammesangehörigen in ihren Häusern führten.

Hefeduft machte sich in der Küche breit, ich vertiefte mich in den Text.

In den Heften von *Das Volk kämpft* hatten mir die in einem kargen Stil geschriebenen Berichte von den Erfahrungen einfacher Frontsoldaten gefallen. *Der Siedler* reichte da nicht heran. Was fast vollständig fehlte, war das Elend des Krieges und die fortwährende Angst vor dem, was kommt.

Hier führten die Stammesangehörigen einen stillen Krieg gegen die Zinsen oder für deren Absetzbarkeit von der Steuer, sie hatten Angst vor Rohrbrüchen, näher rückenden Dachreparaturen, Müllgebühren, einem plötzlichen Anstieg der Grundsteuer und davor, daß die Klinge des Rasenmähers durch einen übersehenen spitzen Stein kaputtging.

Der Siedler konnte seinen Lesern diese Ängste nicht vermitteln, in diesem Sinn war er nicht wahrhaftig.

Ich richtete meine Aufmerksamkeit auf Ton und Unterton.

Der Stamm der Eigenheimbewohner schien ein starkes Wir-Gefühl zu besitzen, auch wenn die Mitglieder wahrscheinlich nicht viel voneinander wußten. Was sie verband, war die Wohnform und die Angst vor Veränderung. Ängstlich oder zumindest reserviert sprachen sie vom Leben außerhalb ihrer Siedlung. Die Artikel verwiesen auf die neuen Bebauungspläne der Stadt, als würde es sich dabei um das Resultat geheimbündlerischer Verschwörungen handeln.

Einer der Befragten erschrak vor der Möglichkeit, unmittelbar neben seiner Siedlung könnten Sozialwohnungen entstehen. Zwischen den Zeilen konnte man lesen, was dann passieren würde. Einer mißbilligte den geplanten Verlauf eines neuen Radwegs, denn er würde den abendlichen Pißrundgang mit seinem Golden Retriever entscheidend verändern.

Mein Puls stieg leicht an.

Ich legte die Zeitschrift kurz zur Seite und überlegte mir, was für ein Blatt die Männer von der Heimatfront herausgeben würden, falls sie sich aus irgendeinem Grund zusammenfänden. Landesweit erschienen Dutzende von Publikationen, die sich auf das Wohnen, die Inneneinrichtung und das Kochen konzentrierten, so daß für eine Zeitschrift, die sich im gewohnten Stil mit häuslichen Dingen befaßte, kein Bedarf mehr bestand. Die neue Zeitschrift müßte einen ganz neuen Blickwinkel einnehmen und all jene unsichtbaren Männer in den Vordergrund stellen, die in halbtotem Zustand fieberkranke Kinder zwischen Wohn- und Schlafzimmer hin und her schleppen, die unermüdlich nach dem richtigen Verhältnis von schwarzem Pfeffer, Milch und Eiern suchen, die sich ohne einen Mucks anhören, was die Liebste bedrückt und was ihre Stimmung schwanken läßt, und die schließlich mit vierzig Grad Fieber auf die Sonderangebots-

Couch fallen, weil sie sich wochenlang nicht um ihr eigenes Wohlbefinden gekümmert haben.

Die Zeitschrift könnte auch grobkörnige Kriegspropaganda betreiben und die von den Medien verhätschelte Männerherde angreifen, die Trekking-Touren macht, im Boot Stromschnellen hinunterfährt, durch Tiefschnee stapft und dieses maskuline Bild an Sponsoren verkauft, die dann diesen Milchbärten, die von echten Herausforderungen keine Ahnung haben, ihre Logos auf den Hosenboden klatschen, damit sie vor Fernsehkameras ihre harten Gebirgsabenteuer vortragen können.

Mein Puls stieg zu stark an.

Ich mußte meine Gedanken von der Gründung einer eigenen Zeitschrift auf mein eigentliches Thema lenken.

Ein vierseitiger Beitrag im *Siedler* berichtete vom Unterschied zwischen Einfamilienhausbewohnern und Wohnblockmenschen. Ein Experte, der Psychologe Lauri Mäkinen, stand unter einem Apfelbaum, ein Spaniel wuselte um ihn herum. Mäkinen fand, das Milieu besitze einen wesentlichen Einfluß auf das geistige Wohlbefinden des Menschen. Er war für das Einfamilienhaus und empfahl es besonders jenen Leuten wärmstens, die zu Winterdepression und allgemeiner Freudlosigkeit neigten. Mäkinen sagte, er sei Realist und verstehe, daß sich nicht jeder ein Eigenheim leisten könne, betonte aber, schon ein Besuch im Garten von Bekannten könne oft helfen. Die Bäume seien unsere Freunde. Mäkinen verwies auf eine australische Untersuchung, derzufolge Menschen, die in der Nähe von Bäumen lebten, zu dauerhafteren zwischenmenschlichen Beziehungen fähig waren als Menschen, die ihr gesamtes Erwachsenenleben in einem von Beton und Stahl dominierten urbanen Milieu verbrachten.

Mäkinen selbst war erst zehn Jahre zuvor in ein Einfamilienhaus gezogen und bereute seine späte Geburt. Hätte er gewußt, welchen inneren Frieden einem der eigene kleine Garten und die Apfelbäume schenkten, hätte er diese Entscheidung schon früher getroffen.

Auf der zweiten Doppelseite war ein Bild von Mäkinen mit seiner Frau Mari und ihren Zwillingen Sami und Mika. Alle hatten einen Rechen in der Hand, und die Bildunterschrift teilte dem Leser mit, daß alle vier ihre Freude am Zusammenrechen des Herbstlaubs hätten. Der Wechsel der Jahreszeiten, der Zyklus der Natur lehre uns, die Vergänglichkeit aller Dinge zu verstehen, meinte Mäkinen. Er selbst habe erst im eigenen Garten begriffen, was es mit der Klarheit des Herbstes und der aufsprießenden Energie des Frühlings auf sich habe. Was der Vorbesitzer an Asphalt zurückgelassen habe, habe er aufgebrochen, um die Kraft der Erde zu befreien. Nach der Sauna wälze er sich nun oft nackt im Gras, und zwar ausgelassen, wie weiland der Dichter Ilmari Pimiä, der in den zwanziger Jahren zur Gruppe der »Feuerträger« gehört habe.

In den Nachschlagewerken über Häuser und Wohnen fand ich nichts über diesen Pimiä und seine Gruppe, aber offenbar war er ein bekannter Zimmermann oder Architekt gewesen, der auf diese Weise die Fertigstellung eines Hauses feierte.

Ich trennte den Bestellcoupon auf der Rückseite der Zeitschrift ab, füllte ihn aus und steckte ihn in einen Laufschuh, um ihn am Abend zum Briefkasten zu bringen. Dann nahm ich das Telefonbuch und suchte die Adresse von Lauri Mäkinen heraus: Waldschnepfenallee 4. Das war ungefähr fünf Kilometer von meiner Wohnung entfernt, auf der anderen Seite des Zentralparks.

Ich nahm die fast verbrannten Hefeteilchen aus dem Ofen, legte zwei davon auf einen Teller und stellte ein Glas kalte Milch daneben. Ich aß und betrachtete das Foto von

Lauri Mäkinen. Er sah mich an wie ein Hund. Ich überlegte, zu welcher Rasse er gehörte. Für einen finnischen Spitz war er zu schlaff, für einen Golden Retriever zu unverkennbar, für eine Bulldogge zu glattgesichtig. Ich verstand nicht genug von Hunden, um zu irgendeinem Schluß zu kommen. Mir fiel ein, wie Helena im Zusammenhang mit ihrem Hausrausch auch von Hunden gesprochen hatte und mich mit dem Bild eines Welpen hatte locken wollen.

Haus, Familie, Rasen, Sauna, Veranda, Briefkasten, Hund.

Ich blickte in Mäkinens milde Visage und stellte eine Liste der Dinge auf, die zusammengehörten.

Haus, Kinder, Rasenmäher, Gartenschlauch, Grill, Hund.

Haus, Ehefrau, Gartenzwerg, Wasserrechnung, Holzstapel, Hund.

Haus, Erinnerungen, Wendeltreppe, Nachtstrom, Hund.

Ich biß in ein Hefeteilchen, trank von der Milch und murmelte vor mich hin. Ich dachte, als alter Mann würde ich völlig das sein, was ich jetzt fast war: ein vor sich hin brabbelnder Opa, ein an der Decke hängendes Mobile, das aus Erinnerungsfetzen und zerstreuten Gedanken bestand, oder eine vor Jahren im Garten vergessene, rostige Schaukel, die quietscht, wenn man sich darauf setzt.

Ich ging auf den Balkon, eine rauchen. Der Nachbar über mir schmetterte seine Balkontür zu.

Die von oben

Ich schlug die Tür so fest zu, wie ich es wagte.

Wenn so eine Scheibe kaputtgeht, kostet das vierhundert Finnmark. Ich habe mit Leena schon darüber gesprochen. Falls das passiert, schicke ich die Rechnung an den Saukerl unter uns. Bei dem muß man einfach grob werden. Der kapiert überhaupt nicht, was er mit seiner Qualmerei anrichtet.

Leena setzte Tee auf, und gemeinsam entwarfen wir den Text für den gelben Klebezettel. Leena wollte sachlich bleiben und nicht ins Vulgäre abgleiten.

»Gott schuf den Frühling, damit wir dessen Duft genießen und nach dem Ende des Winters die Kraft der Helligkeit in uns aufnehmen, doch es gibt Leute, die das nicht begreifen, sondern auf ihrem Balkon Giftstengel qualmen, mit der Folge, daß der Frühling jene, die ihn verdient haben, nicht in seiner ganzen Fülle erreicht. Wäre da nicht eine Gewissenserforschung angebracht?«

Ich bat Leena, den Text laut zu lesen und achtete dabei auf den Tonfall und die Akzentuierungen. Ich stand hinter jedem einzelnen Wort. Freilich hätte ich nach »angebracht« gern ein Komma hinzugefügt und dann »verdammte Scheiße«, aber auf Leenas Wunsch verzichtete ich darauf.

Ich schlüpfte in die Badeschlappen und ging zum Schwarzen Brett hinunter. Dabei versuchte ich möglichst leise aufzutreten, doch die Schlappen verursachten ein unangenehm klatschendes Geräusch. Ich hakte den Schaukasten auf und klebte den Zettel genau in die Mitte, neben die Hausordnung. Ich trat einen halben Meter zurück, neigte den Kopf nach links und betrachtete den Zettel. Doch, so hing er gut.

Dann ging ich in unsere Wohnung zurück. Leena hatte meinen Lieblingsjoghurt neben den Tee gestellt, Bio-Blaubeere mit einem Hauch von Honig. Normalerweise nehmen wir das nach einer gelungenen Vereinigung zu uns, aber auch in Momenten, in denen wir das Gefühl haben, vereint als Familie, für die Gerechtigkeit zu Felde gezogen zu sein. Es tat mir unwahrscheinlich gut, daß Leena sich entschlossen hatte, mir im Kampf gegen den Tabakterror aus der Etage unter uns zur Seite zu stehen. Mir fiel diese Veränderung an Leena vor ungefähr einem halben Jahr auf, als sie mit Tränen in den Augen vom Balkon kam. Sie erzählte, sie habe sich gerade die Haare gekämmt, als ihr der gräßliche Qualm aus dem rauchenden Aschenbecher des Kerls von unten direkt in die Nase gestiegen sei. Seit diesem Augenblick steht sie auf meiner Seite.

Mir fiel auf, daß Leena als Gefäß für den Joghurt das grüne Schälchen mit den Blumen gewählt hatte, das ich vom Personal anläßlich meines zehnjährigen Jubiläums als verantwortlicher Leiter der Qualitätskontrolle geschenkt bekommen hatte. Eine schöne Geste von Leena.

Wir aßen schweigend. Wir wollten nicht mehr über den Zwischenfall von eben sprechen, sondern konzentrierten uns auf diesen Abend. Jussi war beim Hockeytraining und Kati beim Aerobic: Wir hatten den Abend für uns allein.

Ich nahm mir vor, Leena direkt nach den Nachrichten zu verführen, obwohl der Mißmut, den dieser Terrorist verursacht hatte, mir immer noch den Kopf vernebelte. Mir fiel ein, daß er bald zum Joggen aufbrechen und Volkes Stimme am Schwarzen Brett bemerken würde. Meine Stimmung stieg, und ich nannte Leena »sommerbraune Schönheit«. Sie freute sich und sagte, mit meinem Sommerbart finde sie mich aufregend kratzig. Ich stand auf, wischte mir den Joghurt aus den Mundwinkeln und wollte mich schon vorbeugen, um Leenas Nacken zu küssen, als ein Luftstrom, erzeugt durch einen heftigen Knall, unsere Wohnungstür erzittern ließ. Das Scheusal von unten hatte gerade die Tür hinter sich zugeworfen, jetzt trampelte er die Treppe hinunter, ohne einen Gedanken an seine Mitbewohner zu verschwenden. Die Stimmung war wie weggeblasen, Leena zog sich in die Wohnzimmerecke zurück und las in ihrer Handarbeitszeitschrift.

Sie fand, ich ließe mich von einem einzelnen Menschen zu sehr irritieren, aber ich konnte nichts für meine Reaktion. Wir wohnten seit zwanzig Jahren im selben Haus, und der Saukerl war der erste echte Störenfried. Ich brachte die Angelegenheit im Vorstand der Hausgemeinschaft zur Sprache, aber die Leute dort realisierten nicht, wie ernst das Problem war. Kallio verwies auf das Gesetz, demzufolge auf Balkonen nur offenes Feuer verboten sei. Pelkonen schlug vor, wir sollten durch ein anderes Fenster lüften. Lächerlich. Ich erinnerte ihn daran, daß Hausgemeinschaften Ausnahmeregelungen zum Verbot des Balkonrauchens treffen konnten, wenn sie wollten. Kallio fand, in großen Gemeinschaften sei das schwierig, denn schon ein einziger Mißton würde unsere Bemühungen um ein gutes Klima über den Haufen werfen.

Am meisten ärgerte mich, daß der Saukerl ansonsten in keiner Weise ein Störenfried war. Vergeblich träumte ich von Alkoholexzessen und nächtlichem Lärm. Ich konnte ihn bei nichts erwischen. Die Situation war unerträglich, und ich beschloß, mir etwas anderes auszudenken, falls die Strategie mit dem gelben Zettel nicht das erhoffte Resultat brachte. Der Herr hat den Menschen nicht geschaffen, damit er Zigaretten raucht.

Matti

Ich machte mir Notizen über alles, was ich sah und hörte.

Durch Riechen und Tasten erweiterte ich mein Erfahrungsspektrum. Wahllos schrieb ich jeden Eindruck in mein Notizbuch. Ich benahm mich wie ein vom Frühling berauschter Vogelbeobachter, dessen Netzhaut auch den kleinsten Flügelschlag verzeichnet.

Ich sortierte die Häuser, teilte sie in Gruppen auf.

Die interessanten, die begehrenswerten und die möglichen.

Aus Holz, aus Backstein, aus Fertigteilen.

Die aus Holz: alte, neue.

Die alten: vor dem Krieg gebaut, nach dem Krieg.

Die neuen: einstöckig, zweistöckig, außergewöhnlich, gewöhnlich.

Auch die Bewohner steckte ich in Gruppen.

Die Renovierer, der Mittelstand, die Wohlhabenden und die Stinkreichen.

Die Grünlichen, die Sozis, die Kinderlosen, die Rentner.

In einem Buch über die Siedlungsgeschichte der Indianer las ich, den Rothäuten sei der Boden unter ihren Füßen am wichtigsten gewesen. Der Mensch mußte fühlen können, wie die Erde vibriert. Ich entnahm auf den Grundstücken verschiedener Häuser Rasenproben und klebte die Grasbüschel auf ein Blatt Papier, das ich an der Wand befestigte.

Immer wenn ich an dem Blatt vorbeiging, schnupperte ich an jedem Büschel, um eine Ahnung davon zu bekommen, was für eine Erde für unsere Familie die beste wäre. Die Büschel rochen alle gleich, die minimalen Unterschiede hatten mit dem Harn unterschiedlicher Hunderassen zu tun.

Ach, ihr Indianer!

Ein gewisser Häuptling, ein wissenschaftlich anerkanntes Runzelmaul, behauptete im Vorwort des Buches, die Erde gehöre niemandem. Lieber Häuptling, sei so gut und komm her, und erzähle diese Banalität den Bewohnern der nördlichen Hemisphäre! So etwas in die Prärie hinauszuschreien ist leicht, weil da niemand auch nur auf die Idee kommt, ein Einkaufszentrum zu bauen. Komm nach Helsinki, Rothaut, dann ist Schluß mit dem Gequatsche!

Bist herzlich eingeladen, Häuptling, zu der ersten berauschenden Sonntagsbesichtigung im Frühling. Lies dir den Zettel durch, den dir ein Kostüm in die Hand drückt, da stehen zwei Zeilen über den Wert der Erde: dreitausendfünfhundert Finnmark pro Quadratmeter. Da steigen auch aus deinem Kopf Rauchzeichen in Richtung des Bankfräuleins auf, das dir einen günstigen Zinssatz über fünfzehn Jahre Laufzeit anbietet. Dafür darf der Repräsentant eines Naturvolks dann für knapp anderthalb Millionen auf einem Vierhundert-Quadratmeter-Grundstück Salmonellenhähnchen grillen.

Puls 145. Man sollte nicht an Indianer denken, und auch sonst an nichts Negatives, das sieht man sofort am Handgelenk.

Unbemerkt lief ich durch die fragliche Gegend. Wegen der Nähe zum Zentralpark nahm niemand Notiz von einem einzelnen Mann im Trainingsanzug, der einen kleinen Rucksack und ein Fernglas bei sich hatte.

Ich blieb jeweils am Briefkasten stehen und ließ den ersten

Eindruck auf mich wirken. Das war das wichtigste. Gab er Anlaß zu einer näheren Untersuchung des Objekts, notierte ich es mir und kam am späten Abend wieder. Dann bewegte ich mich kriechend auf das Haus zu. Erst nachdem ich mich versicherte hatte, daß die Luft rein war, stand ich auf und installierte das Aufnahmegerät.

Bei manchen Objekten ermöglichte der reichbepflanzte Garten ein sehr intimes Kennenlernen der Familie. Mitunter lag ich hinter einem Zierstrauch, und nur drei Meter von mir entfernt grillte man Brustfilets, trank Weißwein und unterhielt sich über Dinge, die mich erregten.

Nachdem ich eines Nachts nach Hause gelaufen war, las ich, was ich in mein Notizbuch geschrieben hatte.

»Daß sie es wagen! Sie haben überhaupt kein Schamgefühl. Stiefeln quasselnd durch einen Garten, dessen schlichte Schönheit sie nicht erfassen. Sie ratschen wie die Krähen und bewegen sich wie Seehunde. Woher nimmt ein Mensch dieses selbstverständliche Besitzerverhalten, diese ganzen Gesten? Da watschelt der kräftige Seehund in fröhlich bunten Shorts umher, mit von Mücken zerstochenen Schenkeln, die von hellen, dünnen Härchen überzogen sind. Und als Krönung die Füße, die in den frischgemähten Rasen einsinkenden knubbeligen Zehen, dazwischen von den Stützstrümpfen schwarze Flusen, die er gedankenverloren mit seinem dicken Zeigefinger herauspult. Ich kenne dieses Säugetier, nicht persönlich, aber durch und durch. Der Seehund watschelt über den taufeuchten Rasen, das Gras braucht danach fünf Tage, um sich wieder aufzurichten. Er macht sich ein Exportbier auf, steigt die Stufen zur Terrasse hinauf, genießt es, mit blanken Füßen über Holz zu gehen. Für diese Art von Kontakt werden im Schnitt anderthalb Millionen Finnmark bezahlt. Das ist der mittlere Preis für ein Einfamilienhaus in solchen Gegenden. Das Rülpsen nach dem Bier schallt als

Lockruf zu den Artgenossen hinüber. Niemand antwortet, wir sind zu zweit an diesem späten Abend, er und ich. Nur ich weiß das, er glaubt, er ist allein. Er schnuppert und greift in den Johannisbeerstrauch, den ein Frontkämpfer und seine Frau vor zweiundfünfzig Jahren gepflanzt haben. Laß die Finger von der verbotenen Frucht! Die schwarze Johannisbeere platzt zwischen gelblichen Zähnen auf, das Fruchtfleisch quillt in die Mundhöhle. Er ist so gierig, daß die erste noch nicht verzehrt ist, als er sich schon die zweite schnappt. Füll dir nur den Bauch, bald ruhest du auch.«

Ich ordnete alles dem großen Ziel unter, versuchte, zwischen Beruf, Schwarzarbeit und Sinis Besuchstagen die Balance zu halten.

Meine tägliche Arbeit mußte darunter leiden. Nach den wenigen Stunden Schlaf strotzte ich schon morgens auf dem Weg ins Lager vor Gleichgültigkeit. Erst wenn ich aus der Arbeit herauskam, erwachte ich zum Leben. Nach einer Dusche tankte ich Obst, Wasser und Roggenbrot und absolvierte eine Bauchmuskelserie. Ab sechs Uhr machte ich mich über die Waden der Halbmarathonläufer her. Ich sah nicht die Verhärtungen, ich sah die Geldscheine.

Lagerchef Siikavirta erkundigte sich nach dem Grund für meine Müdigkeit. Ich sagte, ich würde für den Stockholm-Marathon trainieren. Siikavirta meinte, er habe zwar was für Langstreckenlauf übrig, aber noch mehr dafür, daß die LKW auch mit den Sachen beladen würden, die die Kunden bestellt hätten. Ich versprach ihm, es lockerer anzugehen und mein Gedächtnis zu schulen.

Die erotische Massage konnte ich auf drei Frauen beschränken. Ich wählte sie nach Aussehen und Gesprächigkeit aus: Sie waren alle häßlich und redeten nicht viel, außerdem erinnerte mich keine von ihnen an Helena. Ich hob die Preise an, begründete es mit dem Niveau der Dienstleistung und damit, daß ich in der Gegend der einzige war, der einen solchen Service anbot. Seija, Pirjo und Sinikka waren einverstanden. Ich versuchte, die Wochenenden, an denen Sini zu mir kam, ganz von den erotischen Massagen freizuhalten. Einmal war es haarscharf. Ich bekam Seija um fünf nach fünf aus dem Haus, um sieben nach standen Helena und Sini unten vor der Tür.

Meine Sinne wurden empfindlicher, das merkte ich bei allem, was ich tat.

Wenn ich durchs Gebüsch robbte, spürte ich Kleinlebewesen, die ich zuletzt als Kind angefaßt hatte. Wenn ich barfuß über einen Rasen schlich, spürte ich den Tau und jedes kleinste Steinchen, das ein Kinderfuß abgeschüttelt hatte. Las ich in dem Buch über die Siedlungsgeschichte der Nachkriegszeit, hatte ich das Gefühl, einer der vierhundertzwanzigtausend Aussiedler und Frontkämpfer zu sein, denen man damals schnell ein Dach über dem Kopf beschaffen mußte. Wenn ich mir die Bilder mit den kleinen Häusern ansah, lebte ich ein Nachkriegsleben, ich war ein Erkki, Kauko oder Pentti, der zum ersten Mal in der eigenen Stube saß, die junge Braut auf den Knien, das Pfeifen der Granatsplitter noch im Ohr, und ab und zu aufschreckte, als müsse er sich wieder bäuchlings in den Sumpf werfen und die Augen schließen – nein, das braucht er nicht mehr, er hat eine Frau auf dem Schoß, der Mond steht am Himmel, und im Finger steckt ein Splitter von der Wand seines eigenen Hauses.

Meine physische Verfassung besserte sich ganz von selbst, da mein Puls für mehrere Stunden am Tag auf optimale

Werte anstieg. Ich nahm viel Flüssigkeit zu mir, kochte mir leichte Suppen. Außerdem verzichtete ich darauf, mich mit Schokolade zu belohnen, ganz zu schweigen von Alkohol, den ich fast komplett aufgegeben hatte, als ich mit dem Laufen anfing. Ich schlief bruchstückhaft, und jedesmal wenn ich aufwachte, absolvierte ich eine Bauchmuskelserie, um meine launischen Nerven ruhigzustellen.

Je klarere Konturen die Welt des Wohnens und der Häuser für mich annahm, um so stärker sprang sie mir ins Gesicht, wie ein rotierendes Sägeblatt, das durch die Luft schwirrte. Momentweise bereute ich, nicht auf Helena und ihren Traum vom eigenen Haus eingegangen zu sein.

Andererseits blieben die Dinge eindeutig, wenn man sie allein erlebte.

Allerdings kann man über ihre Eindeutigkeit geteilter Meinung sein. Als einer, der per Interrail unterwegs gewesen war, kannte ich alle Nuancen der Illusion. Wie Tausende berauschte junge Leute hatte auch ich einst meinen Gestellrucksack auf den Bahnhöfen verschiedener europäischer Städte ausgeführt und war in der Gewißheit nach Finnland zurückgekehrt, daß ich, allein in der großen weiten Welt, genaue Beobachtungen über die Unterschiede zwischen Finnland und den anderen Ländern hatte anstellen können. Doch letztlich blieb von all den Reisen nur die Erkenntnis zurück, daß es am Pariser Gare du Nord einen Stand mit gefüllten Croissants gab.

Ich brachte mir in Erinnerung, daß es jetzt nicht darum ging, Europa zu beschnuppern, sondern darum, die finnischen Wohnformen gründlich zu erforschen.

Wenn ich von meinen Exkursionen zurückkam, hatte ich das Gefühl, im Ausland gewesen zu sein, in einem fremden Kulturkreis. Um meinen Puls zu senken und mein Gemüt zu beruhigen, stand ich zuerst fünf Minuten unter der Dusche, dann hörte ich das Band des Aufnahmegeräts ab und schrieb meine Eindrücke ins Notizbuch.

»Die Objekte und ihre besonderen Eigenschaften. Erste Eindrücke, wenig Anlaß zu weiteren Maßnahmen:

Einstöckiges Haus aus Holz, weiß, verklinkert, gebaut in den achtziger Jahren, flaches schwarzes Satteldach, überdachter Grill im Garten, Parkett im Wohnzimmer, in der Küche PVC-Fußboden, im Schlafzimmer gelbe Vorhänge. Dunkle Fensterrahmen, Fliegengitter an den Belüftungsfenstern, vier Zimmer plus Küche, in zwei Zimmern sondern pubertierende Jugendliche ihre Gerüche ab, die dann in das ganze schlecht zu lüftende Haus ziehen. Die Hausherrin hätte gern ein eigenes Leben, der Hausherr erforscht seinen Stammbaum.

Einstöckiges Haus aus rotem Backstein, Flachdach, gebaut in den siebziger Jahren, überdachter Grill im Garten, im Wohnzimmer große Fenster zum Garten. Von der Straße aus sehe ich: ein etwa sechzigjähriges Paar, es trinkt im Garten Kaffee und ißt Bostonkuchen, sie reden nicht miteinander, die Frau hat die Zeitschrift *Gloria* vor der Nase, der Mann hat einen glasigen Blick. Vor dem Haus ein VW Passat, der Schlitten des Enkelkinds lehnt an der Wand. Der Hausherr ist ein Wichser. Beweis: Fernglaskontakt um 21.30 Uhr, durch das Arbeitszimmerfenster. Anderthalb Stunden im Internet, Sexsurfen, allerdings beide Hände auf der Arbeitsplatte.

Holzhaus, ein Geschenk von den Schweden, nach dem Krieg aufgestellt. Habe schon Dutzende solche Fälle gesehen. Kleiner, grüner Garten, mit Felsen. Sini wollte den Felsen hinunterrutschen, ich verbot es ihr. Auf den weißen Gartenstühlen aus Holz vier Erwachsene: Die Nachbarn sind zu Besuch. Auf dem Tisch sechs Flaschen Weißwein, die vierte wird gerade geleert. Lassen sich über allgemeine Dinge aus, spitzen nichts zu, streifen Fragen der privaten Kinderbetreuung, die Wohnungssituation in Helsinki, lamentieren über häßliche Wohngegenden, stoßen darauf an, daß sie nicht dort wohnen. Alter zirka 38–45 Jahre, Durchschnittseinkommen 150 000–200 000 Finnmark im Jahr, zwei Autos am Straßenrand, ungefähr acht Jahre alt. Grünliches Gerede, rötliche Gesichter.

Nach dem Krieg gebautes Holzhaus. Eine Immobilienmaklerin warb damit, dieses Objekt stehe in einer Gartenstadt, weil sich das besser verkauft als ›in einem Wohnblockviertel‹: Sie verlegte die Straße eigenmächtig in einen anderen Stadtteil. Nicht vergessen: die Firma aus dem Telefonbuch heraussuchen, eine Nachricht auf dem Anrufbeantworter hinterlassen: ›Kuh, du bist über den Zaun gesprungen.‹ Das Objekt ist ein grüngestrichenes Haus in schlechtem Zustand. Gartengrundstück. Alte Anpflanzungen und ein ebenso altes Paar. Der Mann bei der Stadt angestellt, die Frau Zahnarzthelferin. Kinderlos, denken über den Umzug in ein Etagenhaus nach, Information stammt von Tonbandaufzeichnung, die ich am Samstagabend vom angrenzenden Wäldchen aus gemacht habe. Verlangen eine Million zweihunderttausend, Spielraum: eine Million. Würde ein entsprechendes Haus auf einer Schäre, zum Beispiel in Rymättylä, stehen, könnte man es auf hundertfünfzigtausend herunterhandeln. Habe einen anonymen Zettel in den Briefkasten gesteckt: Biete zweihunderttausend, falls das Dach repariert wird und der Hiphopper, der im Keller rumhängt, nicht im Preis inbegriffen ist.

Haus aus gelbem Backstein, gebaut auf dem Höhepunkt der letzten Hochkonjunktur, '89. Die Männer vom Schimmeldienst haben die ganze letzte Woche im Untergeschoß herumgegammelt, der Hausherr mittlere Führungsebene, plant Teilnahme an einem Marathon. Die Hausherrin hat eine Schwäche für Gebäck, zerknüllt kleine weiße Konditoreikartons und schiebt sie unter den Gartengrill. Prophezeiung 1: Bei den Messungen der Fak-Systems AG stellt sich heraus, daß mangelhafte Feuchtigkeitsisolierung und schlechter Luftaustausch Kosten von zirka hundertfünfzigtausend Finnmark verursachen. Prophezeiung 2: Nachdem er diese Nachricht erhalten hat, nimmt der Hausherr mangelhaft vorbereitet am Stockholm Marathon teil und landet am Tropf.

Eine der Hauptstraßen des Gebiets, hier fängt das Tal der roten Klinker und der Flachdächer an, dazwischen weißer Backstein und ein paar Hausgreise. Objekt neu-altes Holzhaus, Satteldach mit zwei Erkern, Turm, auf dem Giebel ein Hahn aus Stahl. Im Garten ein fünfzigjähriges Paar, der Mann im Golfhemd, die Frau mit einer Tätowierung am Knöchel. Nach seinem Wagen (Stadt-Geländewagen) zu schließen, ist der Mann Jurist oder Chef einer Werbeagentur, die Frau, den Kleidern nach, Töpferin oder Lehrerin. Streiten über die Temperatur des Weins, kommen zu keinem Ergebnis.

Eine der beiden alten Reihenhauszeilen des Gebiets, selten im Angebot. Drei Stockwerke, in den fünfziger Jahren gebaut, Garten geht zum Zentralpark. Das Eigentümerpaar verkauft selbst. Streitanfällig, Preis muß deutlich niedriger angesetzt werden. Die Frau hat mit Astanga-Yoga angefangen, dem Mann gefällt es nicht, daß seine Frau auf Befehl eines Mannes mit Pferdeschwanz komplizierte Stellungen einnimmt. Die Frau rechtfertigt ihren Entschluß mit Stoffwechselgründen, die ich verstehe. Mit seinem leichten Übergewicht und ohne jedes Hobby kommt sich der Mann verlassen vor, er befürchtet, seine Frau könnte wieder Lust bekommen, und er könnte mit seiner Bewegungsunfähigkeit allein in dem Zehn-Quadratmeter-Garten zurückbleiben.

Das kauen sie bis nach Mitternacht durch, mit der Kraft von drei Flaschen Wein, Preisklasse 45–65 Finnmark.

Gesamteindruck: Überall riecht es stark nach gegrilltem Fleisch, aus den Gärten steigt dünner Rauch auf. Die Rasenmäher tuckern wie kleine Hubschrauber, die Geräuschkulisse erinnert an den Anfang von Coppolas *Apokalypse now*. Der Geruch frisch gemähten Grases vermischt sich mit dem Geruch von gegrilltem Fleisch, eine Mischung, die den Einsamen betäubt.«

Helena

Ich machte eine Fischsuppe aus tiefgefrorenem Seelachs. Schmeckte nach Wasser. Zwangsläufig mußte ich an Mattis feingewürzte Speisen denken. Zitronenpfeffer? Oder nur Salz? Ich nahm Salz, es kam zuviel raus. Mir fiel Mattis Trick ein, und ich warf eine rohe Kartoffel in die Suppe, die sog das überflüssige Salz auf. Es war demütigend zuzugeben, daß ich alles, was ich über das Kochen wußte, von Matti gelernt hatte. Der frühe Tod meiner Mutter ist nicht die einzige Erklärung dafür, ich hab mich einfach nicht fürs Kochen interessiert.

Ich stellte Sini den Teller hin. War ein tolles Gefühl, als sie alles aufaß und die Suppe lobte.

Nach dem Essen wollte Sini malen. Sie malte ein Haus mit einem Berg daneben. Sie erklärte, im Garten von dem Haus bin ich mit Papi gewesen.

Was treibt der mit dem Kind? War das mit den Massagen nicht genug?

Ich fragte sie, ob in dem Haus Bekannte von Papi wohnen. Nein, glaub ich nicht, antwortete Sini. Warum wart ihr dann dort? fragte ich. Papi wollte dahin, sagte sie. Ach so.

Problemlos ging Sini von einem Thema zum nächsten über und dachte an den Sommer am Päijänne zurück, als ich sie an der Hand in den See führte, so weit, daß ihr das Wasser fast bis zum Hals stand. Ich weiß noch, wie ich sie an der

Hand gehalten und auf den See geblickt hab. Was guckst du? fragte Sini. Auf den See, sagte ich. Ich stellte sie auf den Steg. Matti legte ihr ein großes Badetuch um, man sah nur noch ihre Augen und ein bißchen von der Nase. Matti gab ihr einen Kuß auf die Nase. Sini hat gelacht und gesagt, Papis Bart kitzelt. Das sind Stacheln, wie bei einem Igel und bei einem Rechen, hat Matti gesagt und Sini auf die Schultern genommen. Sini hat gejuchzt und gelacht, auf dem Kopf hier ist ein Fleck mit ein bißchen Haaren und Grind, genau wie an meinem Knie. Matti hat ihr erklärt, jeder kluge Mensch hätte Grind auf dem Kopf. Der entsteht beim Nachdenken als Nebenprodukt, wenn sich der Denker kratzt.

Damals mußte ich darüber lachen, jetzt wird mir schlecht davon.

Dann ist Sini vom Päijänne wieder nach Helsinki übergewechselt, zu dem Trennungsabend. Sie hat das Ganze geschildert wie einen Horrorfilm. Daß ich wie ein Löwe ausgesehen hätte und Matti wie ein Tiger. Mit großen Augen hat sie erzählt, wie ich sie die Treppe hinuntergetragen und in Sirkkus Auto gesteckt habe, und daß das Auto nicht auf den Papi gewartet hat, sondern daß der Papi vor dem Haus liegengeblieben ist. Sini hat gefragt, wann wir den Papi von dem anderen Zuhause hierherholen. Ich weiß es nicht.

Matti

Am Sonntag vor Mittsommer, nachdem ich zwei Wochen jede Nacht gelesen hatte, versuchte ich, sie zu erreichen, aber Sirkku ging nicht ans Telefon.

Sie haben eine Abmachung. Nicht rangehen, wenn er anruft.

Brutale Scheißweiber. Verständnislose, intrigante Schlampen.

Und das Ganze noch mal einzeln: Du verständnislose Kuh, die sich um nichts schert, ich habe dich vom Herd befreit, und jetzt bist du nicht mal bereit, mit mir zu telefonieren.

Helena. Ich wollte dir bloß sagen, wie interessant die Welt der Häuser ist, und wieviel man wissen muß, bevor man sich zutraut, eines kaufen zu können. Ich bin zum Frieden und zu Reparationen bereit, ich würde sogar den alten Grenzverlauf zu deinen Gunsten nachbessern.

Ich hätte gern gehört, wie Sini »Papi« sagt, mit drei I am Ende.

Eines begriff Helena nicht: Je weiter sie von mir wegging, um so näher kam ich.

Helena, wenn das so weitergeht, wachsen wir noch zusammen.

Mein Kopf war voll mit Bautechnik, Siedlungsgeschichte, Katalogtexten von Immobilienmaklern, Anleitungen zur

Renovierung, Bebauungspolitik und Heizkosten von Einfamilienhäusern.

Ist der Kopf voll, weiß man nicht mehr, was drin ist. Man muß aussortieren. Ich fing mit dem an, was ich nicht haben wollte.

Ich wollte kein weißes Backsteinhaus mit einem Rasen, der bis auf einen Millimeter geschoren ist, und drei Gartenzwergen neben den Johannisbeersträuchern.

Ich wollte kein neu-altes Holzhaus mit Turm und Balkon.

Ich wollte kein verklinkertes Holzhaus mit raffinierten Details.

Ich wollte kein modernes Haus, in dem ein Architekt sich selbst verwirklicht hatte, in der Gewißheit, es selbst nie zu bewohnen, geschweige denn putzen zu müssen.

Ich wollte kein großes Haus. Alle Häuser über hundertfünfzig Quadratmeter waren überdimensioniert, sie hoben sich vom Gelände ab wie die grellen Luftballons am Ersten Mai.

Ich wollte ein einfaches Haus, eines, das so war wie ich.

Hat man nur einen Gedanken im Kopf, ist es darin gemütlich.

Ich zog die Laufsachen an, band den Pulsmesser um und rannte die Treppe hinunter.

Vor dem Haus fiel mir das Auto der Rehunens auf. Ich blieb stehen und sah zu, wie sie sich herauswanden und große Einkaufstüten ausluden. Während sie sich mit diesen abmühten, ließ die Frau ihr Handy auf dem Wagendach liegen. Ich wartete hinter den Mülltonnen, bis sie im Haus waren, dann schnappte ich mir das Telefon.

Wer eine Entscheidung getroffen hat, geht leichten Schrittes: In einer knappen halben Stunde hatte ich die Waldschnepfenallee erreicht. Das Haus der Mäkinens schimmerte durch die Fliederbüsche. Draußen war niemand zu sehen.

Ich sprang über die Sträucher und ging bis unter die Apfelbäume. Kein Vorhang regte sich.

Ich setzte mich auf einen weißen Gartenstuhl und ließ das Ganze auf mich wirken. Ich stellte mir mich als Hausherr vor, schlug ein Bein über das andere und machte mir meine Gedanken. Die Bäume raschelten im Wind.

Da ging die Terrassentür auf, und ein Mann, dessen Gesicht ich kannte, stürzte heraus in den Garten: Mäkinen. Er blieb vor mir stehen und fragte mit scharfer Stimme, was ich in seinem Garten und auf seinem Stuhl zu suchen hätte. Ich stellte mich als jahrelanger Leser der Zeitschrift *Der Siedler* vor und gratulierte ihm zu seiner Entscheidung.

Er forderte mich auf, sein Grundstück zu verlassen. Ich bat ihn, sich zu mir zu setzen, er setzte sich nicht. Ich sagte, ich hätte sein aufschlußreiches Interview in unser beider Lieblingszeitschrift gelesen. Er rief Eigennamen über seine Schulter. Zwei pubertäre Jungen kamen in den Garten gerannt. Mäkinen schilderte Sami und Mika die Situation. Sie schlugen vor, die Polizei zu rufen. Ich schlug ihnen vor, Hockey spielen zu gehen.

Ich stand auf und stellte mich unmittelbar vor Mäkinen.

»Ich bin in deinen Garten gekommen, weil du mich gerufen hast.«

Ich erinnerte ihn an das Interview, in dem er gesagt hatte, ein unglücklicher Wohnblockmensch könne sich von seinen schlimmsten Beklemmungen befreien, indem er zum Beispiel dem Garten eines Bekannten einen Besuch abstatte. Ich sagte, ich befände mich in einer äußerst unglücklichen Lebenslage, und da ich gerade erst dabei sei, den Kauf eines eigenen Hauses anzugehen, sei ich fürs erste zu ihm gekommen, um seine Bäume zu umarmen. Mäkinen meinte, wir seien keine Bekannten, und ich täte gut daran, sein Grundstück jetzt zu verlassen.

»Zuerst hole ich mir Kraft aus deinen Apfelbäumen.«

Ich ging zu einem Baum und umarmte ihn. Die rauhe Rinde scheuerte an meinem Hals. Ich ließ den Baum los und bedankte mich. Mäkinen und die Zwillinge sagten nichts. Langsam ging ich zum Rand des Grundstücks, sprang über die Sträucher auf die Straße und joggte langsam auf den Waldweg zu.

Als ich wieder zu Hause war, rief ich Mäkinen an und bat ihn für mein Verhalten von vorhin um Entschuldigung. Ich erzählte ihm von unserem Traum vom eigenen Haus und klagte darüber, wie schwer es sei, eine endgültige Entscheidung zu treffen. Mäkinen war still. Dann sagte er, das Problem würde man jedenfalls nicht dadurch lösen, daß man in seinen Garten eindringe.

»Dein Artikel hat mich so tief beeindruckt, ich konnte nicht anders.«

Durch das Lob wurde Mäkinen weich. Er erzählte mir von der Beratungsstelle für Eigenheimbewohner, die Interessierten gern ihre Hilfe anbiete. Dort werde der Mensch als Mensch betrachtet, ganz gleich, ob er in seinem Glauben schon stark sei oder erst am Anfang seiner Bemühungen stehe.

Ich dankte ihm für die Hinweise und die Mühe und bat noch einmal um Entschuldigung für meine Verirrung. Er lachte. So etwas komme vor, und eigentlich sei es auch kein Wunder, schließlich hätten sie in ihren kleinen Garten ganz ordentlich investiert.

Nach dem Gespräch, noch im selben Schweiß gebadet, legte ich in meinem Notizbuch eine neue Rubrik an mit der Überschrift: »Einfamilienhäuser und ihre Bewohner, *Der Siedler*/Mäkinen.«

»Scharf und immer sprungbereit, wenn es um ihren Besitz und ihre Privatsphäre geht. Geben sich human, sind aber innerlich mit Mehlersatz gebacken. Sobald ein Fremder auftaucht, rufen sie die Polizei. Andererseits geil auf Lob, sind wie Wachs in den Händen, wenn die Rede auf ihre Anpflanzungen, Bäume, Pflastersteine kommt. Macht mir ein bißchen angst: Was, wenn ich auch so werde? Werde ich aber nicht. Ich will das Haus nur wegen Helena und Sini.

Interessante Einzelheit: Mäkinen war sofort aggressiv, obwohl von Beruf Psychologe. Der Mensch ist von Grund auf Eigentümer. Die Söhne spielten auf Befehl des Vaters die Wachhunde, bereit, den Eindringling zu beseitigen. In der Biologiestunde sitzen die beiden wie Lämmer am Pult, an der Fleischtheke im Supermarkt sagen sie mir freundlich guten Tag. Die Frau nicht zu sehen, war offenbar im Haus, Hähnchenschenkel mit Sojasoße bepinseln. Ich störte die gemütlich-träge Atmosphäre ihres Nachmittags, stach ein Loch in ihren mühsam aufgeblasenen Luftballon.

Abschließend: Alle haben einen Rasen. Alle haben einen Hund. Alle haben ein Auto für hunderttausend Finnmark. Alle haben zwei Kinder. Alle haben einen Rasenmäher. Alle haben Angst, daß jemand kommt und ihnen alles wegnimmt.

Die Zeitschrift *Der Siedler* ist das Sprachrohr der Angst.«

Ich klappte das Notizbuch zu und merkte, wie ich es zuunterst unter die anderen Papiere schieben wollte. Wie dumm. Befürchtete ich, irgendwann, wenn das hier alles vorbei war, würde man das Buch finden und als Beweismaterial gegen mich verwenden? In welcher Sache denn? Darin, daß ich alles tat, um meine Familie wiederzubekommen?

Ich legte das Notizbuch ganz oben auf den Stapel, aufgeschlagen.

Dann nahm ich das Familienalbum aus dem Regal. Ich suchte nach Bildern, auf denen wir alle drauf waren. Ich fand vier.

Ich nahm sie aus dem Album und schnitt uns an den Umrissen entlang aus der Landschaft. Dann nahm ich das Bild eines Hauses aus einem Immobilienprospekt und stellte uns in dessen Garten auf.

Helena plazierte ich neben einer alten Birke. Für Sini suchte ich eine geschützte Stelle unter einer Zierfichte aus. Mich selbst klebte ich auf die Treppe. Ich betrachtete das Bild aus einem Meter Abstand. Daß es geklebt war, war nicht zu sehen.

Als würden wir auf das Bild gehören.

Als Immobilienvermittlung suchte ich mir die Firma Heimquadrat aus, und zwar aufgrund ihrer Größe. Vier Leute arbeiteten dort. Ihr Spezialgebiet waren Einfamilienhäuser, ich ging also davon aus, daß sie die Not eines Familienlosen verstanden.

Es war ein Sonntag im Sommer und an der Zeit, Theorie und Praxis zu vermählen, die Fährte aufzunehmen.

Ich lief ebene Strecken, um einen guten Anfangsschweiß zu erzeugen. Der Himmel war makellos blau, die Sonne stand hoch und schien mit aller Kraft.

In den Gartenparzellen am Rand des Parks hockten Familien, die Hinterteile rausgestreckt wie Paviane. Der Vater lockerte die Erde, die Mutter goß Kaffee aus einer Thermoskanne ein, der pubertierende Sohn mit den Knöpfen im Ohr langweilte sich auf einem Plastikstuhl.

Ich lief schneller und ohne nach rechts und links zu

schauen. Ich befürchtete, noch mehr Familien zu sehen. Unter mir knirschte der Sand, ich spürte den ersten Tropfen auf der Stirn: Schweiß, das Geschenk des Körpers an die Seele. Puls 122. Ich hielt den Körper zurück, denn ich wollte vor der Besichtigung mit Heimquadrat keine noch höheren Werte.

Um Viertel vor eins war ich vor Ort und stellte das Mikrophon, das ich mir unters Hemd geklebt hatte, auf Stufe acht.

Die zuständige Person aus dem Maklerbüro watschelte mir aus dem Garten entgegen, gab mir ihre teigige Hand, drückte nicht zu, sondern ließ sie von meiner abgleiten. Was sie verkaufte, war Handarbeit, trotzdem war ihr die Bedeutung der ersten Berührung anscheinend nicht klar. Sie bedauerte, nicht vollständig über das Haus Bescheid zu wissen – den eigentlichen Präsentator des Hauses, Jorma Kesämaa, habe ein Sommervirus erwischt.

Die Worte kamen sommerlich entspannt aus dem Mund der Maklerin, sie hoben das Grün des Grundstücks hervor. Ein junger Familienvater, der auch bei der Besichtigung war, versuchte die Wirkung zu untergraben, indem er ein paar prüfende Fragen über die Entwässerungsgräben und potentielle Feuchtigkeit in den Kellerräumen stellte. Die Maklerin wich den Problemen durch Antworten aus, die an der Sache vorbeigingen. Der Ton blieb derselbe, die Wangenmuskeln zuckten nicht. Ich blickte auf das Schild an ihrer Brust: Riitta-Maija Laakio, Verkaufsberaterin.

Das zum Verkauf stehende Objekt war ein Holzhaus, ein Geschenk von den Schweden aus der Nachkriegszeit, ungefähr siebzig Quadratmeter. Es war klein, praktisch und schön, das Beste, was nach dem Krieg aus Schweden zu uns gekommen war, neben Abba und dem großzügigen Sozialsystem. Aus dem Buch über die Siedlungsgeschichte der Nachkriegszeit war in meinem Gedächtnis hängengeblieben, daß eigentlich der finnische Architekt Lauri Pajamies diese Häuser entworfen hatte.

Die Anzeige versprach die doppelte Quadratmeterzahl, das griff der junge Familienvater auf. Ich hörte zu, wie die Laakio sich herausredete. Sie blieb standhaft und zwitscherte, das habe mit den phantastischen Kellerräumen zu tun, in denen man auf sehr gelungene Weise Platz für den Nachwuchs der Familie geschaffen habe. Der Familienvater rekapitulierte Fakten über die Feuchtigkeitsprobleme von Häusern diesen Typs. Riitta-Maija beteuerte, das Objekt sei in der Hinsicht in Ordnung, und bat alle, ihr über die schmale Treppe nach unten zu folgen.

Ihr durch die sitzende Tätigkeit breit gewordener Hintern schaukelte vor mir, aber die Zeit, in der mich solche Naturphänomene in Erregung versetzten, war vorbei. Jetzt hatte ich eine Aufgabe und ein Ziel. Riitta-Maija präsentierte uns das Potential des Untergeschosses. Einer verlangte, das Zustandsgutachten zu sehen. Sie zupfte die Bestandsaufnahme der Firma Fak-Systems aus ihren Unterlagen und verteilte gleichzeitig ihre Visitenkarte, auch an mich. Sie ermunterte uns, sie jederzeit anzurufen, ihr Mobiltelefon sei immer eingeschaltet.

Als Riitta-Maija auf der anderen Seite des Hauses verschwand, schaltete ich das Aufnahmegerät aus.

Ich lief einige hundert Meter, dann hielt ich an einer Parkbank an. Dort schrieb ich in mein Notizbuch die Überschrift »Immobilienmakler« und darunter:

»Preisvorstellung völlig überhöht, höher, als die Vögel fliegen. So hoch fliegen nur Maschinen, die von Spezialisten gebaut und von Piloten geflogen werden, denen solche Schwindelgefühle unbekannt sind, wie ich sie jetzt habe, auf der Erde, am elften Juli, bei der Sonntagsbesichtigung, während ich auf einen Zettel starre, den ein dämliches Schaf bepinselt hat.

Das Schaf blökt, mit ein paar kleinen, oberflächlichen Renovierungsarbeiten könnte man sich hier ein tolles Nest schaffen, für eine Elster oder für mich, frage ich mich. Weiß das Schaf nicht, daß man seine Artgenossen nicht so verspotten darf, weiß das Schaf nicht, daß ich im Wolfspelz durch diesen Wald der Besichtigungen streife, durstig und hungrig, und daß jede Lüge, jeder unwahre Satz über diese Immobilie mich zutiefst und persönlich beleidigt?

An diesem schönen Sommertag nehme ich die Sprache ernst, ich suche nicht nach Nebenbedeutungen, nicht nach Untertönen, nicht nach Wortspielen oder raffinierten Wendungen. Ich suche nach der Wahrheit wie eine Ratte nach Wasser. Nicht um darüber in Ekstase zu geraten, sondern um meinen Durst zu stillen.

Das weißt du Schaf nicht, und für diese Unwissenheit zahlst du den marktüblichen Preis.

Du führst uns zum Ausruhen auf eine grüne Wiese, zeigst uns, wo die schützenden Johannisbeersträucher stehen, erzählst von der Apfelernte und von der nahe gelegenen Apfelpresse, wo man aus den Äpfeln guten Saft herstellt.

Du versteigst dich in Lügen, saugst mir den Sauerstoff dieses Sommertages aus dem Kopf.

Riitta-Maija Laakio, Alter zirka 37–43, blechartige Haut, kurzatmig, am Hals geplatzte Äderchen, Resultat langjährigen Alkoholkonsums. Achtet nicht auf ihre Gesundheit, scharf auf Süßes, womöglich aufgrund des für die Branche typischen Wunsches, sich schnell zu belohnen. Lebt in einer losen Beziehung, eventuell Typ wilde Ehe, kein Seitensprungtyp. Aus Helsinki, aber nicht gebürtig. Beherrscht nicht den Small talk der Ureinwohner, sucht mit verhohlener Anspannung nach dem richtigen Ton, allerdings nur sieben

Minuten Bandmaterial. Faltenrock, weite Bluse, Tuch um den Hals, lose gebunden. Schutzschildhafte Kleidung. Lügt fließend, läßt auf ordentliches Einkommen schließen. Wie ist ihre Verbindung zu Fak-Systems? Muß geklärt werden. Interessant, weitere Beobachtungen bei den nächsten Besichtigungen. Zu ungünstigen Zeiten anrufen.«

Der Anfang war gemacht, die erste Datei über eine Immobilienmaklerin war im Kasten.

Ich aß schnell drei Äpfel und eine Tafel Schokolade und las den Text mit prüfenden Augen. Er wirkte klar, obwohl er in einer Art Sturm geschrieben worden war.

Mit einem kräftigen Wind im Rücken lief ich zu einem roten Haus, kroch durch die Weißdornhecke und markierte das Revier.

Wer ein Ziel hat, dem rennt das Glück hinterher. Als ich mit dem Gabelstapler durch Halle B fuhr, bemerkte ich auf einer Palette in der Ecke Plastikflaschen, die mir bekannt vorkamen. Ich sprang ab, um meine Entdeckung unter die Lupe zu nehmen. Insgesamt siebzehn Flaschen teuerstes Massageöl. Ich zweigte vier davon ab und transportierte sie einzeln hinaus. Damit hatte ich mehrere hundert Finnmark gespart.

Das gab mir zusätzliche Energie. Am Abend massierte ich zwei Halbmarathonläufer und rief dann Sinikka an, obwohl sie erst am Tag darauf dran gewesen wäre. Sie war innerhalb einer Viertelstunde da und lag kurz darauf in einer schamlosen Position auf der Massagebank. Ich rieb mir Öl in die Hände, warf einen Blick auf Sinikka und war erschüttert. Sie hatte sich die Nägel in dem gleichen Dunkelrot lackiert wie Helena.

Ich ließ mein Gemüt etwas abkühlen, dann fing ich mit dem Bauch an. Ich kreiste vom Schamhügel zu den Innenseiten der Schenkel und versuchte, nicht auf die Fußnägel zu schauen. Sinikka stöhnte, warf den Kopf hin und her und sagte immer wieder meinen Namen, obwohl eine meiner Bedingungen für eine regelmäßige Behandlung lautete, daß keine Eigennamen genannt werden durften.

Ich beschleunigte meine Bewegungen, fingerte sie bis zum Höhepunkt, und noch bevor sie sich von der Bank rollen konnte, streckte ich die Hand aus.

»Was soll das denn jetzt?«

»Das Geld.«

»Haben wir es so eilig, in diesem zarten Augenblick?«

»Zweihundert auf die Hand! Und mal dir nie mehr die Nägel in dieser Farbe an. Nie mehr.«

Sinikka gab mir das Geld.

»Wieso bist du so ...?«

»Geh!«

Sie ging, ich zitterte. Ich wärmte mir die einen Tag alte Fischsuppe auf. Aus meinen Augen tropfte Wasser in die gelbe Brühe. Ich warf den Teller ins Spülbecken und zwang mich zur Arbeit.

Der Anrufbeantworter der Geschäftsstelle von Heimquadrat in Helsinki Nord empfahl, die Handynummer von Riitta-Maija Laakio oder von Jarmo Kesämaa zu wählen.

Ich notierte mir Kesämaas Nummer und ging mit meinem Schnurlosen auf den Balkon. Den gelben Zettel, den ich am Schwarzen Brett gefunden hatte, klebte ich an die Balkontür, um mich an die Notwendigkeit regelmäßigen Rauchens zu erinnern.

Kesämaa meldete sich aus dem Rauschen von Ring I heraus. Ich stellte mich als irgend jemand vor und erklärte, ich sei an sämtlichen Häusern in der Gegend interessiert. Kesämaa sagte, er biege schnell vom Ring zur Teboil-Tankstelle ab.

»So, jetzt.«

Das Auto verstummte. Kesämaa zählte die derzeitigen Objekte des Gebiets auf und behauptete, sie repräsentierten allesamt das Einfamilienhaus in seiner besten Form. Die reellen Preise lägen bei knapp über einer Million, nach oben hin offen. Aber für 1,3 kriege man schon seine eigene gute Stube. Wolle man sich allerdings dazu noch ein Kartoffelbeet aufhalsen, müsse man schon eine Autostunde raus aus Helsinki.

»Ich geh nicht aus Helsinki raus.«

Man hörte das Geräusch eines Feuerzeugs.

»Natürlich nicht, wer geht schon von daheim fort.«

Kesämaa bat um meine Telefonnummer. Ich sagte, ich würde mich gegebenenfalls schon melden. Er wünschte mir einen angenehmen Abend und sagte, er sei auf dem Weg zu einer Besichtigung und habe es eilig.

»Um es auf den Punkt zu bringen: klasse Raumaufteilung, ganz hier in der Nähe. Im Internet ist ein Bild, allerdings im April gemacht, gibt nicht ganz den richtigen Eindruck vom Garten.«

Ich schaltete das Telefon aus und sah mir in der Zeitung das Abendprogramm von Heimquadrat an. Dann schlüpfte ich in meine Laufklamotten, band mir das Fernglas an den Gürtel und zündete eine Zigarette an, um sie auf dem Betonboden des Balkons abbrennen zu lassen.

Ich lief die Treppe hinunter und brachte meinen Puls schnell auf 130.

Fünf Minuten vor Kesämaa war ich bei der Besichtigung.

Der Verkäufer in dem Sportgeschäft hatte nicht gelogen. Das Fernglas war gut.

Ich stellte es auf Kesämaas Oberkörper scharf. Das gelbe Firmenhemd hatte Schweißflecken. Die Krawatte hatte er schwitzend gelöst. Hinten hing das Hemd zerknautscht aus der Hose – Folge der Autorallye, die den ganzen Tag gedauert hatte. Gesamteindruck: hektisch.

Ich robbte näher heran. Sein Mund ging auf und zu, aber ich konnte die Einzelheiten nicht verstehen. Zur Besichtigung des verklinkerten Hauses waren zwei Familien plus Hunde gekommen. Diese warteten im Kofferraum der Kombis auf die Kaufentscheidung, wobei sie nervös hin und her sprangen.

Kesämaa führte die Familien in den Garten, wies auf Details hin und lachte wohlwollend über die Gartenzwergkollektion. Insgesamt standen sechs bunte, dicke Zwerge da. Vier bewachten einen großen Stein, zwei waren auf einem kleinen Springbrunnen plaziert.

Kesämaa teilte Zettel aus und richtete dabei seine Hose. Das kleine Kind der einen Familie rannte zur Schaukel und fing an, sie hin und her schwingen zu lassen. Die Mutter kam nicht rechtzeitig dazu, als dem Kind die Schaukel aus den Händen rutschte und gegen Kesämaas Hintern prallte. Nach dessen Gebärden zu urteilen, war der Schaden gering.

Das Aufnahmegerät konnte das Gespräch nicht aufzeichnen, da der Abstand zehn Meter betrug. Ein Kauf kam nicht zustande, aber Kesämaa reichte seine Visitenkarte herum, und das eine Ehepaar gab ihm seine. Dann gingen die Familien.

Ich blieb und sah mir Kesämaas Abendstimmung an. Er setzte sich auf die Schaukel und sah aus wie ein Klotz, der an einem Stahlseil baumelte. Er ließ die Präsentationsmappe auf den Rasen fallen, senkte den Kopf und steckte sich eine Zigarette an. Ich richtete mich etwas auf, nahm mein Notizbuch und schrieb:

»Jarmo Kesämaa, Alter zirka 53–57. Der Gestik und Mimik nach seit über zehn Jahren in der Branche. Streßbelastbarkeit gering, seinem Rauchstil nach zu urteilen (ungefähr sechs Züge pro Zigarette) qualmt er mindestens anderthalb Schachteln am Tag. Haut aufgekratzt, Rasur nachlässig, an einigen Stellen ist die Haut seidendünn, verknittert.

Der Körper hier und da schlaff geworden, treibt nicht übertrieben viel Sport, macht sich wahrscheinlich etwas vor mit zwei Kilometer Nordic Walking, worauf er in der nächsten Kneipe zwei Halbe trinkt. Von der Arbeit erschöpft, hält sich aber in Schwung, indem er speziell Einfamilienhäuser herausgreift, bei denen die Verkaufszeit zwar lang, aber die Provision dafür hoch ist.

Hält sich für einen Mann mit jovialem Humor, hat aber keinen. Hinter der Fassade tickt die Aggression, nur eine Frage der Zeit, wann sie losbricht. Konzentrationsfähigkeit begrenzt, sogar gering, trotzdem wohl kaum ein Mann von der Heimatfront. Typ Schlagersender, eventuell Fan von Kari Tapio. Lose verheiratet, die biologische Uhr tickt in Richtung zweite Ehe, traut sich aber offensichtlich nicht. Ein Seitensprung ist für einen Mann wie ihn eine Kluft. Halte ihn für bezwingbar.«

Ich wußte, daß meine Notizen unvollständig waren, aber das spielte in dieser Phase keine Rolle. Hauptsache, ich hatte Kesämaas Fährte aufgenommen.

Die von oben

Er hat schon wieder seine Zigarette auf dem Balkon schwelen lassen.

Meiner Meinung nach besitze ich gute Voraussetzungen, um jeglicher Andersartigkeit gelassen entgegentreten zu können, denn bei der Qualitätskontrolle von Molkereiprodukten wird man mit den unterschiedlichsten Problemen konfrontiert. Ich habe Joghurts übergären sehen, habe die jähen Schwankungen der Säuregrade bei einer Partie Milch von sehr ausgeglichener Qualität erlebt, ich habe Käse gesehen, die sich einfach nicht so benahmen, wie sie es bei einer bestimmten Temperatur hätten tun sollen – mit einem Wort, ich habe gesehen, wie Material, das einer gesunden finnischen Kuh entsprungen war, sich in eine unbrauchbare Masse verwandelt hat. Ich kann die Dinge einschätzen, daher sage ich ohne jeden Fanatismus: Das Weichtier von unten ist als Mensch mißlungen.

Das habe ich einmal gesagt, als man mich danach gefragt hat.

Ich würde es wieder sagen, aber es fragt keiner danach.

Die anderen im Vorstand der Hausgemeinschaft sind Duckmäuser.

Ich weiß, daß sie der Qualmer mit seinen Krebsrouladen genauso wurmt wie mich, aber sie trauen sich nicht oder haben keine Lust, sich einzumischen, sie verweisen auf das

Gesetz, demzufolge er seine Rouladen anstecken und unser Leben zerstören kann, wann er will. Seit dem Tag, an dem dieser Schimmelkäse unten eingezogen ist, ist unser Leben nämlich zerstört. Unser relativ reges Liebesleben hat etwas Gezwungenes bekommen. Sex erfordert, wenn er gelingen soll, eine gute Gesamtatmosphäre, und die haben wir nicht. Jedesmal, wenn ich an die Innenseiten von Leenas Schenkel denke, schießt mir durch den Kopf, ob die Balkontür im Schlafzimmer auch wirklich zu ist.

Ich will nicht, daß mittendrin sein Geruch bei uns eindringt.

Der Mensch kann lediglich einen starken Geruch auf einmal verarbeiten, das ist mir bei der Qualitätskontrolle aufgefallen. Vermischt sich Leenas Liebesduft mit Zigarettengeruch, vergiftet das meine Seele.

Ein paarmal ist es ihm gelungen, sein Gepaffe genau auf den Moment zu legen, in dem ich eingedrungen bin. Das habe ich Kallio gegenüber angesprochen: Wie das für ihn als stellvertretender Vorsitzender des Vorstands der Hausgemeinschaft wäre, wenn mitten in der Eintrittsphase vom Balkon unter ihm das Aroma von Krebsrouladen in sein Liebesnest aufsteigen würde. Kallio war kein echtes Mitgefühl abzuringen. Er hat leicht grinsen, weil unter ihm eine nicht rauchende, taubstumme Witwe wohnt.

Ich habe eine Theorie, deren Richtigkeit ich mir von Leena bestätigen ließ.

Raucher sind mißratene Menschen, ähnlich wie Behinderte. Zur Präzisierung: Ich habe nichts gegen Behinderte, ich bin lediglich der Meinung, daß bei ihrer Herstellung ein Fehler aufgetreten ist. Das gilt auch für die Raucher, doch im Unterschied zu den Behinderten haben sie den Fehler selbst verursacht, als sie sich die erste Zigarette ansteckten.

In dieser Gegend hier, unmittelbar hinter den städtischen

Mietshäusern, ist ein Heim für Behinderte geplant. Ich habe nichts dagegen, denn die Behinderten sind der Spiegel, in dem wir uns selbst betrachten und feststellen können: Danke, Herr, daß du mir diese Humpelei erspart hast. Für Raucher aber baut man keine Häuser.

Seit dem Jahr 1987 beobachte ich sie intensiv. Damals, im Januar, durften wir in unserem wohlverdienten Winterurlaub auf die schöne Insel Teneriffa fahren. Die Reisevorbereitungen liefen gut, sogar die Fahrt zum Flughafen Helsinki-Vantaa blieb mir als friedlich in Erinnerung. Der Taxifahrer hatte einen klassischen Radiosender an und redete keinen Unfug. Ich hielt Leenas Hand und hatte das Gefühl, ein glücklicher und ausgeglichener Mensch zu sein.

Doch gleich in der Abflughalle erinnerte uns eine ganz andere Welt an ihre Existenz. Man hatte dort einen isolierten Raum für Raucher eingerichtet, einen gläsernen Verschlag mit gepolsterten Sitzen. Ich hielt einen Flughafenangestellten an, um zu fragen, warum und mit welchen Mitteln dieser Raum geschaffen worden sei, ob womöglich auf Staatskosten. Das wußte der Angestellte nicht zu sagen. Leena und ich traten vor den Verschlag und betrachteten sie.

Dutzende von Menschen saßen und standen mitten im blauen Rauch und zündeten sich eine Zigarette nach der anderen an. Nervös blickten sie auf ihre Uhren. Manche trugen sogar einen Anzug! Es sah aus, als verfügten sie über einen Beruf und eine Position, womöglich hatten sie gar Familie! Etwa zehn Minuten lang beobachteten wir ihr Herdenverhalten. Einer von ihnen kam ganz dicht an das Glas heran und blies uns den Rauch entgegen. Er sah aus wie ein Tier. Leena wurde schlecht, ich mußte sie zur Damentoilette führen. Zum Glück ließ sich ihre Übelkeit noch vor der Reise lindern.

Am Ziel, auf der schönen, vulkanischen Insel Teneriffa, wartete die nächste Überraschung auf uns. Kaum waren wir gelandet und durch die Paßkontrolle gegangen, zündeten die Typen aus dem Glasverschlag ihre Zigaretten an. Meiner Sache sicher, stellte ich einen örtlichen Bediensteten zur Rede. Er behauptete, im Flughafengebäude sei das Rauchen gestattet. Kraftlos ließ ich mich auf einen Plastiksitz fallen.

Wir hatten in diese Reise geistige und finanzielle Ressourcen in solchem Umfang investiert, daß ich unmöglich begreifen konnte, wie diese verrotteten Bestandteile der Gesellschaft, diese krebsverbreitenden Blutegel, diese vorsätzlich ihre Umwelt und sich selbst zerstörenden Unmenschen uns mit der ausdrücklichen Genehmigung der Behörden unseren ersten Urlaubstag vollständig verderben konnten.

Da faßte ich den Entschluß: Sollte ich mich in meinem Leben neben der Arbeit und der Familie jemals noch auf etwas anderes konzentrieren, dann würde es der Widerstand gegen das Rauchen in all seinen Formen sein.

Acht Minuten.

So viel Lebenszeit verliert er mit jeder gerauchten Zigarette. Ich habe ausgerechnet, daß er bei 20 Stück 160 Minuten pro Tag verbraucht, das macht 4800 Minuten im Monat, also 80 Stunden. Ich rechne weiter, drehe das Messer in der Wunde: Im Jahr macht das 960 Stunden, zusammen 40 Tage. Das Leben dieses Hundes verkürzt sich jedes Jahr um 40 Tage.

Du lebst ein unvollständiges Jahr.

Ich nehme dir Ostern und Weihnachten weg.

Ich nehme dir die beste Zeit des Hochsommers weg.

Du hast keinen Dezember mehr.

Und kein Neujahr.

40 Tage werden dir genommen. Und nicht du entscheidest, welche Tage das sind.

Der Organismus entscheidet, du wirst dich mit dem Ergebnis abfinden müssen, und ich habe daran meine Freude.

Vielleicht sollte ich über dieses Gedankengebäude etwas für das Schwarze Brett schreiben.

Der Makler

Die Klamotten haben gestunken, das Auto hat gestunken, der Job hat mir noch mehr gestunken, und wie mir der Kopp weh getan hat! Wenn's richtig stressig wird, fahr ich nach Ylistaro, auch wenn es spätabends ist. Das ist mein Heimatdorf, da stell ich mich mitten auf den Acker und atme erst mal tief durch.

Merja hat gequietscht wie die Balkontür: Nicht mal sonntags ist Ruhe, nie bleibt Zeit für uns, jedes Wochenende treibst du dich auf diesen Besichtigungen rum.

Rumtreiben! So was sollte Merja lieber nicht sagen.

Alle Kunden lau heute, den ganzen Tag. Glaube nicht, daß was in der Reuse hängenbleibt. Höchstens das Paar von der letzten Besichtigung. Die Frau scheint sich für die Gartenzwerge und den Springbrunnen erwärmt zu haben. Und ihr Alter hat auf dem Speicher vielversprechend gegrunzt, ich hab's nicht übers Herz gebracht, ihm zu sagen, daß es mindestens fünfzig Mille kostet, den einigermaßen auszubauen. Sind mit einem relativ frischen Passat Kombi weggefahren und in ziemlich guten Klamotten, der Alte in Hosen von Gant. Einkommensmäßig kriegen solche Leute dreihundertfünfzig kackfrisch auf die Hand, und bei dem Wert müßte das Objekt eigentlich weggehn.

Kann aber auch sein, daß ich drauf sitzenbleib. Oder eben nicht.

So spät am Tag hat man gar keinen Grips mehr im Kopf, geht aufs Hirn, wenn die Sonne so runterbrennt, und du hast keine Klimaanlage im Auto, bretterst aber von einer Besichtigung zur nächsten. Und dann zur übernächsten. Und bei der vierten redest du schon was zusammen, an das du dich später nicht mehr erinnern kannst.

Und dann gibt's Typen, die rufen auch noch auf dem Handy an. So wie dieser Wicht, der nicht mal seinen Namen sagen konnte, geschweige denn die Telefonnummer. Solche kaufen nie was, pumpen bloß Infos ab. Hab auch mit Riitta-Maija schon über das Thema gesprochen. Zu viele Stammkunden im Gebiet. Die verdrecken bei den Besichtigungen die Teppiche, ziehn sich nicht mal Tüten über die Schuhe. Lamentieren über die Preise und schnuppern in allen Ecken nach Schimmel. Das ist eine richtige Fraktion. Die erkennst du schon an der Tür. Gucken einen nicht an, wenn sie das Infoblatt nehmen und verschwinden in den Zimmern. Manchmal frag ich mich, ob die da was abgreifen.

Nach der Dusche bin ich auf die Waage gestiegen.

89,5. Laut der Tabelle in *Schön und Gesund* sind das 17 Kilo Übergewicht.

Sutinen ist in einem Jahr 22 Kilo losgeworden, indem er bloß Wasser getrunken und nichts als Knäckebrot, Hüttenkäse, Kohl und Thunfisch gefressen hat. Dabei darf man nicht vergessen, daß Sutinen in der Zeit ausschließlich brauchbare Objekte auf der Liste hatte, saubere Zweizimmerwohnungen in guter Lage. Abnehmen ist leichter, wenn einem nix auf die Eier geht. Da kann ich auch Wasser gluckern, wenn einem die Buden nur so aus der Hand gerissen werden. Die psychische Seite beim Abnehmen wird immer runtergespielt. In den Zeitschriften quatschen sie immer bloß von Kalorienreserven und beschuldigen die Abendesser.

Als ich von der Waage gesprungen bin, hat das Hüftfleisch unangenehm geschwabbelt.

Da hab ich's auf beiden Seiten in die Hand genommen und geknetet.

Der Pferdeschwanz von den Zehn-Uhr-Nachrichten hat mit seinem Kartenstock gefuchtelt und für den nächsten Tag kühlere Luftmassen versprochen. Dem Kerl hab ich noch nie geglaubt. Im vierten Programm sind sie noch weiter gegangen. Da machen sie sich direkt einen Jux aus dem Wetter. Die kapieren nicht, daß es für Immobilienmakler und Landwirte ein absolut wesentlicher Faktor ist. Besonders wichtig ist es, wenn es darum geht, ein Haus zu verkaufen. Regnet es, guckt die Kundschaft Formel Eins. Scheint die Sonne, und die Besichtigung liegt zwischen Warm-up und Start, ist die Straße schon fünf Minuten vor der Zeit zugeparkt.

Manchmal ist das Wetter sogar das halbe Geschäft. Wenn die warme Abendsonne bei einem alten Haus die gelbe Wand ins rechte Licht rückt und die Strahlen im richtigen Winkel über den Giebel auf die Gartenschaukel fallen, schmilzt der Kunde dahin. Er denkt sich, hier sitz ich nächsten Sommer mit meinem Schatz und einem kalten Getränk in der Kralle.

So ist das, aber die Programmchefs kapieren das nicht, sondern lassen den Pferdeschwänzen freie Hand.

Ich hab mir ein Handtuch umgebunden und die Terrassentür aufgemacht. Die Autobahn nach Tuusula hat gerauscht.

Dann hab ich die Epistel für den nächsten Tag genommen und nach einem Angriffspunkt gesucht. Zum Glück waren in der Woche bei den Besichtigungen zwei ordentliche Eigentumswohnungen dabei und dieses Haus, wo ich mir noch den Kaufvertrag aus den Rippen schneiden mußte. Schamlos schlechtes Haus, man kann von Glück sagen, wenn einem nicht die Dachziegel auf den Kopf fallen, aber irrsinnig hohe Erwartungen. Die Leute kennen kein Maß mehr. Steht die Immobilie im Stadtgebiet von Helsinki und wachsen zwei Büsche auf dem Grundstück, wollen sie sofort eine Million.

Ich hab die Preisvorstellungen für die Eigentumswohnungen mit dem Kundenregister verglichen und gleich was gefunden.

Es war schon fast zehn, ich hab trotzdem angerufen.

Die Romppanens waren beeindruckt, die suchen nämlich in der Gegend eine Wohnung genau zu diesem Preis. Wir haben einen Termin ausgemacht. Ich zeig ihnen die Bude vor der Besichtigung. Was ich ihnen nicht gesagt hab: daß ich auch die Kallios anrufe.

Merja ist gekommen und hat mich gefragt, ob ich unbedingt mitten in der Nacht auf der Terrasse in mein Handy brüllen muß. Dabei hab ich nach meiner Ansicht gar nicht gebrüllt. Merja hat gemeint, ich könnte mich ja bei den Sairanens auf der anderen Seite des Bretterzauns erkundigen. Ich hab ihr gesagt, daß ich mich bei den Sairanens höchstens nach Benzin für den Rasenmäher erkundige.

Ich bin dann noch einen Moment auf der Terrasse sitzen geblieben und hab versucht, mich in Jarmo zu verwandeln. Das komplette Wochenende war ich wieder Kesämaa von Heimquadrat, guten Tag. Wenn man mit Kunden zu tun hat, verwandelt man sich in seinen Nachnamen und verliert das Gefühl für sich. Nur am Schweiß merkt man, daß man in irgendeinem Aggregatzustand existiert, mitten im Samstagmittagverkehr auf dem Ring I.

Man müßte eigentlich jeden Abend Zeit haben, unter dem Kesämaa nach Jorma zu suchen.

Ansonsten verschwindet er komplett. Falls er nicht schon verschwunden ist.

Bei unserer letzten Schiffstour hab ich mit Riitta-Maija

über das Thema gesprochen. Ich hab ihr gesagt, manchmal kommt es mir so vor, als würden sich die Konturen verwischen. Dann bin ich nicht mehr sicher, wer da vor einem Objekt den Mund aufmacht, ein Sprechapparat von hundert Kilo oder ich, ein Mensch, getauft auf den Namen Jorma.

Riitta-Maija hat über dasselbe geklagt, nur mit anderen Worten. Sie hat erzählt, daß sie komische Zustände kriegt, wenn sie sich mit den Kunden identifiziert. Dann ist sie sich ihrer eigenen Gedanken nicht mehr sicher: Sind es ihre oder die von Saukkomaa oder Vartia oder von der Witwe, die findet, daß der Erker dem sonst so grauen Wohnzimmer einen ganz besonderen Touch verleiht?

Das ständige Nicken, Zustimmen und Untermalen der Kundenmeinung erzeugt schließlich einen Zustand, den man nur mit zwei kalten Bieren oder einer romantischen Komödie wegkriegt.

Es gibt Augenblicke, da würde man am liebsten die ganzen Zettel ins Feuer schmeißen und sagen: Liebe Leute, steckt euer Geld nicht in so einen grindigen Reihenhausstummel, der in zehn Jahren aussieht wie ein vergessener Kuhstall neben dem Bahndamm.

Zum Glück kann ich solche Gefühle schon auf dem Weg zur Besichtigung in den Hintergrund drängen. Aber da stecken sie dann, hinter den Sätzen von Kesämaa von Heimquadrat, guten Tag, in gut gedüngter Erde.

Die von drüben

Wir hatten drei Möglichkeiten: ein Haus, ein Ferienhäuschen oder ein Van.

Als wir zum ersten Mal auf das Grundstück kamen, sagte ich zu Repa: Das ist es.

Ein kleines rotes Haus, passender Garten, mit Atmosphäre.

Am liebsten hätte ich den Makler gleich vom Grundstück gejagt, so sehr hatte ich das Gefühl, es würde schon uns gehören.

Ich weiß noch, wie ich mich auf den Gartenstuhl setzte. Die Birkenblätter kitzelten mich am Hals, Veera tollte umher. Repa verhandelte vor der Sauna mit dem Makler. Ich konnte nicht hören, was sie redeten, ich hatte bloß Angst, Repa könnte sagen, wir hätten kein Interesse. Als ich das Wort »Angebot« hörte, hätte ich mir fast in die Hose gemacht.

Der erste Eindruck blieb. Obwohl wir uns danach noch zwei Objekte ansahen, pochte das hier die ganze Zeit in meinem Hinterkopf. Ich konnte nicht richtig schlafen. Ich wälzte mich im Bett, stand nachts um zwei auf und kochte Kaffee. Mir fiel das Jahr nach der Geburt ein, dieser ganze Tanz mit den Zwei-Stunden-Nickerchen.

Zwei Wochen lang dachte ich nur an diese Gartenschaukel, an den Rasen, an die Holztäfelung im ersten Stock, an die Sauna im Keller und daran, wie wir auf der Veranda sitzen, das Kind schläft, und Repa streichelt mir den Rücken. Ich kann dich auch hier im Wohnblock streicheln, sagte er und versuchte, meiner Sehnsucht die Flügel zu stutzen.

Aber seine Schere war stumpf. Das Haus hatte sich in meinem Kopf eingenistet.

Repa sagte, ich würde von Gefühlen leben. Ich fragte ihn, wovon denn er lebe. Darauf fiel ihm nichts ein.

Von dem Termin bei der Bank weiß ich nicht mehr viel.

Ich weiß nur noch, daß ich Repas Hand hielt und daß Veera mit den Plastikpferden spielte. Die Angestellte schichtete einen Stapel Papier vor mir auf, aber ich sah nur das Haus und seine Veranda. Repa stieß mir in die Seite und sagte: Schreibst du jetzt deinen Namen auf das Blatt Papier, Schätzchen, oder nicht? Ich fuhr aus meinem Tagtraum hoch und unterschrieb. Die Angestellte lächelte und gratulierte.

Zur Feier des Hauskaufs gönnten wir uns an der Teboil-Tankstelle einen Kaffee mit Krapfen. Repa meinte lachend, wir hätten Schwein, weil das ganze Gedeck gerade im Angebot war: dreizehn Finnmark. Mir kamen die Tränen, als wir uns auf der Raucherseite ans Fenster setzten. Repa fragte, ob es so ein schwerer Schlag für mich sei, ein eigenes Haus zu bekommen. Ja, sagte ich, obwohl ich nicht über das Haus weinte, sondern über das ganze Leben. Repa sagt man besser, daß man nur über eine bestimmte Sache weint, er erträgt es nicht, wenn man über etwas im ganzen weint.

Wir haben alles genau ausgerechnet: Wenn wir nach dem jetzigen Schema weiterleben, ist das Haus in zwanzig Jahren abbezahlt. Das Schema ist einfach. Bei den Nebenkosten kann man eine Menge sparen. Man hält die Temperatur unter zwanzig Grad, planscht nicht unter der Dusche, wäscht die Wäsche nachts, lädt keine Gäste in die Sauna ein. Repa ist zu Selbstgedrehten übergegangen, ich hab ganz aufgehört. Veeras Kleider kaufen wir auf dem Flohmarkt. Und wir schaffen uns keinen Hund an, obwohl sich Repa letzte Woche schon wieder ein Hundebuch in der Bibliothek ausgeliehen hat und es, beim Lapphund aufgeschlagen, auf dem Küchentisch liegenläßt.

Manchmal, wenn es so richtig eng wird und der ganze Kopf spannt, kann ein Tropfen das Faß zum Überlaufen bringen.

Wie zum Beispiel, daß jemand kommt und im Garten seine Notdurft verrichtet.

Veera hat es gesehen. Sie kam ganz aufgeregt angerannt und erzählte es uns: Neben meinen Eimer und meine Schaufel, dann ist er durch dasselbe Loch verschwunden und in Richtung Park gerannt.

Ich schaute es mir an.

Den Geruch von Pisse werd ich ja wohl noch erkennen.

Es gibt Leute, die glauben, sie können sich alles erlauben.

Veera wollte wissen, was für Leute.

Ich versuchte ihr zu erklären, das sei ein Onkel gewesen, der glaubt, auf der Welt kann man tun, was einem Spaß macht.

Repa stand auf dem verpißten Rasen und schrie dermaßen, daß ich Veera ins Haus brachte. Als sie endlich schlief, holte Repa unseren Hauswein aus dem Keller. Normalerweise trinken wir nur Samstag abends was, aber der Pinkler ließ uns unsere Prinzipien brechen.

Repa stürzte ein Glas mit zwei Schlucken hinunter und fluchte: Sollte das hier nicht eine Gegend sein, wo man anderen Leuten nicht in die Gärten pißt? Er war verbittert. Heutzutage sei nichts mehr sicher. Jeden Monat karrt man Tausende von Mark zur Bank, jeden Pfennig zieht man in die Länge, bis er nicht mehr als Münze zu erkennen ist, und dann kommt so einer und pißt einem auf den Rasen. Ich versuchte was von einem Einzelfall zu sagen, aber Repa trank das zweite Glas aus und tönte weiter. Für einen Moment hatte ich das Gefühl, er hält sogar mich für seine Feindin, als würde ich den Pinkler verteidigen.

Repa rollte die Ereignisse der letzten Zeit auf und sah zwischen ihnen merkwürdige Zusammenhänge.

Beim Kombi eines Kollegen sei die Heckklappe geklaut worden. Lankio hätte man etwas an die Wand seines Schuppens geschmiert. Das sei die Rache dafür, daß Lankio im Supermarkt so eine Zelthose beim Klauen am Süßigkeitenregal erwischt habe. Der Benzinpreis steige schon wieder. Die finnischen Salatgurken kosteten ein Vermögen – so unterstütze die EU faule Bauern. Man müßte die Betriebe noch weiter vergrößern, dann würde man die Murkser, die nur Subventionen abpumpten, endlich los. Chinesische Restaurants und türkische Pizzerias kriegten die Läden mit den besten Lagen. Finnen, die in Schweden gewohnt hätten und zurückkämen, sackten Unterstützung ein. Skiläufern gebe man Grundstücke. Und Skispringern erst recht. Zwei Sekunden in der Luft, und schon habe man ein Seegrundstück.

Ich bekam es mit der Angst zu tun.

Repa brachte immer seltsamere Dinge zusammen, als hätte der Pinkler bei ihm einen Korken rausgezogen, und jetzt wurde ich damit überschüttet.

Ich sagte, ich würde jetzt reingehen.

Repa knallte die Weinflasche auf den Tisch und betonte, ich hätte mich verpflichtet.

Verpflichtet? Wozu?

Repa schrie, an dem Tag, an dem wir die Kreditpapiere für dieses Haus unterschrieben hätten, hätten wir uns auch verpflichtet, für alles, was mit diesem Haus zu tun habe, gemeinsam die Verantwortung zu tragen.

Ich kapierte nicht, was der Pinkler und die miese Laune, die er verursacht hatte, damit zu tun hatten, aber ich ließ mich überreden, noch ein Glas zu trinken. Repa verstieg sich weiter in seinen Rausch und sah mich von dort aus an wie eine Fremde.

Matti

Die tägliche Arbeit erledigte ich mit der Kraft meiner Träume. Ich fühlte mich über den Alltag im Lager erhaben, fuhr den Gabelstapler wie eine Limousine, betrachtete das Warenmeer in den Hallen ohne jede Empfindung. Innerlich verabschiedete ich mich von allem, was ich sah, obwohl ich nicht vorhatte wegzugehen.

Wenn die Kollegen fragten, was es Neues gebe, murmelte ich irgendwas. Ich wollte meinen Schmerz und meine Freude für mich behalten, obwohl ich wußte, daß viele von ihnen unter einer Scheidung litten und von einem Einfamilienhaus träumten. In der Hoffnung, daß sie es weitersagten, gab ich lediglich preis, daß ich mit Massage angefangen hatte. Ein paar Kerle, die Kraftsport betrieben, wollten gleich einen Termin, aber ich erfand sofort eine Ausrede. Ich wollte nicht, daß sie meine leere Wohnung sahen.

Sini sollte am Samstag morgen kommen, so war es ausgemacht. Also mußte ich Seija und Pirjo am Freitag abend massieren. Sinikka hatte zum Glück abgesagt. Die Behandlung der Frauen lief glatt, ich war nicht eine Sekunde lang erregt. Allmählich wurde ich zum kühlen Dienstleister, der alles mit den Augen des künftigen Hausbesitzers sah: An den Innenseiten der Schenkel sah ich eine Veranda, in dem schwarzen Dickicht einen Johannisbeerstrauch, in den weichen Hinterbacken einen Augustabend unter Apfelbäumen.

Den ganzen Samstag spielte ich mit Sini, obwohl ich durch die Massagen vom Vorabend steife Finger und Schultern hatte. Wir spielten alle Spiele, die ich kannte, ich las ihr Märchen vor und sang Lieder. Während Sinis Mittagsschlaf verschaffte ich mir einen Überblick über das Angebot dieses Wochenendes. Ein interessantes Objekt fand ich. Es stand nicht auf der Liste von Heimquadrat, aber ich beschloß trotzdem, zur Besichtigung zu gehen. Sini konnte ich überreden mitzukommen, indem ich ihr ein zusätzliches Eis am Nachmittag versprach.

Das Objekt war ein nach dem Krieg gebautes Holzhaus, das in den sechziger Jahren um einen Anbau mit Sauna und Bad erweitert worden war. Die ursprüngliche Sauna im Keller fungierte als Gerümpellager.

Für das Haus wurden 1,2 Millionen verlangt, das Grundstück war gepachtet.

Die Sauna im Zusatzflügel stank. Der PVC-Boden im Bad löste sich in den Ecken. Durch die Risse in den Kacheln sickerte braunes Wasser. Der Makler, ein Mann von ungefähr fünfundvierzig Jahren, erkundigte sich nach meinem ersten Eindruck, er hielt das Haus für ein Schnäppchen. In der Küche blieb er vor dem Ceranherd stehen.

»Das Beste, was zur Zeit auf dem Markt ist.«

»Da kriegt man den Brei nicht mehr runter. Und alles andere, was überkocht, auch nicht.«

»Dann muß man eben aufpassen.«

»Die Grundstückspacht wird nächstes Jahr steigen, davon steht nichts in den Unterlagen.«

»Tatsächlich? Das haben die Mädchen wohl vergessen hinzuschreiben.«

»Und die Jungs.«

Ich ging ins Wohnzimmer. Der billige Parkettboden paßte nicht zu dem alten Haus, die Leisten standen ab. Bei den Fensterrahmen war die alte Farbe mit Latex überstrichen worden.

»Der Anteil des Ceranherds bei diesem Geschäft beträgt ein Promille. Die Sauna stinkt.«

»Ein Zustandsgutachten ist noch in Arbeit. Aber bei der Immobilie dürften sie eigentlich nichts finden.«

»Ich habe eine Nase.«

»Waren Sie schon im Garten?«

»Ich habe in meinem Leben genug Johannisbeersträucher gesehen.«

»Das ist eine ideale Gegend für Kinder. Die Schule ist ganz in der Nähe, und in der Nachbarschaft gibt es reichlich Spielkameraden. Es lohnt sich immer, ein Angebot zu machen.«

Durchs Fenster sah ich, wie Sini schaukelte. Ihre Haare flogen im Wind, die Augen waren geschlossen.

»Hier ist meine Karte.«

Ich steckte Leo Virtasalmis' mit einem Bild versehene Karte ein und ging zur Schaukel. Ich nahm Sini auf den Arm und roch an ihren Haaren. Der Saunageruch hatte sich nicht festgesetzt.

Auf dem Heimweg kaufte ich uns beiden ein Eis und versuchte, das unangenehme Gefühl zu vergessen, das die Besichtigung ausgelöst hatte. Doch kaum war Sini weg, holte es mich wieder ein. Eigentlich hatte ich vorgehabt, die Pisse ein paar Tage trocknen zu lassen, aber um mir Erleichterung zu verschaffen, beschloß ich, den Anruf vorzuverlegen.

Die Frau nahm ab, der Stimme nach war sie in meinem Alter.

Ich stellte mich als Immobilienmakler vor und fragte, ob ihr Haus zum Verkauf stand.

Sie wunderte sich, wo ich so etwas gehört hätte. Ich schlug einen heiteren Ton an und sagte, in so einem kleinen Viertel höre man in den Geschäften so manches. Sie sagte, ich würde mich irren, das Haus sei nicht zu verkaufen und würde es auch nie sein. Ich bat um Verzeihung und wünschte ihr und ihrer Familie alles Gute.

In mein Notizbuch schrieb ich: »Sie sind wie die Terrier aus der Strumpfreklame. Halten mit Zähnen und Klauen an ihrem Eigentum fest. Noch bevor irgend jemand nach der Socke greift.«

Ich rief noch einmal an.

»Hier ist der Pinkler, der noch vor fünf Minuten als Immobilienmakler tätig war.«

Es wurde still.

Ich wurde genauer, indem ich Tag und Uhrzeit nannte.

Die Frau sagte nichts.

Ich sagte, ich hätte Verständnis für ihr Schweigen, denn auch ich hätte, wenn auch in kleinerem Maßstab, schon erlebt, daß mein Eigentum bedroht gewesen sei. Ich betonte, mit meiner Tat in keiner Weise ihr Leben und das ihrer Familie bedrohen zu wollen, es habe sich eher um einen symbolischen Akt gehandelt, denn ihr Haus habe den Startschuß für mein neues Leben gegeben.

»Mit diesem rohen Akt wollte ich mich bei Ihnen bedanken, ein Souvenir hinterlassen.«

Sie sagte, sie würde jetzt auflegen, aber ich bat sie, noch einen Augenblick zu warten. Sie sagte, sie gebe den Hörer jetzt an ihren Mann weiter, der mit mir machen würde, was ein Mann in einer solchen Situation tun müsse.

Ich hörte ein Rauschen und Schritte.

Ein Mann, der sich Repa nannte, meldete sich.

Ich rekapitulierte für ihn die Gesamtsituation mit allen Einzelheiten.

Er fing sofort an, mir zu drohen und zu brüllen.

»Du Arsch, du. Hörst du, du Arsch. Ich komm zu dir rüber, du Arsch.«

Im Hintergrund weinte ein kleines Mädchen. Es war unangenehm, das Brüllen und das Weinen gleichzeitig zu hören, denn genau diese Ausdrucksformen hatten mich in diese Sackgasse getrieben.

Ich mußte zu brutalen Mitteln greifen.

Ich behauptete, alles über sein Leben zu wissen, obwohl ich erst einiges über seinen Arbeitsplatz herausgefunden hatte: über seine Position, wie er seine Mittagspausen verbrachte und wie er sich bei Weihnachtsfeiern benahm.

Es wurde still.

Ich nannte die Bedingungen.

Entweder er höre sich an, was ich zu sagen hätte, oder ich würde seiner Frau erzählen, was für ein großherziger Mann er sei. Ich wußte nichts über seine eventuellen sexuellen Eskapaden, insofern schnappte der Fisch nach einem Haken ohne Wurm.

Ich schilderte ihm meine Lage und fragte ihn, wie er meine Chancen einschätze. Er antwortete kleinlaut und sachlich, daß er nicht glaube, ein paar Tausender Handgeld würden für ein Haus mit einem Wert von anderthalb Millionen reichen. Als Bank schlug er Ålandsbanken vor, deren Kreditangebote einem Vergleich mit den großen Banken sehr gut standhalten würden. Ich dankte ihm für die Information, fügte aber hinzu, daß zu einem Hauskauf Werte gehörten, die wichtiger seien als Geld. Er stimmte mir zu und sagte, er sei sicher, daß meine Familie zu mir zurückkehre. Ich dankte ihm für sein Mitgefühl, konnte mir aber die Frage nicht verkneifen, mit welcher moralischen Begründung er glaube, in einem alten Frontkämpferhaus wohnen zu dürfen, und mit welchem Recht er das Haus mit einem so unpassenden Anbau versehen habe. Wieso brauche eine Familie mit einem Kind mehr Platz als ein Aussiedler oder ein Frontkämpfer, der nach dem Krieg auf gleichem Raum mindestens drei Kinder großgezogen habe? Er sagte, er verstehe die Frage nicht, und ließ die Leitung rauschen.

Das Rauschen sog den Sauerstoff aus meinem Gehirn. Ich merkte, wie ich den Hörer umklammert hielt. Haß hat eine chemische Wirkung.

Mit Rücksicht auf eine mögliche Fortsetzung des Gesprächs konnte ich nicht den ganzen Spielautomaten in die Ohren des Mannes leeren. Ich lockerte die Atmosphäre auf, indem ich ihm von einer Studie berichtete, von der ich in dem Buch über die Siedlungsgeschichte der Nachkriegszeit gelesen hatte. Ich fragte ihn, ob ihm diese Epoche bekannt sei. Nein.

»Beschäftige dich mal mit dieser Epoche, wenn dir deine Grillerei dazu Zeit läßt. Die Wohnungsengpässe von heute sind ein Kinderspiel dagegen.«

Wieder erfüllte ein Rauschen den Hörer.

Ich fragte, ob ich einen Mann von der Front an der Strippe hätte oder den Diensthabenden eines Servicetelefons. Er brummte, er sei noch dran. Gut. Ich sagte, das mit dem Pissen tue mir leid, ich hätte über das Ziel hinausgeschossen, was damit zu tun habe, daß mein Puls zu lange jenseits von 170 gewesen sei. Nach so einem Puls glaube man, es gehöre einem die ganze Welt.

Wieder beschränkte sich der Mann auf ein Rauschen.

»Ist Laufen ein Hobby, mit dem du etwas anfangen kannst?«

Nein. Ich empfahl ihm, es mit dieser Disziplin zu versuchen, bei der man weder mit einer Frau noch mit der Welt oder dem Wirtschaftssystem zu kämpfen hätte.

Er sagte, er würde es sich überlegen.

»Wenn mir meine Grillerei dazu Zeit läßt.«

Ich sagte, ich verstünde die scherzhafte Anspielung und

bedauere, daß wir Männer in diesen Dingen nie zusammenhielten.

»Täten wir das, wären wir nicht immer die Angepißten. Die meisten Männer, so wie wir, leben nach dem Gefühl. Die männliche Vernunft ist eine Illusion. Ist Rock 'n' Roll etwas, womit du etwas anfangen kannst?«

»Nicht unbedingt.«

»Gut. Musik betont das Gefühl auf Kosten des Verstandes. Nichtssagende Refrains haben mich auf euren Rasen befördert, nicht die öffentlichen Verkehrsmittel. Jetzt bist du genervt.«

»Stimmt.«

»Ich kann dich mit der Botschaft trösten, daß ich noch mehr genervt bin. Und mich nervt das Wort ›nerven‹, weil es kein bißchen zum Ausdruck bringt, in welchem Zustand sich mein Herz befindet. Die Pisse auf deinem Rasen ist in ein paar Stunden verdampft. An Weihnachten kannst du dich schon nicht mehr daran erinnern. Ist dir der Begriff ›Augenmaß‹ bekannt?«

»Ich sag jetzt nichts mehr.«

Er legte auf.

Ich hängte das Handy ans Ladegerät und schrieb in mein Notizbuch:

»Die Terrier verwandeln sich innerhalb von wenigen Minuten in Golden Retriever. Aus diesem Grund habe ich Hunde noch nie gemocht. Kein Wunder, wenn das Wahlverhalten hier so unberechenbar ist. Das hier ist rot-grünes Gebiet. Die Terrier geben den Grünen Pfötchen, aber bei den nächsten Wahlen pissen sie den Grünen ans Bein und geben den Sozis Pfötchen. Ein halbes Jahr später schnuppert der Terrier schon am Hosenbein des Konservativen, weil der eine neue Bank für den Hundepark versprochen hat. All das kam in dem Telefonat mit dem Besitzer des gedüngten Rasens zum Vorschein. Grundfrage: Will ich solche Nachbarn? In einem Wohnblock muß man sich um die Nachbarn nicht scheren, aber in einem Einfamilienhaus kann die Großkatastrophe am Sonntagmorgen über die Weißdornhecke in deinen Garten spähen. In dieser Wohnung muß ich mich im Prinzip nicht um den Spitzel von oben kümmern, obwohl er sich Sorgen um meine Lebensgewohnheiten macht. Er ärgert mich, aber nicht so sehr, wie ich ihn ärgere. Die Balance stimmt. Wie aber würde ich bei solchen Leuten wie diesem Repa das Gleichgewicht wahren? Wie erfüllten die Männer, die aus dem Krieg heimgekehrt waren, ihre sozialen Pflichten? Zwangen sie sich, im Namen der Eintracht über die Weißdornhecke hinweg bedeutungslose Ansichten auszutauschen? Oder fanden sie das alltägliche Geplauder nach all den Schrecken entspannend? Offensichtlich. Es wäre gut, darüber vor dem Umzug mit Helena zu reden: Wohin wir unsere Köpfe stecken, ins Licht oder in die Dunkelheit.«

Die von oben

Die Familie des Rauchers ist offenbar ausgezogen. Seit einem Monat haben wir seine Frau und seine Tochter nicht mehr gesehen. Das ist kein Wunder, er ist bestimmt schwer zu ertragen. Allerdings bekommt er Besuch, der aber leider keinen Krach macht, über den wir uns beschweren könnten.

Eines Tages sah ich jeweils im Abstand von einer Stunde drei Frauen seine Wohnung verlassen. Sie hinterließen im Treppenhaus den Geruch von Sozialhilfe.

Auch einige verdruckste jüngere Männer sind bei ihm gewesen, manche von ihnen habe ich schon am Einkaufszentrum herumstehen sehen. Hoffentlich handelt es sich um Drogen. Wenn wir tragfähige Beweise bekommen, haben wir den Raucher im Nu aus dem Haus.

Kann sein, daß er auch in den Innenräumen raucht, wer weiß.

Über seine Frau und das Kind fällt mir nichts Schlechtes ein. Obwohl ich danach gesucht habe.

Sehr fügsame Frau. Und ein niedliches Kind.

Grüßen immer im Treppenhaus. Machen keinen Lärm.

Ich habe den Eindruck, daß die Frau völlig gesund ist. Oder so gesund, wie man es als Ehefrau eines Kettenrauchers sein kann. Mit Leena habe ich mich darüber unterhalten, wie sehr sie und das Kind unter dem Passivrauchen zu leiden haben. Und indirekt natürlich darunter, daß seine Kleider schon so einen Grundgeruch in die Wohnung tragen. Vom Atem ganz zu schweigen. Da helfen weder Kaugummis noch Pastillen.

Über die Kleine hat sich Leena manchmal Gedanken gemacht. Wie sehr sie unter der Krankheit ihres Vaters zu leiden hat. Und ob man etwas dagegen unternehmen kann. Sie rief beim Sozial- und Gesundheitsministerium an, aber dort konnte man ihr nur sagen, daß in solchen Fällen keine gesetzlichen Maßnahmen vorgesehen sind. Die Gesetzgebung unseres Landes hinkt dem Verfall der Sitten hinterher.

Leena hatte seine Frau im Zentralpark gesehen, sie hatte mit dem Kind auf einer Bank gesessen und auf den Boden gestarrt. Leena war mit den Stöcken nach Laakso gegangen, und als sie von dort zurückkam, saß die Frau noch immer an derselben Stelle. Leena hatte etwas geahnt, wollte aber natürlich nicht aufdringlich sein. Man muß den Leuten ihre Privatsphäre lassen, das ist ein Grundrecht des Etagenhausmenschen.

Aber Leena kam einfach nicht darüber hinweg. Sie forderte mich auf, herauszufinden, was dort unten eigentlich vorgeht. Ich versuchte sie zu beruhigen, schließlich können wir nicht anfangen, für Dinge Verantwortung zu übernehmen, die uns nichts angehen. Leena meinte, da wir uns der Sache mit den Zigaretten so intensiv angenommen hätten, müßten wir uns auch um die Folgen der Krankheit bei anderen Menschen kümmern.

Meiner Meinung nach hinkte Leenas Theorie.

Wir bekamen deswegen einen ziemlich unangenehmen Streit. Es war, als würde der Raucher, ob wir es wollten oder nicht, unser Verhältnis vergiften. Bis spät in die Nacht mußte ich meine ablehnende Haltung begründen, mit dem Ergebnis, daß Leena anschließend auf der Couch im Wohnzimmer schlief. Außerdem ärgerte sie sich schrecklich darüber, daß sie ihr Handy verloren hatte. An der Infotheke im Einkaufszentrum war es noch immer nicht abgegeben worden.

Am Morgen rumorte Leena in der Küche, obwohl sie wußte, daß ich das nicht ausstehen kann.

Das ganze Wochenende über sprach sie kein Wort mit mir, und am Montag überschritt sie die Grenzen des Schicklichen, als sie mir wegen der Frau und des Kindes des Rauchers Vorwürfe machte. Die Situation war uns völlig entglitten. Plötzlich war ich, ausgerechnet ich, von allen Menschen auf der Welt, verantwortlich für die Frau und das Kind des Rauchers.

Ich bat Leena, mit mir spazierenzugehen, um die Angelegenheit von Grund auf zu klären.

Die Natur wirkt Wunder.

Nachdem wir eine Stunde durch den Zentralpark gegangen waren, kamen wir überein, daß die in alle Winde zerstreute Familie des Rauchers nicht unser dringlichstes Problem war. Wir mußten uns um unsere eigene Familie kümmern, um unser Geschlechtsleben, das infolge der Störungen von außen schon am Einschlafen war, und darum, daß bei der nächsten Eigentümerversammlung zur Sprache kam, was der Raucher sich zuletzt erlaubt hatte: Er hatte vor unserer Wohnungstür seine Schuhe abgeklopft. Dafür hatten wir schlagkräftige Beweise: zwei unmittelbar nach der Tat aufgenommene Fotografien.

Matti

Bevor ich ging, hinterließ ich auf Sirkkus Anrufbeantworter eine Nachricht für Helena.

Hallo, ich bin's, ich weiß, daß ihr da seid. Oder anderswo, was weiß ich. Das hier ist schrecklich, aber die Zeit nach dem Krieg war noch schwerer. Allerdings gab es damals Hoffnung, eine neue Chance. Jetzt gibt es keine Hoffnung, weil du mir keine machst. Ich gehe jetzt zu einer Veranstaltung, zu der du mich nie hingekriegt hättest. So kommen wir uns näher. Das alles hat seinen Sinn. Ich warte auf den Umzugstag, Matti.

Ich packte das Aufnahmegerät, das Notizbuch und das Fernglas ein und setzte mich in den Bus.

Von der Fahrt weiß ich nur noch, was ich in mein Notizbuch schrieb.

»Denjenigen, der von Bodenknappheit redet, sollte man in einen Bus setzen, der aus Helsinki herausfährt. Nach zwanzig Minuten, auf manchen Strecken sogar früher, sieht man keine Spur mehr von Menschen, Häusern, Leben. Bloß Gebüsch, Wald, Felder, Leere über Leere. Ihr kommunalen Entscheider, steigt in die Busse und lernt euer leeres Land kennen, von dem ihr behauptet, es gebe in ihm zu wenig Baugrund.«

Um 10.23 Uhr betrat ich das Gelände der Haus-und-Garten-Messe.

Um 15.06 begriff ich endgültig.

Ich bin ein gewöhnlicher Mensch.

Ich bin kein bißchen ungewöhnlich oder individuell.

Ich bin nicht, was ich zu sein glaubte: der Refrain eines Rocksongs, der die ganze Welt zertrümmert. Ich bin nicht, was ich mir als Jugendlicher vorgestellt hatte: so einzigartig wie niemand sonst. Ich bin nicht der, von dem ich träumte. Ich bin der, als der ich jetzt aufgewacht bin.

Ich will nicht mit einem Architekten Tee trinken und mir Gedanken machen, ob das Licht der Abendsonne im richtigen Winkel auf den Terrassentisch fällt.

Ich will am Westflügel keinen Turm, auf dem ein Wetterhahn aus Stahl quietscht.

Ich will keine Aula und keine Erker.

Ich will keine Eingangshalle mit Marmorstatue.

Ich will meine Familie zurück.

Das versuchte ich Mika, dem Repräsentanten der Fertighaus-Firma Johanna, klarzumachen, der mir einen Plastikstuhl und Kaffee aus dem Pappbecher anbot. Er halte meine Ansicht für interessant, log Mika und trällerte schon die nächste Strophe seiner Individualitätsweise in Richtung einer Familie, die unter dem Reklamesonnenschirm saß und versuchte, jeglichen Blickkontakt zu vermeiden. Hatte man einmal Kontakt aufgenommen, war die entspannte Kaffeepause dahin: Dann erklärte Mika dir eine halbe Stunde lang, inwiefern seine Johanna-Häuser gerade für deine Familie die Lösung waren.

Ich ließ Mikas Vortrag zum einen Ohr rein und zum anderen wieder hinaus und starrte mit glasigem Blick vor mich hin.

Als Mika uns auf dem Computer ein Bild von den Details einer Eingangshalle zeigte, sah ich Sinis Gummistiefel und ihren Schneeanzug. Als er den Erker im Schlafzimmer anklickte, sah ich, wie Helena sich aus ihrem Morgenmantel schälte. Als er eine dreidimensionale Grafik von der Sauna vorführte, sah ich Helenas vor Schweiß glänzenden Körper in der Duschkabine.

Ich hatte den ganzen Tag nichts gegessen, mein Blutzucker sackte in den Minusbereich ab. Das war nicht Mikas Schuld. Er war nur gerade da, als mein Körper aus dem Gleichgewicht geriet. Ich bohrte nach, ob es unter seinen Modellen auch ein ganz gewöhnliches Haus gebe. Er hob die Hand zum Zeichen, daß er auf meine Frage zurückkommen werde, sobald sein Vortrag beendet sei.

Diese Geste kränkte mich.

Als sein Vortrag schließlich endete und die Gemeinde aus dem Objekt geströmt war, ging ich zu ihm und schob mein Gesicht so dicht vor seines, daß ich fast seine Nasenhaare sehen konnte.

»Jetzt zeigst du mir ein gewöhnliches Haus aus Holz mit vier Zimmern, Küche und Sauna. Alles aus gewöhnlichen Materialien und mit normaler Ausstattung. Keine Kloschüsseln aus Bronze und keine Aluminiumgriffe, Hauptsache, Haus und Familie halten die nächsten fünfunddreißig Jahre.«

»Etwas in genau der Art haben wir wohl nicht.«

»Und wo gibt es so was?«

»Da hinten ganz am Ende des Messegeländes wird so ein Haus ausgestellt.«

»Zeig mir das hier auf dem Plan!«

Mika griff nach dem Stift, der neben seinem Namensschild steckte, und machte einen Kringel um ein Objekt.

»Ich hab's nicht persönlich gemeint. Ich will nur meine Familie zurückhaben. In fünfzehn Jahren wirst du mich verstehen.«

Ich klopfte ihm auf die Schulter und ging davon.

Auf einer Bank mußte ich Rast machen, um mein Gleichgewicht wiederzufinden. Ich war nicht zufrieden mit meinem Benehmen, obwohl es im Hinblick auf meine Gesamtsituation und die unvollständige Ernährung verständlich war. Ich erinnerte mich, wie ich mich seinerzeit mit den tiefen Wäldern der Langmut vertraut gemacht hatte. Als Sini mich wochenlang wach hielt, las ich sämtliche fernöstlichen Anleitungen zu Gleichmut und innerem Frieden aus der Stadtteilbibliothek, aber schon damals störte mich die einseitige Sicht der Bücher in bezug auf das menschliche Verhalten. Laut den Gurus waren alle negativen Gemütsäußerungen schlecht, sie erschwerten es einem, zur Ganzheit zu gelangen und endgültig Frieden zu finden.

Die fernöstlichen Meister hatten noch nie eine Haus-und-Garten-Messe besucht.

Ich saß auf der Bank und faßte einen Entschluß: Wenn das alles hier vorbei ist, schreibe ich einen goldenen Benimmführer für die Vertreter der fernöstlichen Kultur.

Dann ging ich das Haus suchen.

Es hieß Suomi-Haus.

Diese kleine Version eines Frontkämpferhauses stand tatsächlich bescheiden in der letzten Ecke des Messegeländes. Nach all dem Zierat und allzu bemühtem Zeug wirkte es wie ein graues, unauffälliges Holzhaus. Es lockte nicht und kokettierte nicht. Es hatte ungefähr hundert Quadratmeter, das reichte für uns. Der Architekt Olli Lehtovuori hatte sich aufs Wesentliche beschränkt.

Ich setzte mich auf die Eingangstreppe, um die Broschüre zu lesen.

Kein einziges Wort zuviel. Kein Wort von Individualität. Kein Gezwitscher von Marmor, Springbrunnen, Wetterhähnen auf Türmen oder dem außergewöhnlichen Licht in der Aula. Nur das Nötigste.

Ein schmales Holzhaus mit zwei Stockwerken für kleine

Grundstücke. Sieht noch besser aus, wenn vierzig Stück hintereinanderstehen. Ich begriff, daß man es genau so nach dem Krieg gemacht hatte. Man gab den Aussiedlern und Frontkämpfern Grundstücke, auf die sie Häuser stellen konnten, alle gleich. Die nannte man Typenhäuser.

Ich bin ein Typ.

Ich bin das Musterbeispiel eines Typs.

Typisch.

Ich dachte an Helena und Sini, die jetzt irgendwo bei Sirkku in Helsinki waren. Warum könnt ihr nicht mit mir auf dieser Treppe sitzen? Wir würden hineingehen, für Sini ein Zimmer im ersten Stock aussuchen, im Erdgeschoß Kaffee trinken und uns über die Vorhänge und die Bepflanzung des kleinen Gartens Gedanken machen. Ich könnte Sini durchs Wohnzimmer springen lassen. Wir würden wieder spielen: Papi würde sich die Hände vors Gesicht halten, und Sini würde seine Finger auseinanderziehen, um einen Schimmer von Papis blauen Augen zu sehen.

Ich fuhr zusammen, als ein älterer Mann vor mir auftauchte und mich bat, ihn durchzulassen in das Haus.

Ich schob die Broschüre in die Tasche, verließ benommen das Messegelände und schnappte mir am Ausgang eine Postkarte von der Gratistheke.

Die Abendsonne schien mir in die Augen, ich war geblendet.

Mit dem pausenlosen Geplapper der Familien im Ohr setzte ich mich auf eine Bank und schrieb die Karte.

»Hallo. Weißt du was? Ich bin auf der Haus-und-Garten-Messe in Lappeenranta. Seh mich nach einem Haus für uns um. Hab nur eins gefunden. Ist aber gut. Ganz einfach, ein bißchen so wie wir. Du wolltest doch immer ein Haus haben. Jetzt will ich auch eins. Und euch. Warum sagt ihr mir nicht, daß ihr da seid? Oder woanders. Ich hab nur einmal zugeschlagen. Das kann doch nicht alles entscheiden. Lappeenranta scheint eine gute Stadt zu sein. Matti.«

Ich steckte die Karte in den Briefkasten und stellte meine Gefühle ab.

Der Abend dämmerte, mein Kopf klarte auf.

Ich wußte, wohin ich ging, aber nicht, in welchem Tempo.

I don't know what I want but I know how to get it.

Das hat Johnny Rotten gesungen, dieser alte Gammler. Hätte ich seine Telefonnummer gehabt, hätte ich ihn angerufen und ihm gesagt: Du hast deine Ahnungslosigkeit mit ein paar Akkorden garniert und damit der Jugend das Geld aus der Tasche gezogen. Und das zentrale Nervensystem hast du ihnen auch noch versaut. Einer von ihnen ist jetzt erwachsen geworden und will dir das mitteilen.

I am Matti Virtanen from Finland and I want my baby back.

Das ist Englisch und bedeutet, daß ich mich nicht mehr um Reime und Kehrreime schere, sondern zur Prosa übergegangen bin.

Ich setzte mich in den Bus, lehnte den Kopf ans Fenster und betrachtete Finnland, das lange Land. Das scheinbar endlose Gebüsch riß sich zwischendurch zu richtigem Wald zusammen, um gleich darauf wieder zu verwildern und in stillgelegte Gewerbegebiete und vorüberhuschende Ansammlungen von willkürlich ausgestreuten Einfamilienhäusern zu zerfallen. Finnland sah aus wie eine Föderation von Busch, Baum und Beton.

Nach einer Stunde Sitzen sah ich nur noch das Spiegelbild meines Gesichts.

Ich kannte diesen Mann kaum, der den Krieg mit Ach und Krach überlebt hatte, einen Krieg, der offiziell nicht einmal stattgefunden hatte. Der Krieg der Geschlechter oder der Befreiungskrieg der Frauen – ganz gleich, welchen Namen man ihm gab – war ebenso sinnlos gewesen wie alle anderen Kriege auch. Um ihn statistisch zu erfassen, lag dieser Krieg noch nicht weit genug zurück. Im Winter- und im Fortsetzungskrieg fielen insgesamt 85 000, verschollen waren 3400, und 189 000 Verwundete blieben übrig, um das Land aufzubauen.

In meinem Krieg gab es viele Tote, aufgrund seines inoffiziellen Charakters war die genaue Zahl aber nicht bekannt. Offiziell sprach man auch nicht von Gefallenen, sondern nur von Zusammenbrüchen. Es passierte am Straßenrand, in den Windfängen von Wohnblocks, in Gaststätten, in der Anmeldung von Familienberatungsstellen, vor Spielautomaten, in Cafeterias von Schwimmbädern. Sie brachen mitten im Satz zusammen, lallten vor sich hin und schufen so die Grundlage für den Verkaufserfolg von Stimmungsmedikamenten. Zu den Besonderheiten dieses Krieges gehörte auch, daß fast die Hälfte der Gefallenen Frauen waren.

Die Zahl der Verwundeten kannte keiner. Der größte Teil von ihnen stritt seine Verletzung ab oder behauptete, sie sich unter dem Druck der Arbeit oder während der großen Rezession zugezogen zu haben. Die statistische Erfassung wird auch dadurch erschwert, daß die Kriegsschäden fast ausschließlich geistiger Natur sind. Die Finnen sind nicht sonderlich talentiert darin, sie zu erkennen und zuzugeben.

Auf jeden Fall sind unter uns mindestens genau so viele Männer und Frauen, die in diesem Krieg verwundet wurden, wie offizielle Kriegsveteranen.

Die Zahl der Verschollenen kennt niemand, weil es nahezu unmöglich ist, diejenigen statistisch zu erfassen, die sich im ganzen Land in schummrigen Kneipen eingenistet haben und alles abstreiten.

Der Anteil der Reparationen, also der Unterhaltszahlungen, an den Geldströmen im Land ist so groß, daß der Druck auf die Soziologen wächst. Sie müssen ihre Studien über das Sexual- und Mobiltelefonverhalten für eine Weile vergessen und sich ins Gelände begeben, um Grundlagenforschung über all das zu betreiben, was mich umgibt.

In meinem Notizbuch hatte ich bereits Titelvorschläge für solche Untersuchungen notiert.

»Wenn das Zuhause zu einer Religion wird, die das Vaterland nicht anerkennt.«

»Die Zeit, die Scheidungen zu einem Volkssport machte.«

»Die Männer von der Heimatfront – eine antipolitische Bewegung?«

Ich schlief am kalten Busfenster ein.

Als wir von der Autobahn auf den Ring III abbogen, wachte ich auf.

Ich sah mir die ganze Häßlichkeit an. Irgendwo dort im Gebüsch hielten sich Helena und Sini vor mir versteckt.

Was machen sie in diesem Augenblick?

Liegt Helenas Hand in Sinis Nacken, bittet Sini sie, ihr das Märchen von der Muh zu erzählen, oder kann sie schon Kuh sagen? Schläft Sini? Wovon träumt sie? Helena und Sirkku stehen auf dem Balkon, blicken über Helsinki und reden schlecht über mich. Sie sehen mich schwarzweiß, obwohl ich viel Rot, Gelb und Grün an mir habe. Sini sieht mich nicht in irgendeiner Farbe, sondern einfach nur groß.

Wenn man auf Papis Schultern sitzt, sieht man ganz weit.

So ist es, schau nur über die Dächer hinweg, Sini, an den Vögeln vorbei, durch die Wolken hindurch auf diesen gelben Bus, der auf einer breiten Straße in Richtung Helsinki fährt, da sitze ich, die Wange platt an der Scheibe, ein Auge zu, das andere auf, für den Fall, daß irgendwo in diesem endlosen Gebüsch deine Augen auftauchen. Schau hierher, Sini! Ich war in Lappeenranta, um mir Häuser anzusehen, und habe eins gefunden. Würde ich Land besitzen, dann würde ich so ein Haus bauen. Aber ich habe kein Land. Und keine Zeit, mir ein Haus zu bauen. Ich muß eines finden, das schon fertig ist. Kannst du so lange warten? Bestimmt. Kann deine Mutter warten? Ich weiß es nicht.

Die von drüben

Falls Störenfriede Telefon haben, ist die Nummer geheim. Oder sie rufen von einer Telefonzelle an. Oder mit einem gestohlenen Handy.

Für einen normalsterblichen Lohnempfänger ist es jedenfalls unmöglich, ihnen auf die Spur zu kommen. Die Opfer haben keinerlei Rechte. Jedem, der gestört wird, müßte man die gleichen Apparate zur Verfügung stellen, wie sie die Polizei hat. Darüber muß ich mal was für den *Siedler* schreiben.

Wir müssen herausfinden, wer es ist. Ich lasse mir das nicht gefallen! Auf unser Grundstück wird nicht gepißt, zum Donnerwetter! Und wenn es noch so schwer ist. Die sollten mal in den Spiegel schauen – der nächste ist am Eingang vom Discounter. Es ist immer dasselbe mit denen, Erklärungen über Erklärungen. Dabei haben sie ihr Leben selbst verpfuscht, da brauchen die keine Unterstützung.

Der ganze Abend war versaut wegen diesem Vollidioten. Wir wollten eigentlich grillen und ein bißchen Petanque spielen, aber dann hatten wir zu nichts mehr Lust. Man kennt das. Bekommt man es mit Kiffern oder Mischverbrauchern zu tun, ist der Rest des Tages im Eimer. Wie können die bloß so einen Einfluß haben! Säufer und arme Schlucker sind kein Problem, die wird man los, indem man sie erschreckt. Wir haben an jeder Hauswand einen Scheinwerfer mit Bewegungsmelder. Otto Normalverbraucher bleibt da sofort stehen, die Kiffer blinzeln bloß mal und latschen weiter.

Den ganzen nächsten Tag hab ich mit Kerttu überlegt, wie unsere kleine Veera das wohl alles aufnimmt.

Sie hat jetzt einen Onkel im Kopf, der in den Garten pißt. Kann sein, daß wir das Kind zur Therapie bringen müssen. Ich frag mich, was die Krankenkasse davon hält, ob sie da mitmacht, wahrscheinlich nicht. Die Krankenkasse zahlt, wenn einem Somali bei einer Schlägerei, die er selbst angefangen hat, die Brille zerbricht. Die Krankenkasse zahlt, wenn sich ein sozial Gestörter an der Flasche verletzt, die er selbst zerschlagen hat.

Je mehr ich darüber nachdenke, um so überzeugter bin ich, daß wir ihn selbst schnappen müssen. Kerttu und ich haben beschlossen, daß wir uns mit den Nachbarn beratschlagen. Wenn er das nächste Mal hier herumstreunt, nehmen wir ihn auf Video auf. Wir installieren die Kamera am Küchenfenster, von da aus hat man eine gute Sicht.

Kerttu erinnerte sich, daß in der vorletzten Nummer vom *Siedler* ein Interview mit diesem Mäkinen gewesen war, der davor warnte, die guten Seiten des Wohnens im Eigenheim an die große Glocke zu hängen, damit die gestörten und verbitterten Elemente aus den Mietshäusern mit ihren ausgetrockneten Köpfen nicht Feuer fingen. Hier traf Mäkinen ins Schwarze, und gleichzeitig gab er mir damit einen Wink.

Ich nahm den *Siedler* vom Kamin, und wir lasen den Artikel noch einmal. Mäkinen sagte, in den Mietshäusern schwele eine Zeitbombe. Daß unsere Siedlung in unmittelbarer Nähe jener Wohnblocks liege, könne nicht ohne negative Auswirkungen auf diejenigen bleiben, die von ihrem Balkon aus den Wald und bei klarem Wetter Dutzende Satteldächer und grüne Gärten sähen.

Mäkinen erklärte, obwohl unsere Lebensweise die richtige sei und wir uns die Häuser durch harte Arbeit verdient hätten, gebe es dort draußen immer jemanden, der die Ansicht vertrete, die Karten wären schon in der Geburtsklinik verteilt worden. Und dieser Jemand könne auf alle möglichen Ideen verfallen.

Aus dieser Ecke kam der Pisser.

Kerttu wollte mich stoppen.

Aber ich war mir sicher. Das war gar kein Kiffer. Es mußte ein Mann sein, der zur Miete wohnte.

Wenn so einer die Fassung verliert, ist er noch schlimmer als ein Pillenfresser. Auf der Arbeit haben wir ein paar, die zur Miete wohnen – die haben schon einen ganz anderen Geruch. So etwas Bitteres. Haben während der Rezession keine eigene Wohnung abgekriegt und denken sich jetzt in der Kaffeepause tausend Gründe aus, warum es sich lohnt, zur Miete zu wohnen.

Das habe ich früher auch getan, aber jetzt merke ich, wie bedauernswert diese Leute sind.

Der Rohbau

Matti

Nachdem ich aus Lappeenranta zurückgekehrt war, konzentrierte ich mich auf Kesämaa. Ich war sicher, er würde mich über kurz oder lang zu dem richtigen Haus führen und den Preis für mich zurechtzustutzen.

Ich ging zu vier Besichtigungen, folgte ihm zu seinem Stammplatz an der Teboil-Tankstelle und zum Westterminal, wo er nach einer Schiffstour ankam.

Er wohnte in einem Reihenhaus an der Autobahn nach Tuusula. Der Lärm war stark, aber die Lage begehrt. Ich ging hin, der hohe Bretterzaun hinderte mich, näher heranzukommen. Also stieg ich auf den Zaun und machte ein paar Fotos von dem kleinen Garten.

Bei Kesämaas Besichtigungen hielt ich mich hinter den anderen und hütete mich davor, mich zu zeigen. Wenn sich die Besichtigung dem Ende zuneigte und Kesämaa anfing, Broschüren zu verteilen, war ich bereits verschwunden.

Bei Teboil saß ich am Nebentisch und las ein altes Boulevardblatt.

Aus dem Augenwinkel machte ich Beobachtungen. Außerdem versuchte ich zu hören, was er in sein Handy sagte, das pausenlos klingelte. Sein Umgang damit näherte sich der Akrobatik. In der einen Hand Kaffee und Krapfen, zustimmendes Murmeln in den Hörer, prustendes Auflachen, ausschalten, ein Schluck Kaffee, Blick auf die Anzeige, wer ruft an, fröhliche Begrüßung, Handy zwischen Ohr und Schulter einklemmen, Stift und Notizblock aus der Innentasche ziehen. Innerhalb von wenigen Minuten hatte er aus dem Fenstertisch bei Teboil ein Büro gemacht.

Zu Hause wärmte ich mir denselben Leberauflauf zum dritten Mal, absolvierte eine Bauchmuskelserie und vertraute meine Beobachtungen dem Notizbuch an.

»Völlig außer Rand und Band. Schwer zu glauben, daß er Material verkauft, dessen mittlerer Preis sich zwischen einer und zwei Millionen bewegt. Ändert seine Meinung sofort, wenn es ihm etwas nützt. Wiederholt das Wort ›absolut‹ sechzigmal am Tag. Ist ständig mit dem Kunden einer Meinung, auch wenn der Kunde unrecht hat. Ist fähig, auf eine Frage zu antworten, ohne sie zu beantworten. Ärgert sich jedesmal, wenn seine Frau anruft, sagt ihr, es sei gerade schlecht, weil er einen Kunden habe, dabei lehnt er bei Teboil am Spielautomaten. Andererseits wachsam wie ein Falke. Schlägt sofort zu, wenn sich ein Kunde auch nur ein bißchen erwärmt. Kennt sich mit dem Preisniveau der Gegend hervorragend aus, kann die meisten Wohnungen einschätzen, ohne sie gesehen zu haben. Wohnt anständig, der Garten klein und ungepflegt, am ehesten als Box zu klassifizieren. Auf keinen Fall ein Mann von der Heimatfront, im Gegenteil.«

Ich legte das Notizbuch weg und betrachtete das Bild von Helena und Sini.

Beide hatten langes, gelocktes Haar und große braune Augen. Ich hatte das Foto beim Sommerhaus ihrer Eltern gemacht, auf dem Bootssteg. Hinter ihnen lag der Päijänne-See, die Wellen wurden schon höher, das Wasser kälter, die ersten Blätter des Herbstes blieben auf dem Steg kleben.

Ich fuhr auf und sah auf die Uhr: 22.54. Zeit zum Grillen. Ich tippte die Nummer.

Kesämaas Stimme klang verstopft. Ich sagte, ich sei Jouko Kaario und an einem Reihenhaus interessiert, das seit Ende Mai zum Verkauf stand. Kesämaas Maschine sprang nicht sofort an, er bedauerte, jetzt auf der Terrasse nicht alle Unterlagen vor sich zu haben, aber er erinnere sich an das Objekt, so etwas werde sehr selten angeboten.

Die erste Lüge.

Ich erkundigte mich nach eventuell anfallenden Renovierungen. Nichts Großartiges zu erwarten. Absolut top in Schuß.

Die zweite Lüge. Ich war bei der Besichtigung von Riitta-Maija gewesen und wußte, daß innerhalb von zwei Jahren die Entwässerungsgräben und das Dach neu gemacht werden mußten.

Ich bat Kesämaa, mir möglichst bald einen Termin für eine Privatbesichtigung zu geben, weil in unserer Familie demnächst das dritte Kind komme und es dann eng bei uns werde. Kesämaa gratulierte mir und ohrfeigte die Seiten seines Kalenders. Er gab mir gleich für den nächsten Abend einen Termin, leider erst um acht, aber dafür komme dann die stimmungsvolle Gartenbeleuchtung zu ihrem Recht. Ich wollte das Gespräch schon beenden, da fragte Kesämaa nach der Finanzierung. Ich sagte, die sei gesichert, die jetzige Wohnung sei verkauft, und an Ersparnissen hätten sich auch zweihunderttausend angesammelt.

»Na, dann braucht man sich ja nicht mit dem Hut in der Hand vor den Bankmädels auf einem Plastikstuhl niederzulassen«, sagte Kesämaa lachend.

Ich sagte auf Wiederhören und ergänzte meine Kesämaa-Notiz: »Professioneller Zugriff, ist fähig, innerhalb von vier Sekunden die Genervtheit in seiner Stimme zu zermalmen.

Ein Hauch von Deprimiertheit im Ton. Hört nicht auf seine innere Stimme und kann daher selbst nicht einschätzen, in wie tiefen Wassern er fährt. Gehört wahrscheinlich zu der Fraktion, die psychisches Wohlbefinden geringschätzt und die ständige Müdigkeit mit dem Streß bei der Arbeit erklärt. Könnte alles verkaufen, vermutlich in die Branche hineingeschlittert, nachdem er von den hohen Provisionen gehört hat. Flexibler Charakter in jeder Hinsicht, falls er mal aus der Branche rausfällt, dann sicherlich auf die Füße. Noch immer bezwingbar.«

Zum ersten Mal während des ganzen Projekts fühlte ich mich müde.

Ich sog Kraft aus dem Bild der beiden.

Ich sah Sinis Wangen und erinnerte mich, wie ich sie ihr abgewischt hatte, bevor ich das Foto machte. Die Wellen schlugen gegen das Boot und spritzten Sini naß.

Sie wollte wissen, ob der See böse ist. Ich antwortete, der See ist nicht böse, der Wind ist an allem schuld, der peitscht den See auf. Warum peitscht er ihn, was hat ihm der See denn getan, der See ist doch bloß das Zuhause für die Fische. Das stimmt, aber der Wind kann nicht anders, das Windigsein ist seine Arbeit. Wann hat der Wind mal frei? Das weiß ich nicht.

Ich erinnerte mich, den ganzen Nachmittag auf dem Steg gestanden zu haben. Der Wind blies meine Jacke auf, ich streckte die Arme seitlich aus und dachte, wenn sich jetzt alle Winde hinter mir sammeln und gleichzeitig mit aller Kraft blasen würden, würde ich von hier mitten auf den See hinausfliegen.

Ich zwang mich wieder zur Arbeit.

Um schnell Zucker ins Blut zu bekommen, brach ich mir zwei Rippen Schokolade ab.

Der Zucker kam und brachte mir etwas Wichtiges in Erinnerung: Mir fiel Kesämaa ein und wie ich ihn mit dieser Frau am Westterminal gesehen hatte.

Ich schlug das Notizbuch auf und schrieb hastig: »Westterminal, ungefähr 10 Uhr. Küßt leicht eine Frau mit Heimquadrat-Namensschild an der Bluse. Sie gehen in ein Café, setzen sich an einen Fenstertisch und glotzen verträumt aufs Meer. Ich hole mir einen Kaffee, schalte das Tonband ein und setze mich an den Nebentisch. Einzelne Wörter kann ich hören. Wenn ich die zusammensetze, hab ich eventuell was in der Hand.«

Ich setzte sie zusammen und hatte was in der Hand.

Ich dachte: Kesämaa, wenn du ein anständiges Objekt in den Verkauf bekommst, werde ich den Preis dafür auf ein anständiges Niveau runterkurbeln.

Ich schaute ins Telefonbuch und fand sie sofort.

Taavitsainen, Sanna, Verkaufsberaterin.

Ich notierte die Nummer und rief an.

»Sanna«, meldete sie sich. Ich fragte: »Ist da mein Schatz?« Sie fragte: »Bist du's?« Ich sagte: »Ich bin's« und legte auf.

Ich hatte Kesämaa im Fernglas. Er parkte seinen Wagen, zog sich die Hose hoch, blätterte in seinem Papierstapel und steckte sich eine Zigarette an. Einen beschäftigten Eindruck zu machen war ein wesentlicher Bestandteil seiner Arbeit.

Er blickte auf die Uhr, fünf nach acht, sog gierig den Rauch ein, warf sich eine Pastille in die Backe und ging ins Haus. Die Tür ließ er offen. Optimist.

Um Viertel nach kam er aus dem Haus und ging nervös um sein Auto herum. Ich steckte mir ein Streichholz zwischen die Zähne und rief ihn an. Kesämaa griff nach dem Handy in seiner Gürteltasche.

Ich stellte mich als Seppo Saarimäki vor und erklärte, an einem Einfamilienhaus hier in dieser Gegend interessiert zu sein.

»Jetzt kann ich gerade schlecht reden, aber ich schreib mir gern Ihre Nummer auf.«

»Ich rufe in einer etwas schwierigen Situation an, ich bin nämlich gerade auf der Autobahn nach Köln.«

Ich sagte, ich würde nächste Woche nach Finnland kommen und wäre wirklich dankbar, wenn ich gleich Anfang der Woche einen Überblick über sämtliche zum Verkauf stehenden Häuser der Gegend bekommen könnte.

»Ich ziehe im Herbst mit meiner Familie nach Finnland, und es wäre schön, Weihnachten im eigenen Haus feiern zu können.«

Ich klagte über die harten Jahre, die ich im Ausland verbracht hätte, auch wenn es natürlich auch eine positive Seite gebe, denn was das Finanzielle anbelange, sei jetzt alles in Ordnung.

Kesämaa hieß mich schon einmal herzlich in meinem Heimatland willkommen und versprach mir das Material gleich für Anfang der Woche. Ich fragte ihn, ob ich ihn unter dieser Nummer anrufen könne, falls ich weitere Fragen hätte.

»Aber sicher doch.«

Mit dem Fernglas sah ich mir Kesämaas Stimmung an. Er wartete noch einen Moment in seinem Wagen, dann hatte er genug und brauste abrupt davon. Fünf Minuten später rief ich ihn im Auto an. Ich sagte, es tue mir wirklich leid, aber ich hätte nicht kommen können, weil die Kleine ständig brechen müsse und meine Frau die Wassergymnastik auf keinen Fall habe ausfallen lassen können.

Kesämaa schluckte seinen Ärger hinunter und zeigte Verständnis für die Unwägbarkeiten des Alltags von Familien mit Kindern. Wir vereinbarten, daß ich in einer Woche zur normalen Besichtigung kommen würde. Kesämaa sagte, das Objekt stehe auch im Internet, die Bilder seien von hohem Niveau, beteuerte er und fragte nach meiner Nummer, die unterdrückt war und deshalb auf seinem Handy nicht angezeigt wurde. Ich behauptete, die Verbindung sei schlecht, ich würde ihn werktags im Büro anrufen. Dann wünschte ich ihm einen guten Wochenanfang.

Ich rannte nach Hause, riß die neueste Folge der Fortsetzungsgeschichte vom Schwarzen Brett, trampelte mir vor der Wohnungstür einen Stock höher den Dreck von den Schuhen, stand fünf Minuten unter der Dusche und ging ins Netz.

Heimquadrat hieß alle Nestbauer auf den besten Wohnungsseiten des Landes willkommen. Auf der ersten Seite war ein gelbes Backsteinhaus abgebildet, in dessen Garten eine Familie ihr Fleisch grillte.

Ich klickte auf Suche, kreuzte an, was für ein Haus ich wollte.

Die Maschine spuckte zwanzig Objekte aus, von denen acht in der Gegend standen. Ich schaltete den Pulsmesser ein und vertiefte mich in die Bilder. Von jedem Haus gab es eine große Außenaufnahme und sechs kleinere Bilder von den Innenräumen. Ich ging von einem Haus zum anderen und kehrte immer zur Außenaufnahme zurück. Die Bilder waren ausnahmslos im Frühling oder Sommer gemacht worden, und zwar so, daß im Vordergrund entweder eine Birke oder ein blühender Apfelbaum zu sehen war.

Die Präsentationstexte hoben die Schönheit, das üppige Grün, die Nähe zum Zentralpark und den lauschigen Charakter der Gegend hervor. Die sachlichen Informationen zu den Häusern waren spärlich, sogar mangelhaft. Die Nebenkosten waren so knapp wie möglich berechnet, bei der Darstellung erfolgter Reparaturen war man großzügiger.

Ich druckte die Bilder der Häuser aus, klebte sie an den Ecken aneinander und befestigte den Fächer an der Wand. Es sah aus wie eine Wimpelsammlung. Ich starrte die Bilder an und machte mir Notizen in meinem Buch.

Am nächsten Morgen wachte ich in Kleidern auf und ging durch, was ich geschrieben hatte.

»Finde heraus, wer die Präsentationstexte schreibt!«

Mehr hatte ich nicht schreiben können, in den Nachtstunden hatte mein Puls zwischen 123 und 155 geschwankt. Ich ging unter die Dusche und stand sechs Minuten unter heißem Wasser.

Dann rief ich das Büro von Heimquadrat an.

Riitta-Maija Laakio meldete sich.

Ich stellte mich als Teppo Keränen von der Werbeagentur Himmel vor.

Ich lobte ihre Homepage, nannte sie stilvoll und außergewöhnlich informativ. Die Laakio bedankte sich und sagte, sie gebe sich bei den Seiten ungeheuer viel Mühe, da nicht alle potentiellen Kunden zu den Besichtigungen kommen könnten. Ich sagte, ich sei genau der Typ Mensch, den sie beschreibe. Die Zeit reiche einfach nicht. Verstohlen erkundigte sie sich, ob ich an einem ihrer Objekte interessiert sei. Ich sagte, ich sei ein typischer Helsinkier, der sein eigenes Häuschen mit Kartoffelbeet wolle, aber möglichst direkt hinter dem Parlamentsgebäude.

Die Laakio lachte überschwenglich.

Ich beschloß, ihr den Kopf auf den Betonboden zu schlagen.

»Hast du Mann und Kinder?«

Sie wurde still. Ich fragte noch einmal. Sie meinte, das gehöre nicht hierher.

»Das gehört hierher wie die Rinde an die Birke. Wenn du mir jetzt nicht zuhörst, tust du es heute nacht.«

Ich erklärte ihr, daß ihre Internetseiten meinen Verstand beleidigten und mich und meine Familie in ein absolut lächerliches Licht rückten. Ich verlangte Auskunft darüber, wer die Präsentationstexte zu den acht Häusern der Gegend geschrieben habe.

Sie antwortete nicht, ich hörte nur ihren Atem.

Ich sagte, ich würde einen Riesenlärm um den Dreck machen, den sie im Netz und in ihren Zeitungsannoncen verbreiteten. Ich könne beweisen, daß es sich bei den poetischen Formulierungen um blanke Lügen handle, und dann hätte Heimquadrat einen Prozeß wegen Irreführung der Verbraucher am Hals.

»Wohnst du in einer Eigentumswohnung?«

Sie antwortete nicht.

»Hat dir die Apfeltasche, die du nach der Besichtigung zu dir genommen hast, den Mund zugeklebt, oder was ist das für ein hirnloses Rauschen in der Leitung? Wohnst du in einer Eigentumswohnung?«

»Ja.«

»Dann verstehst du mich. Du gehörst zur besitzenden Klasse, und wir halten zusammen. Aber wir können nicht zusammenhalten, wenn du so verlogene Texte über diese Häuser schreibst. Hast du Kinder?«

»Nein.«

»Schaff dir welche an. Dann kapierst du, daß eins zum anderen gehört und sich alles aufeinander auswirkt. Jetzt glaubst du, ein Sternennebel im Universum zu sein, ein einzigartiges Staubkorn auf der Mondoberfläche. Du gehörst nirgendwohin. Du hast nichts zu verlieren, außer deinen Kilos.«

Im Hörer war schweres Atmen zu hören, als hätte ein großes Tier das Telefon der Laakio übernommen.

»Ist da jemand?«

»Ähm ...«

»Ich weiß, wo ihr wohnt, du und Kesämaa. Das ist keine Drohung, sondern soll dir nur zeigen, daß ich meine Hausaufgaben gemacht habe.«

Ich legte auf, ging ins Bad und stand weniger als vier Minuten unter der kalten Dusche. Wenn man in dieser Zeit seine Fassung nicht wiedergewinnt, ist mit der Dusche etwas nicht in Ordnung.

Ich trocknete mich nicht ab, ging nackt durch die Wohnung und ließ das Wasser heruntertropfen. Ein Verlassener darf sich das erlauben.

Ich rief Sirkkus Nummer an, sie ließen es ins Leere tuten.

Ich beschloß, mich an Kesämaa zu rächen.

Ich rief bei ihm zu Hause an, seine Frau nahm ab. Ich fragte, ob ihr Mann da sei. Sie verneinte und wollte wissen, worum es gehe.

»Hier ist der Chef vom Hotel Cumulus in Vantaa. Die Sache ist ein wenig unangenehm. Sehen Sie, wir haben hier die Krawatte Ihres Mannes. Sie wurde in einer Loge unseres Nachtclubs gefunden. Wir würden normalerweise nicht anrufen, aber die Krawatte scheint ziemlich teuer zu sein.«

»Und ...?«

»Ich dachte, ich frage am besten nach der Adresse, an die wir die Krawatte schicken können.«

Die Frau nannte, sich räuspernd, die Adresse, ich bedankte mich und bedauerte die Störung.

Den Rest des Abends freute ich mich an der Szene, bei der ich aus der Ferne Regie führte.

Die Frau stellt den sowieso schon überanstrengten Kesämaa zur Rede: Wie kommt es, daß du vor kurzem im Cumulus in Vantaa die Sau rausgelassen hast? Hab ich doch gar nicht, was soll der Scheiß, fängt Kesämaa an, und dabei fragt sich sein überanstrengtes Gehirn verzweifelt: Wer hat mir diese Scheiße eigentlich eingebrockt, schließlich bin ich in meinem ganzen Leben noch nicht in dem Hotel gewesen.

Außerdem hab ich Sanna gestern nicht angerufen. Bestimmt nicht. Wenn das so weitergeht, geht es ins Auge.

Geht es auch.

Aber ich sag dir nicht wann, wo und warum.

Helena

Matti steckt jetzt im Lendenbereich, ich bitte Sirkku, ihn rauszumassieren. Sie behauptet, der Schmerz hat mit dem schlechten Stuhl vom Recyclingzentrum zu tun.

Die neue Wohnung ist so häßlich, daß es in den Augen weh tut. Aber es wachsen keine Tintenfische aus den Wänden, und keiner hält Vorträge über Rocksongs.

Sini hat gleich am ersten Tag drei Stunden Mittagsschlaf gehalten, so lang hat sie noch nie geschlafen. Ich mußte hingehen und hören, ob sie noch atmet.

Sirkku meint, Sini hätte Streß. Glaub ich nicht. Sirkku meint, das wäre sogar wissenschaftlich erwiesen. Ein Kind würde spüren, wenn es bei den Eltern nicht stimmt, auch wenn es keinen Streit mitbekommt.

Sie hat die Faust, die aus dem Dunkeln kam, gesehen, und jetzt ist diese Faust in ihrem Innern riesengroß geworden. Aus dem Auge eines Erwachsenen kann man eine Faust herausziehen, aus dem Innern eines kleinen Mädchens nicht.

Matti kann nicht schlagen, deshalb hat es so weh getan.

Er traf mich am Hals, ich taumelte und schlug mit dem Kopf gegen den Küchenschrank.

Mir stockte der Atem, für einen Moment bekam ich keine Luft mehr. Einmal hast du mir den Sauerstoff zugedreht. Ein zweites Mal wirst du das nicht mehr tun.

Sirkku hat ihn im Zentralpark beim Joggen gesehen. Er

sah aus, als hätte er keine Ahnung, was in der Welt vor sich geht. Wie in Trance. Das glaub ich gern. Darauf ist er ja aus. Hat mir richtig Vorträge darüber gehalten. Ich hatte keine Lust, mir das anzuhören, aber er hat mich gezwungen. Wenn alle Umrisse verschwimmen, wird der Wald zum Sauerstoffzelt, hat er gefaselt.

Joggen ist das einzige, was er außerhalb der Wohnung tut. Das hat er schon immer gemacht. Er sagte, sein Ziel wäre es, sich in frei beweglichen Geist zu verwandeln. Ich finde, er hat zuviel Wirbel darum gemacht. Hab ich ihm auch gesagt. Gab es prompt Streit. Er behauptet, ich hätte viel mehr geredet. Das stimmt, aber was macht das schon, wenn Matti mir überhaupt nicht zugehört hat. Schweiß ist Schweiß, das braucht man nicht groß aufzublasen.

Sirkkus Freund hat ihn dann zwei Stunden später in dieser tollen Einfamilienhaussiedlung gesehen. Mit einem Fernglas um den Hals. Also ich glaub nicht, daß er sich neuerdings für Vögel interessiert. Aber Sirkkus Freund hat ihr den Kerl so genau beschrieben, daß ich es glauben muß.

Ich verstehe es nicht.

Nie hab ich ihn in diese Gegend gekriegt, egal, was ich probiert hab, laß uns wenigstens mal gucken, wir müssen ja gar nicht dran denken, was zu kaufen. Auf die Idee mit dem Haus ist er einfach nicht angesprungen.

Und jetzt war er selber dort.

Das gehört zu all dem, was ich nicht verstehe. In den letzten zwei Monaten war es immer schlimmer geworden. Sogar sein Tonfall hatte sich geändert. Und sein Gang. Morgens nach dem Aufstehen ist er richtig herumgetrampelt. Wenn er eine rauchen gegangen ist, hat er boshaft die Schlafzimmertür zugeschlagen, so wie der Typ von oben. Am Frühstückstisch hat er in meine Richtung geguckt, aber vorbei. Um Sini hat er sich gekümmert wie immer, hat aber kaum mit ihr gesprochen. Er war irgendwie so grauenhaft sachlich.

Sogar über Schallplatten hat er auf einmal komisch geredet, hat nicht mehr geschäumt vor Begeisterung, sondern eiskalt mit den Musikern abgerechnet. Und er hat die Leute nicht mehr nach ihren politischen Ansichten gefragt, nur bei mir hat er sich darüber ausgelassen. Hätte er damals seine Ausbildung fertig gemacht, dann hätte er an einem ordentlichen Arbeitsplatz seine Kollegen foltern und rösten können mit seinem Gemaule.

Wenn es ein Mensch schwer hat, dann redet er auch darüber. Das gilt jedenfalls für alle meine Freundinnen. Einmal im Monat treffen wir uns und unterhalten uns einfach. Aber Matti hat für so was nichts übrig. Er holt sich seine Kraft aus langen Läufen, aus vier Wänden, aus einer Frau und einer Tochter. Er holt sie sich nicht nur, er saugt sie auf.

Als ich ihn fragte, was ihn bedrückt, sagte er: Nichts.

Das war gelogen.

Blödes Gefühl, sich vorzustellen, daß er irgendwo an der Straßenecke steht und durchs Fernglas glotzt. Obwohl er nicht mehr mein Mann ist. Obwohl mich sein Leben nichts mehr angeht.

Was macht ein Mann, der sich nichts aus Vögeln macht, mit einem Fernglas?

Was denke ich dauernd an ihn? Ich muß lernen, für die Kleine abwechslungsreiche Sachen zu kochen. Wieviel Milch und wie viele Eier kommen in den Nudelauflauf? Wie viele Minuten kocht man Brokkoli? Was ist Gelatine? Was bedeutet »legieren«? Wieviel Kohl braucht man für einen Kohlauflauf?

Das muß ich herausfinden. Und auf die schwersten Fragen antworten.

Sini fragt jeden Abend, wo ist der Papi. Tagsüber denkt sie nicht an ihn, aber abends immer.

Der Papi steht mit dem Fernglas um den Hals irgendwo am Straßenrand, in einer anderen Welt, weit weg von hier. Warum?

Weil er eines Abends zum Rauchen auf den Balkon ging. Und als er zurückkam, traf seine Faust Mamis Kopf, und Mami fiel auf den Boden und durch den Boden in eine große Finsternis, und aus dieser Finsternis sind wir in Sirkkus Wohnung gekommen, und von da in die Wohnung von den Onkels und Tanten von der Stadt.

So würde ich es erzählen, stellte ich mir vor. Hab ich aber nicht. Ich sage Sini so gut wie gar nichts darüber. Außer daß der Papi weg ist und nicht zurückkommt.

Sirkku meint, ich dürfte nichts Endgültiges sagen, ich müßte es abdämpfen.

Ich hab Angst, daß Sini ein trauriges Kind wird, daß sie später als Erwachsene mal Depressionen hat.

Ich hab Angst, daß Sini das einzige Mädchen in der Klasse sein wird, das nie beim Frisör war.

Ich hab Angst, vor allem abends, wenn es dunkel und still ist, daß wir beide verkrüppeln. Daß ich eine humorlose, grantige Kuh werde und Sini eine orientierungslose Jugendliche, die nicht weiß, was sie mit ihrem Leben anfangen soll.

Du machst dir zuviel Gedanken, sagt Sirkku.

Nein. Ich mache mir ernsthaft Gedanken.

Sie hat gut reden, als Kinderlose.

Ich hab jetzt schon Phantomschmerzen. Im Fernsehen kam eine Sendung über Leute, denen ein Bein amputiert worden ist und die Schmerzen in dem Bein spüren, das sie gar nicht mehr haben. Ich hab Angst, daß Matti in unserem Leben hängenbleibt, obwohl ich ihn amputiert habe. Und daß ich morgens aus alter Gewohnheit den leeren Stuhl frage, gehen wir heute im Zentralpark spazieren oder gehen wir zu Teboil. Und Sini hört meine Fragen und wird nie gesund. Sini lebt ihre ganze Kindheit und Jugend über mit ihrer Phantomschmerz-Mutter in einem häßlichen Haus und wird eine schreckhafte, nervöse junge Frau, die jeden Mann, der auf sie zukommt, für einen Schläger hält.

Die von oben

Als Kallio an der Tür klingelte und sein Anliegen vortrug, habe ich mich ungemein gefreut.

Ich muß zugeben, daß sich unter die Freude eine tüchtige Portion Schadenfreude mischte, schließlich hatte ich mit Leena eine ganze Weile in der Sache allein gestanden, und man hatte hinter unserem Rücken über uns geschmunzelt.

Kallio war ganz aufgeregt. Er hatte Tipsu, seinen Golden Retriever, im Zentralpark ausgeführt. Eigentlich hatten sie die übliche Runde gehen wollen, aber aus einer Laune heraus beschlossen, einen Abstecher in die Eigenheimsiedlung zu machen, und dort, unmittelbar neben der Straße, dicht an einer Weißdornhecke, saß der Kerl von unten mit einem Fernglas. Wie ein Forschungsreisender kauerte er da, hatte alles um sich herum vergessen und Kallio und Tipsu nicht bemerkt.

Was Kallio das Blut in den Adern gefrieren ließ, war jedoch mehr die Art und Weise, nicht die Tat selbst.

Ganz selbstverständlich hatte der Kerl sich anders hingehockt, Schreibzeug aus seiner Sportjacke gezogen und angefangen zu schreiben. Aber was, fragte sich Kallio.

Kallio hatte zugelassen, ganz gegen seine Gewohnheit, daß Tipsu im Straßenrand schnüffelte, damit er selbst sich darauf konzentrieren konnte, den Kerl zu beobachten. Kallio hatte auf die Uhr gesehen: fünfzehn Minuten. Er betonte, daß Zeit relativ sei. Recht man fünfzehn Minuten lang Laub, vergeht sie wie im Flug. Guckt man sich genausolang eine ausländerfreundliche Sendung im Fernsehen an, kommt es einem wie eine Ewigkeit vor. Im vorliegenden Fall guckte sich ein Kerl, der nicht in die Gegend gehörte, fünfzehn Minuten lang mit dem Fernglas die Immobilien anderer Leute an, was nach Kallios Ansicht eine wirklich lange Zeit war. Mit einer bloßen Laune lasse sich das nicht mehr erklären.

Und das ist noch nicht alles.

Als Kallio nach Hause kam und sich auf den Balkon setzte, um den klaren Abendhimmel zu bewundern, mußte er Zeuge werden, wie der Kerl über ihm mit einem Zigarettenstummel nach ein paar Jugendlichen warf und auch noch ein Zeichen mit dem Finger machte.

Wir regten uns alle drei dermaßen auf, daß Leena beschloß, uns einen Kaffee zu kochen.

Das tat gut.

Es war irgendwie ganzheitlich.

Unsere Grundlagenarbeit war nicht umsonst gewesen. Wir hatten jetzt einen Waffenbruder im Haus, und niemand konnte sagen, wir würden aus einer Mücke einen Elefanten machen.

Kallio fand, die Sache werde dadurch verkompliziert, daß es nicht gesetzlich verboten sei, sich mit Fernglas und Aufnahmegerät durchs Gelände zu bewegen. Wir beschlossen aber, zu klären, wie nahe man an ein Wohngebäude herangehen durfte, denn irgendwo mußte es da ja eine Grenze geben.

Ich erinnerte Kallio an die Details des neuen Tabakgesetzes. Dort heißt es, daß der Raucher seine Zigarette in mindestens sieben Meter Abstand von öffentlichen Gebäuden rauchen muß. Wenn das Tabakgesetz so genaue Einzelheiten enthielt, mußten die gesetzlichen Bestimmungen zum Hausfriedensbruch doch wohl darüber Auskunft geben, wie nahe man an eine Immobilie herangehen und ob man das Fernglas überhaupt auf die Innenräume richten durfte.

Wir stellten fest, daß wir eine große Baustelle vor uns hatten.

Es ist nicht so einfach, solche Dinge neben der Arbeit zu erledigen.

Aber da wir jetzt Kallio auf unserer Seite hatten, konnten wir ein wenig aufatmen.

Wir vereinbarten mit ihm, daß er das Gelände im Auge behält, während Leena und ich uns auf die Delikte innerhalb der Liegenschaft konzentrieren.

Der Veteran

Der Bub hat eine Immobilienfirma angerufen. Wollen das Haus verkaufen. Und mich ins Altersheim stecken. Kriegen bei jeder Kleinigkeit einen Schreck, kaum fällt man zweimal am Briefkasten hin und die Pumpe stottert ein bißchen, heißt es gleich, ab in Pflege.

Seit die Martta nicht mehr ist, glaubt der Bub, ich komm allein nicht zurecht.

Den Beinbruch kann man der Stadt in Rechnung stellen, weil sie nicht mehr richtig streuen.

Wenn hier Leute zum Besichtigen kommen, bind ich mir den Schal von der Martta um, geh in den Keller und setz mich in die Kartoffelkiste. Ich werd ja schließlich noch in meinem eigenen Keller sitzen dürfen, wer soll mich daran hindern. Aus meinem eigenen Haus geh ich nicht raus. Vorm Russen bin ich weiland fortgerannt, aber die können mich nicht vertreiben.

Als ich die Martta beerdigt hab, hab ich zuerst gedacht, daß ich nicht allein in dem Haus wohnen bleib.

Aber dann hat der Bub angerufen und vorgeschlagen zu verkaufen, und da hab ich angefangen zu überlegen, wo ich denn hin soll. Hier steht alles an seinem Platz. Die Martta und ich, wir haben damals, achtundvierzig, beschlossen, der bequeme Sessel kommt ans Fenster, weil, wenn man da sitzt, sieht man, ob jemand kommt. Und der Tisch ist auch noch derselbe. Viermal gestrichen. Und jedes Zimmer hat seinen Geruch.

Jedesmal, wenn der Bub mit seiner Frau kommt, schnüffeln sie im Keller, als wäre da die Pest ausgebrochen. Die gehörn zur Schimmelgeneration, was feucht ist, das lehnen die ab. Obwohl sich das für einen Keller so gehört. Der Bub hat gemeint, da müßte man mal mit dem Meßgerät kommen, dann hätte man Klarheit. Ich hab ihm gesagt, in meinem Keller mißt du nicht, der einzige Meßapparat ist meine Nase.

Ich will das Haus nicht hergeben. Auch wenn der Bub sagt, es ist höchste Zeit, bald macht sich keiner mehr was draus. Es kommt jemand von der Firma, zuerst sollte es eine Frau sein. Zum Glück kommt jetzt ein Mann. Weil ich doch keine Frauen mehr angucken kann. Da kommt einem alles mögliche in den Sinn, ob man will oder nicht.

Heut war ich am Briefkasten und in der Wirtschaft. Hab mit Reino am Automaten gepokert. Für einen Zehner. Zu Marttas Zeiten hab ich nur mit einem Fünfer gespielt. Und schon davon hat sie schlechte Laune gekriegt. Außer einmal, da hatte ich einen Hunderter gewonnen. Zwei Packungen Kaffee, ein Pfund Butter und Schinken hab ich dafür gekauft. Ich hab lachen müssen, als die Martta gefragt hat, wie der Spielautomat funktioniert und ob er gleich neben der Tür steht.

Der Mann kommt heut abend. Wenn er schlecht über das Haus redet, setz ich ihn an die Luft.

Der Bub hat gesagt, sie könnten eventuell ein Gutachten verlangen. Würden sich sonst nicht trauen, es zu verkaufen.

Aber Gutachten werden mir keine gemacht. Ich weiß, in was für einem Zustand es ist. Da kriegt man die Wut, und man erinnert sich daran, wie es gebaut wurde. Wie alle zusammen den Guß gemacht haben. Reino war auch dabei. Und als der Sockel trocken war, kam der Rahmen drauf. Wie wir die Füllung drin und den Boden zu hatten, das Mehl in den Wänden und die Fenster an Ort und Stelle, da kam es einem schon fertig vor. Es hat geheißen, die wohnen auf schiefen Brettern, aber das hat mich kaltgelassen, die wenigsten haben die Beplankung draußen gleich drauf gehabt. Der Schornstein hat auch gut gehalten, obwohl sie da am Anfang auch skeptisch waren, weil man gebrannte Ziegel nur für Öfen gekriegt hat. Ich hab selbst mit der geliehenen Form die Zementziegel geklopft und das Trocknen überwacht. Jedes Brett hab ich selbst angenagelt und die Wandpappe genauso. Hier macht mir keiner mit Meßapparaten im Keller rum.

Außerdem kann ich es auch selber verkaufen, wenn die anfangen, Schwierigkeiten zu machen. Dann verkauf ich's eben an den Sohn vom Reino, der sucht angeblich was. Oder an diesen Läufer, der neulich hier war. Hat gekeucht und geschnauft und das Haus gelobt. Wollte wissen, ob's zu verkaufen ist. So sind die Leute heutzutage, kommen aufs Grundstück und sagen, verkauf's mir. Nix mehr von wegen mit dem Hut in der Hand an den Schalter.

Die Frau vom Bub hat gesagt, man müßte saubermachen, bevor der Mann von der Firma kommt. Das ändert auch nichts. Nach Martta hab ich nichts mehr angerührt. Ihr Schal hängt auch noch da überm Stuhl. Und der Mantel an der Garderobe. Wollte zum Beet gehen, da ist sie in der Diele hingefallen und liegengeblieben. Ich hab nach ihrem Herzschlag gefühlt, ihr ein Kissen unter den Kopf geschoben und den Krankenwagen gerufen. Die konnten nichts mehr machen.

Kann sein, daß ich nirgendwohin geh. Ich komm schon zurecht. Das Wichtigste hat mir die Martta beigebracht, als hätte sie damit gerechnet abzutreten. Ich kann Kartoffeln kochen und Fisch machen. Was braucht ein Mann wie ich mehr. Grünzeug eß ich keins. Was Süßes kauf ich mir. Der Bub und seine Frau glauben, ich verhungere. Bringen immer Auflauf und Suppen mit, aber in dem, was die da machen, sind immer so komische Gewürze drin, die glauben einfach nicht, daß Salz genug ist.

Mit der Waschmaschine komm ich auch zurecht. Hat mir auch die Martta gezeigt. Welche Temperatur, sechzig Grad oder Kochwäsche. Ich wasch so selten, daß es auch egal ist. Der Martta war's nicht egal. Der Bub und seine Frau haben ihr Nachtzeug aus Seide gekauft. Weil ich die kleinen Schildchen nicht lesen kann, hab ich's in die Kochwäsche getan.

Ein Geschrei! Mußte dringend im Garten was erledigen, um mir das nicht anzuhören. Jetzt zieht's die Tochter vom Bub an.

Ich sollte an so was nicht denken, da werden die Augen feucht. Wär die Martta doch hier. Könnte sie wegen der Temperatur meckern. Und wegen dem Automatenspielen. Wär sie bloß hier.

Ist sie aber nicht.

Ist irgendwo anders.

Aber im Himmel ist die nicht.

Auch wenn der Pastor das behauptet hat.

Ich hab mich nicht getraut zu widersprechen, in so einer Situation. Aber bei mir hab ich gedacht, daß es keinen Himmel gibt. Auch keinen Gott. Wenn es einen gäbe, hätte er uns damals im Geschützfeuer geholfen. Einmal hab ich nach ihm geschrien, aber geantwortet hat er nicht, und dann ist das Bein von meinem Kameraden im hohen Bogen auf mich drauf geflogen. Da hab ich gewußt, daß da oben keiner ist. Auch wenn der Militärpastor gesagt hat, der Herr wollte das

Bein vom Väänänen und dadurch auch den Väänänen bei sich haben.

In der letzten Zeit hat die Martta ganz warm von diesem Gott gesprochen. Daß er irgendwo da oben auf sie wartet, daß er sie aufnimmt wie eine alte Bekannte. Ich hab mir das angehört, weil es die Martta gesagt hat. Wenn's jemand anders sagt, hör ich mir das nicht an.

Ich bin sowieso kein Freund von Phantasiegeschichten. Wenn was erfunden ist, mach ich mir nichts draus. Am schlimmsten sind diese Kriegsschriftsteller, die malen ihre Geschichten aus wie Lausbuben. Malbücher sind das. Wenn sie nur schreiben würden, was an der Front passiert ist, wären sie dünn. Kriegsschriftsteller sind noch schlimmere Schwätzer als die Gottesgelehrten.

Wie komm ich jetzt da drauf?

Weil die Martta nicht da ist und mich unterbricht, gehen die Gedanken hin, wo sie wollen. Wenn man sein Leben lang mit einer Frau zusammen ist, will man nicht, daß sie weggeht. Ein paar Tage geht's, aber nicht gut. Ich weiß noch, wie sie mal bei ihrer Schwester in Häme war. Drei Tage. Kam mir vor, als würde sie nie mehr zurückkommen. Da kann man einfach nicht mehr allein sein. Die Jungen lassen sich bei jedem Kleinkram scheiden. Gleich wird die Matratze aus dem Haus getragen. Das hab ich dem Bub gesagt, zankt euch anständig. Schreit, zum Donnerwetter. Bleibt stur, verdammt noch mal. Wenn man in seinem eigenen Haus nicht schreien darf, wo dann. Und wenn's vierzig Jahre aus demselben Grund ist.

Wie ich aus dem Krieg heimmarschiert bin, da hab ich mir gedacht, egal was kommt, ich schmeiß nicht alles hin. Die Martta hat auch mal ein paar Wochen in der Küche geschlafen, wenn sie so richtig übergeschnappt war, und ich ab und zu draußen im Schuppen, das kommt vor. Aber es hat sich rentiert, wenn man denkt, wie jedesmal die Versöhnung war.

Aber was red ich da für einen Blödsinn, gleicht kommt dieser Mann.

Der Makler

Der Himmel über Ylistaro ist unendlich weit und blau. Als kleiner Kerl hab ich gedacht, der Himmel tät in Lappland anfangen und würd in Hanko aufhören, und wo bei uns die Scheune steht, da ist er am höchsten.

Riitta-Maija war außer sich und ich auch ein bißchen. Es kam einem vor, als würde die Welt, an der wir fünfzehn Jahre gebaut haben, an den Rändern aufplatzen. Die andere Welt, die in Ylistaro, ist heil und an allen Ecken fest im Boden verankert.

Irgendein Flegel hatte Riitta-Maija angerufen und über die Internetseiten unserer Firma geschimpft. Von dem Scheinhoteldirektor, der bei uns angerufen hatte, habe ich nichts gesagt, ich dachte mir, ich schone sie lieber.

Wir setzten uns. Ich schlug vor, aus der Konditorei im Einkaufszentrum Apfeltaschen zu holen, aber Riitta-Maija hat geschluchzt und auf ihre Körpermitte gedeutet. Da hat mich eine unwahrscheinliche Melancholie befallen, weil wir in unserem Alter keine Leckereien mehr essen können. Man sieht's sofort.

Ich bat sie, mir den Inhalt des Anrufs genau wiederzugeben. Sie hat es stammelnd getan und behauptet, der Typ wüßte, wo wir wohnen. Ich fragte sie, ob die Nummer auf ihrem Display angezeigt worden sei. Sie hat den Kopf geschüttelt. Ich hab sie getröstet, das sei ein Verrückter, und es würde sich nicht lohnen, sich darüber den Kopf zu zerbrechen.

Ehrlich gesagt habe ich mir höllisch den Kopf zerbrochen, und ich war sicher, daß all diese Anrufe einen gemeinsamen Nenner hatten. Hat einer unserer Kunden das Angebotsrennen verloren? Vielleicht haben sich seine Geldprobleme nicht auf die erhoffte Weise regeln lassen? Oder es handelt sich um eine Person, die ohne ersichtlichen Grund legale Strukturen untergraben will.

Ich hab für Riitta-Maija ein Wörtchen eingelegt, damit sie den Rest des Tages freibekommt, und bin zu Sutinen in sein Kabuff. Ich hab ihm die Hintergründe erklärt und ihn gebeten, Riitta-Maija ein brauchbares Objekt zu geben, damit sie nach dem unangenehmen Anruf wieder in Kampfstimmung kommt. Sutinen war einverstanden, obwohl er auch der Meinung war, man sollte die poetische Sprache in den Präsentationstexten ein bißchen reduzieren. Ich hab mir nicht die Mühe gemacht, das zu kommentieren, denn die Kritik kam von einem Mann, der nur Eigentumswohnungen verkauft.

Der Beistand unseres Kollegen heiterte mich immerhin so weit auf, daß ich meine eigenen Sorgen vergessen konnte und mich endlich ins Büro des Geschäftsführers traute, in einer Sache, über die ich mit ihm bei unserem Schiffsseminar geredet hatte. Ich versicherte ihm, das Geld, das in meine Idee hineingepumpt würde, käme innerhalb kürzester Zeit doppelt zurück. Der Geschäftsführer war einverstanden, stellte aber die Bedingung, daß ich unter meinen Kollegen vorerst nichts davon ausposaune.

Dann bin ich sofort ins Einkaufszentrum gefahren und hab Eimer, Spaten, Hüpfseile, Spieltiere aus Plastik und ein bißchen Gartenwerkzeug gekauft.

Die Idee ist einfach.

Gibt es bei einer Immobilie oder einem Reihenhaus keine

Kinder, inszeniere ich mit den Requisiten ein Familienobjekt. Zu den Kunden sage ich nichts von Kindern, damit ich nicht lügen muß. Aber das Auge ist der schwache Punkt des Menschen. Sieht der Kunde im Garten Kinderspielzeug und neben den Beeten Hacke und Rechen, zirpt sein Bewußtsein familienzentriert, arbeitet in einer für mich positiven Richtung. Er denkt an seine Kinder, daran, wie sie in diesem Garten spielen können, noch in diesem Sommer.

Und umgekehrt.

Ist der Garten leer, ohne eine Spur von Leben, kommt der Kunde schnell auf düstere Gedanken, er denkt unter Umständen, der Ort wirkt irgendwie leblos, hier ziehen wir nicht her.

Ich bin unverzüglich zu dem Objekt gefahren und habe die Spielsachen und die Gartengeräte möglichst achtlos drapiert, so daß der Eindruck entstand, sie wären vor einer halben Stunde so zurückgelassen worden. Das verklinkerte Haus eines kinderlosen Unternehmerehepaars sah jetzt aus wie das Eigenheim einer Arbeitnehmerfamilie mit zwei Kindern, in dem das Leben tobt.

Ich steckte mir im Auto eine an und dachte über das restliche Tagesprogramm vor den Abendbesichtigungen nach. Dabei fiel mir etwas Unangenehmes ein, das ich über den Requisiten vergessen hatte.

Ich mußte den Kaufvertrag für ein altes Haus aufstellen, das ursprünglich Seija hatte übernehmen sollen. Auf dem Schiff hatten wir ausgemacht, daß ich mal eine Atempause kriege von diesen Tschernobyls. So nennen wir in der Firma Häuser in schlechtem Zustand, in denen noch Ureinwohner leben.

Normalerweise ruft der Vertreter der Erbengemeinschaft wegen so einem Tschernobyl im Büro an und warnt uns sofort, der Vater oder die Mutter möchte eigentlich nicht ausziehen, aber es muß verkauft werden. Bei solchen Häusern hat man immer schlechte Karten. Wie auch in diesem Fall.

Der Sohn und seine Frau hatten mir erzählt, sie hätten den alten Hausherrn schon mürbe gemacht und zum Umzug gedrängt, aber ich müsse ihn überzeugen. Und für das Haus den richtigen Blickwinkel finden, das Argument, mit dem man es verkaufen konnte.

Die Lage? Nicht nah genug an der Innenstadt, um ein Wort darüber zu verlieren.

Der Garten? Ein bißchen Gras ist noch kein Garten, es müßte schon mehr da sein als ein unbeschnittener Apfelbaum und ein schiefer Schuppen.

Der Zustand? Ist nichts gemacht worden, nicht die kleinste Reparatur.

Die Idylle? Für irgendein Tüttelpärchen, das so dumm ist, das Ursprüngliche zu lieben, wäre das eine Idylle.

Was für Investoren? Sicher nicht, weil das Grundstück nicht groß genug für Reihenhäuser ist. Wenn man die Baracke abreißen läßt, kostet das leicht über fünfzigtausend.

Jetzt mußte ich mit miesem Proviant und schlechter Laune zu dem alten Besitzer.

Das war nicht gut.

Genau über dieses Thema hab ich vorletztes Jahr bei unserem Schiffsseminar ein Referat gehalten. Bereits verärgert zum Objekt zu fahren, nur mit den schlechten Fakten im Sinn, ist ein fataler Fehler. Die Kunden riechen die schlechte Stimmung, und man darf jemandes Zuhause nie mit schlechter Atmosphäre in Verbindung bringen. Wir dürfen nicht vergessen, was wir verkaufen. Letzten Endes verkaufen wir keine Wohnung, sondern Atmosphäre, Zukunft und Hoffnung.

Wir verkaufen die Atmosphäre von Haus und Garten.

Wir verkaufen Vertrauen in die Zukunft.

Wir verkaufen Hoffnung auf bessere Zeiten.

AZH.

Das ist einer von drei Grundsätzen, die ich als das ABC des Immobilienhändlers bezeichne. Aus meinem Schiffsseminarreferat habe ich ein Dokument zusammengestellt, von dem ich drei Sicherungskopien gemacht habe. Ich messe ihnen hohen Wert bei, diesen meinen Erkenntnissen, die aus der praktischen Arbeit resultieren.

Ich öffnete das Dokument, um nachzusehen, ob sich darin etwas fand, das mir beim Verkauf des fraglichen, als Tschernobyl eingestuften Objektes helfen würde. Sehr schnell stieß ich auf die Nostalgie-Datei, die ich einmal im Hinblick auf nahezu hoffnungslose Objekte angelegt hatte.

Ich las sie durch:

»Bei alten Eigenheimobjekten hat der Traum einen zweiten Namen: Nostalgie. Wir verkaufen kein Haus, wir verkaufen Nostalgie. Ich möchte das Wort an einem konkreten Beispiel erläutern, das zugleich einen realisierten Geschäftsabschluß schildert.

Ein Paar mittleren Alters kommt zur Besichtigung eines alten Hauses. Ich stelle ihnen das Objekt vor, sie lassen ihre Blicke schweifen. Ich berichte von den erfolgten Renovierungsarbeiten, sie hören nicht, was ich sage, sondern nur die Treppe, die in den ersten Stock führt. Sie knarrt. Dieses Knarren ist Nostalgie.

Die knarrende Treppe führt sie in eine vergangene Welt, in die Zeit Ende der fünfziger, Anfang der sechziger Jahre. Damals waren sie Kinder, Flachsköpfe, die von den Krisen der Gegenwart noch nichts wußten.

Weiter. Wir gehen nach draußen, sie bleiben auf der verglasten Veranda stehen. Die Frau sagt, hier könnte man gut eine Garderobe für Gäste unterbringen. Der Mann nickt und sagt, hier könnte man im Sommer gut Kaffee trinken. Sie werden es dreimal im Jahr tun, aber diese Veranda mit ihren aufgeweichten Fensterrahmen und schlechten Bänken ist Nostalgie und legt einen Grundstein für die Kaufentscheidung.

Weiter in den Garten. Dort steht ein Schuppen, in dem früher die Sauna war, jetzt dient er zur Aufbewahrung von Gartengeräten und Brennholz. Die Birkenscheite sind an der Wand zu einem schönen Stapel aufgeschichtet, in einem Spankorb ist Rinde gesammelt worden.

Zwei Wochen später hörte ich dieses Paar im Windfang der Bank miteinander reden. Sie rekapitulierten abschließend noch einmal die ausschlaggebenden Details. Der Mann erwähnte den Holzschuppen und dessen Sauberkeit. Beide sprachen von der knarrenden Treppe. Die Frau unterstrich die Bedeutung der schönen Veranda.

Diese drei Faktoren, Treppe, Veranda und Birkenscheite, bilden gemeinsam das Wort ›Nostalgie‹. Summa summarum: Aufgrund einer knarrenden Treppe, einer stimmungsvollen Veranda und himmlischer Birkenscheite haben sie ein Haus gekauft, das nahezu im Originalzustand war – für anderthalb Millionen. Es komme mir also keiner damit, der Verkauf alter Objekte hätte etwas mit Vernunft zu tun.«

Ich war von dem Text beeindruckt und mir vor allem sicher, daß er zutraf. Wenn überhaupt, dann würde ich diese minderwertige Immobilie mit Nostalgie verkaufen.

Es war, als hätte sich für einen Augenblick ein Stück des Himmels über Ylistaro über Helsinki Nord gewölbt.

Matti

Lagerchef Siikavirta wollte wissen, warum ich aus der Tipgemeinschaft ausgestiegen war. Ich würde nur pausieren, log ich. In Wahrheit hatte ich beschlossen, daß mein Leben nicht mehr vom Glück abhing. Bis jetzt hatte ich mich wie Dreck vom Regenwasser mitziehen lassen, in der Hoffnung, vom Glück getragen würde ich auf dem Gullygitter am Schuh eines Betuchten hängenbleiben und damit ins Licht emporsteigen. Mit dieser Phantasterei war jetzt Schluß. Ich sah über die Tipgemeinschaft hinaus bis zum Horizont: Dort irgendwo lag mein Ziel, und ich würde mir den Weg dorthin bahnen, nicht als Dreck im Regenwasser, sondern als Regenmacher.

Am Saum eines Rocks nahm ich die Fährte auf. Ich war gerade dabei, im Supermarkt im Bahnhofsuntergeschoß meinen Vorrat an Erbsensuppendosen aufzufüllen, als ich Sirkku in der Schlange an der Kasse sah. Wer hatte sie geheißen, ausgerechnet einen gelben Rock anzuziehen, wer hatte sie geheißen, eine Plastiktüte zu tragen, aus der ein billiger Lampenschirm ragte?

Ich ließ die Dosen, wo sie waren, und folgte ihr hinaus. Dabei hielt ich gut fünfzig Meter Abstand. An der Haltestelle konnte ich an ihren Bewegungen sehen, in welchen Bus sie steigen würde. Dank des Andrangs schaffte ich es vor ihr hinein und setzte mich ganz hinten hin.

An ihrer Haltestelle stiegen sechs Leute aus, das war mein Glück.

Ich merkte mir den Hauseingang und die Wohnungsnummer und kehrte in meine Wohnung zurück.

Dort tankte ich Joghurt, den ich mit Nüssen und Rosinen angereichert hatte.

Ich trank anderthalb Liter Wasser.

Ich betrachtete das Bild von Sini und Helena und das Stilleben, das ich neu gemacht hatte. Anstelle eines willkürlich herausgerissenen Hauses hatte ich in einer anderen Broschüre ein echtes Frontkämpferhaus gefunden. Leider war es schon verkauft.

Ich faltete das Stilleben zusammen, steckte es in den Rucksack, packte Nägel und einen Hammer ein und ging.

Am Ziel angekommen, machte ich im Treppenhaus Atemübungen.

Ich konzentrierte mich auf meine Gefühle, schnitt ihnen die schärfsten Spitzen ab, feilte sie stumpf.

Ich suchte nach einem Tonfall, dem man nicht widersprechen konnte. Nach dem Gefühl, das ein Frontkämpferhaus im Betrachter weckt. Ich suchte nach Birke, Kiefer und Fichte. Zierpflanzen, Gartenzwerge und überdachte Grills schnitt ich weg.

Ich klingelte an der Tür.

Schritte. Die Tür ging auf. Langsam. Die Sicherheitskette stoppte sie nach zehn Zentimetern.

»Wer ist da?«

»Ich.«

»Ich laß dich nicht rein.«

»Ich komme in guter Absicht. Ich will euch was sagen.«

»Hier hast du nichts zu sagen.«

»Laß mich mit Helena reden. Laß mich Sini sehen.«

»Nein.«

»Das hast du nicht zu entscheiden.«

»Jetzt entscheide ich's.«

Sirkku rief Helena zu, ruf an, er will nicht gehen.

Ich hörte die Schritte meiner Frau. Sini hörte ich nicht.

»Die Polizei kommt. Das ist Hausfriedensbruch.«

»Hör auf. Ich will euch was sagen.«

Sirkku trat mir gegen das Bein, ich knickte ein, und sie konnte die Tür zuziehen.

Ich machte Atemübungen. In stumpfer Wut nahm ich Hammer, Nägel und das Stilleben aus meinem Rucksack und nagelte das Frontkämpferhaus samt Familie an die Tür.

Dann humpelte ich nach unten, machte im Eingang ein paar Dehnübungen und rannte fünfhundert Meter so schnell ich konnte. Am Waldrand keuchte ich und sah, wie vor dem roten Klinkerbau blaue Lichter blinkten. Ich begriff, daß ich zum ersten Mal in meinem Leben in etwas steckte, von dem ich immer nur in der Zeitung gelesen hatte. Dabei hätte ich nie ein wesentlicher Bestandteil des Finnisch-Amtsfinnisch-Wörterbuchs werden sollen, dessen neueste Auflage Anfang der neunziger Jahre in unserem Bewußtsein erschienen war.

Annäherungsverbot.

Inobhutnahme.

Besuchsrecht.

Gemeinsames Sorgerecht.

Frauenhaus.

Die alten Frontkämpfer wußten nichts von dieser Terminologie, sie hatten ein ganz anderes Wörterbuch.

Vorderste Linie.

Artilleriekonzentration.

Frontverlauf.

Friedensbedingungen.

Wiederaufbau.

Diese Wörter waren ihnen bekannt, von den neuen wußten sie nichts, weil sie keine häuslichen Menschen waren. Die Rettung des Vaterlandes kostete sie ihre ganze Kraft, anschließend gründeten sie Haus und Heim und waren an Zerstörung nicht mehr interessiert.

Die alten Frontkämpfer hatten genug blaue, rote und orangefarbene Lichter am dunklen Himmel gesehen, jetzt war ich an der Reihe.

Aber so wie sie hatte auch ich mir meine Aufgabe nicht ausgesucht, sondern war von ihr gewählt worden. Sie wollten die alten Grenzen bewahren, ich meine Familie. Ihre eifrigen Anführer wollten Karelien zurück, ich meine Familie. Meiner Meinung nach verlangte ich nicht zuviel.

Ich setzte mich auf einen Stein.

Ich hatte ein Gefühl, als wäre mir eine Heugabel in den Arsch gesteckt worden, die sich jetzt durch den Hals bis in den Mund schob. Die Eingeweide wurden gequetscht, die Augen kochten über, das Blut vermischte sich mit den zermatschten Eingeweiden, die Hände schlugen aus, das blaue Licht wurde schwarz.

Unfaßbar, daß sie mich nicht hineingelassen hatten. Ich kam mit einem Anliegen, nicht im Bösen. Die Gewohnheitsschläger hatten mir alle Chancen verdorben, denn sie hatten mit ihrem hirnlosen Verhalten die Behörden dazu gebracht zu glauben, daß auch ich, der ich einmal Zuflucht zur Faust genommen hatte, als mir das Leben den Hals zudrückte, ein unverbesserlicher Schläger war. Die Behörden machen Schwarzweißbilder von der Gesellschaft. Für sie gibt es nur zwei Gruppen: lebenslange Gewohnheitsschläger und gewaltlose Humanisten. Die einen schlagen immer, die anderen nie. Ich trat zwischen den beiden ins Licht und erzeugte Dunkelheit.

Aber nur einmal.

Laut der Behörden habe ich mit einem Schlag das Lager

gewechselt, obwohl ich mich nie bei den Humanisten gemeldet habe. In diesem Land ist man schon Humanist, wenn man niemanden schlägt. Sie haben jetzt Helenas leichte Prellung schwarz auf weiß. Ich bin das Schwarz, Helena ist das Weiß.

Helena wußte genau, daß es nicht so war, wie man es aus den Unterlagen schließen konnte. Sie hatte nie mit einem gewalttätigen Mann zusammengelebt, zwischen Faust und Herd. Die wunderbare Blüte ihrer Jugend und die beste Zeit ihres Erwachsenenlebens hatte sie zwischen Refrains und Schlafzimmer verbracht, in der zärtlichen Obhut eines Mannes von der Heimatfront.

Die Gesellschaft erlaubt das Wort und verbietet die Faust. Das Wort hält sie heilig, die Faust klagt sie an. Sie zwingt uns, uns Worte anzuhören, egal, was für welche. Das erhebt das Wort zum höchsten Maßstab der Zivilisation, während es für die Faust sämtliche Zufahrtswege abriegelt.

Ich sah zu, wie die blauen Lichter vor den roten Klinkern blinkten. Vor der Polizei hatte ich keine Angst, ich hatte Angst vor der endgültigen Trennung.

Die Staatsgewalt

Es müssen stärkere Beweise dasein. Es reicht nicht, wenn es heißt: ziemlich sicher derselbe Kerl. Es reicht nicht zu sagen: Das stinkt uns.

Und schon gar nicht: daß sich hier alle möglichen Typen herumtreiben.

Scheiße.

Wenn wir anfangen würden, auf der Basis zu handeln, daß uns die räudigen Rumtreiber im Einkaufszentrum stinken, wo würde das hinführen? Uns allen stinkt irgendwas auf dieser Welt oder kotzt uns an. Über so viel Phantasie verfügt noch jeder.

Ich hab Luoma gleich gesagt, kaum geht den Einfamilienhäuslern mal ein Deziliter in die Hose, sollen wir gleich hinrennen und sie trockenlegen. Luoma war der Meinung, wir müßten die Angelegenheit genauer überprüfen, aber meine Linie war: stärkere Beweise. Wegen zweimal Glotzen mit dem Fernglas, einmal Pissen und einmal Anrufen können wir nicht eine Streife an eine Weißdornhecke binden.

Passenderweise kam auch noch dieser Hausfriedensbruch dazu.

Da mußten wir hin – um letzten Endes gähnend im Treppenhaus zu stehn.

Außer daß dieses Bild an der Tür beeindruckend war.

Ein durchgedrehter Schläger macht so was nicht.

Ich muß sagen, dieser Täter hat ein ziemlich scharfes Loipenprofil.

Man sah sofort, daß da was nachkommt.

Gemessen an diesem Fall, war das Gewimmer über den geheimnisvollen Jogger der reinste Spielzeugflieger.

Trotzdem muß man es sich anhören. Und es notieren.

Aber es kommt nicht in Frage, daß erwachsene Männer und Frauen gleich im Trupp aufs Revier kommen und uns die Zeit stehlen. Ich hab diesem Mäkinen und diesem Varis gesagt, falls der Kerl zufällig noch mal auftauchen sollte, dann gebt ihr ihm eine aufs Maul, und wenn er jammert, von wegen seine Unantastbarkeit ist verletzt worden, dann könnt ihr ihm ausrichten, Kalliolahti von der Polizei Helsinki, Zweigstelle Malmi, hat es uns erlaubt, sonst wären wir nie auf die Idee gekommen.

Dieser Mäkinen war richtig energisch und fing an, einen Vortrag über die Grundrechte von Eigenheimbewohnern zu halten. Ich guckte über ihn hinweg auf das Speerwurffinale. Erst als die Zeitlupe von Parviainens Siegeswurf kam, merkte er, daß ich ihm überhaupt nicht zugehört hatte.

War drollig.

Manchmal merkt man schon bei der ersten Silbe eines Kunden, aha, hier kommt jetzt Durchfall in einer etwas größeren Kanne. Bei diesem Mäkinen hab ich das sofort kapiert. Offensichtlich bin ich in meinem früheren Leben einem bunten Strauß von Kunden begegnet, weil mir der größte Teil von dem, was sie von sich geben, so bekannt vorkommt.

Ich ging in den Pausenraum und überließ Luoma das Verstehen.

Der hatte das gleich im Griff. Weil er jünger ist und seit kurzem selbst so ein mickriges Reihenhaus besitzt, hatte er mehr Berührungspunkte als ich. Warum auch nicht. Solange man keine Versprechungen macht, kann man sich alles anhören.

Luoma hat keine Ohren, die aussortieren können. Und das braucht man bei diesem Job. Ich hab ihn gewarnt. Wenn man allen Kunden gleich gut zuhört, füllt sich die Festplatte ruck, zuck mit Zeugs, das einem überhaupt nichts nützt, wenn es ernst wird.

Aber wie gesagt, bevor wir in die Trillerpfeife blasen, müssen stärkere Beweise her. Bis dahin ist euer Jogger mit Pinkelzwang für uns Luft. Luoma behauptete, meine Haltung wäre überheblich, aber das ist sie nicht.

Einmal bin ich nach einer langen Schicht auf den Hügel in Paloheinä gerannt und hab da oben über meine Haltung nachgedacht. Sie ist hart. Muß sie aber sein. Die Nörgelschwelle der Leute ist gesunken. Heutzutage rufen sie sofort an, wenn jemand auf seinem Balkon grillt oder auf die Gartenschaukel kotzt. Meine Haltung ist mein Schutzschild.

Meiner Meinung nach bin ich trotzdem nicht härter geworden. Ich bin fähig, in der ganzen überflüssigen Quengelei die echte Not zu erkennen. Nach einer langen Schicht wird im Nervenzentrum, im tiefsten Graben der Sinne, das Wichtigste gespeichert, das, was einen am meisten berührt. Jetzt ist es dieses Bild, das da an die Tür genagelt wurde.

Ich hab mir angehört, wie die Frauen das erklärt haben, obwohl es nicht nötig gewesen wäre. Sie machten ziemlich viele Worte. Ich merkte, wie ich ihre Angaben über den Täter mit meiner Vorstellung verglich, die auf diesem Bild beruhte.

Irgendwas stieß mir auf.

Das war kein normaler Verlassener. Dieses Bild deutete auf einen Romantiker hin. Das sagte ich seiner Frau nicht, ich vermeide es generell, meine eigenen Ansichten zu äußern. Aber ich merkte, daß mich die Sache beschäftigte, sogar so weit, daß ich zu Hause Einzelheiten zusammenklebte, um ein Bild von dem Mann zu bekommen. Das Bild war undeutlich, widersprüchlich, überbelichtet und im Affekt aufgenommen.

Polizeiarbeit gründet sich auf Wiederholung. Dieselben Leute machen im selben Stadtteil immer dasselbe auf dieselbe Art. Das stumpft ab und vermittelt ein einseitiges Bild von der Welt. Derjenige, der das Klebebild gemacht hatte, durchbrach das Schema. Normale verlassene Schläger tun alles, um ihrem Ehepartner das Leben zur Hölle zu machen, aber dieser hier tat alles, um zurückzukriegen, was er für den Himmel hielt. So einer bringt alles durcheinander.

Matti

Ich hatte das Glück, mitten im ziellosen Lauf in den tiefen Strom des Zufalls zu stürzen.

Ich war zu einer großen Runde aufgebrochen, um die Trauerschlacke auszuschwitzen. Planlos war ich auf den Wegen im Zentralpark mal in die eine, mal in die andere Richtung gerannt und schließlich mitten in Maununneva, außerhalb des Gebiets, das ich erforscht hatte, stehengeblieben.

Ich schüttelte mir den Schweiß vom Kopf und wischte mir das Gesicht mit dem Hemd ab. Dann versuchte ich, mit Hilfe des Straßenschildes, das hinter einem Birkenast versteckt war, meine Position zu bestimmen. Ich konnte den verblaßten Namen auf der abblätternden Oberfläche des Schildes nicht entziffern, ich sah bloß, daß er lang war.

Ich ging ungefähr hundert Meter weiter, und da stand es, als hätte es auf mich gewartet. Ein altes, gelbes Frontkämpferhaus, die höchste Errungenschaft auf dem Feld der klassischen Holzbauweise. Da gab es nichts, was man hätte hinzufügen oder weglassen können.

Meine Entscheidung war sofort gefallen.

Es war das gleiche Gefühl wie damals beim Ruisrock, als ich Helena zum ersten Mal sah. Mit zerzausten Haaren und in Regenbogenfarben gefärbtem Tibethemd, kam sie im Gegenlicht direkt auf mich zu und hielt Einzug in mein Herz, um darin zu wohnen.

Ich sah das Haus an wie Helena. Es war ungefähr fünfzehn Jahre älter als meine Frau, von der gelben Farbe war schon ein bißchen was abgeblättert und auf den Rasen gerieselt, hier und da waren die Regenrinnen lose und die Dachziegel mit Mooshöckern besetzt.

Es bestand kein Zweifel. In dieses Haus würde ich meine Familie führen.

Als ich näher heranging, bemerkte ich einen alten Mann neben dem Briefkasten und blieb stehen. Er stützte sich auf einen Stock und sah aus wie ein kleiner Wacholder.

Ich ging hin und stellte mich vor.

»Worum geht's?«

»Ich suche nach einem Haus.«

»Hinter mir steht eins, aber das wird nicht verkauft. Noch nicht. Obwohl mein Bub das will. Und seine Frau.«

Der Mann hob seinen Stock.

»Solang ich den hier noch halten kann, gehört das Haus mir.«

Seine Hände zitterten, der Kopf wackelte hin und her. Die faltige Haut sah aus wie eine Decke, die nicht glattgezogen worden war. Ich sagte ihm, ich führte nichts Böses im Schilde.

»Was dann?«

»Ich will so ein Haus.«

»Aasgeier.«

»Jetzt haben Sie sich in der Person geirrt.«

»Vier Monate lang habt ihr gelauert, daß die Martta stirbt. Drauf gewartet habt ihr. Keine vier Tage nach der Beerdigung hat schon der erste vor der Tür gestanden. Jetzt, wo die Martta gegangen ist, wollt ihr das Haus.«

Der Mann kehrte mir den Rücken zu. Ich sagte ihm, ich wisse nichts von seiner Familie, auch nicht vom Tod seiner Frau. Ohne sich um mich zu scheren, redete er weiter.

»Ich habe Männer getötet. Ihre Visagen hab ich nicht gesehen, deine Visage sehe ich, aber ich töte dich nicht. Wenn ich dich einschläfere, kommt ein anderes gelbes Auto aufs Grundstück gefahrn, und es steigt einer aus, der genau so ist wie du. Ihr vergeht nie, unsereiner vergeht.«

Nachdem er das gesagt hatte, schwankte er mit seinem Stock auf die Veranda seines Hauses zu. Ich folgte ihm.

»Ich bin kein Immobilienmakler.«

»Was dann?«

»Ein Käufer. Ich will ein Haus für meine Familie.«

»Das hier ist nicht zu verkaufen. Falls es mal verkauft wird, dann an diese Firma. Geht zum Teufel mit eurer Fragerei!«

»Ich will Ihnen nichts entreißen, ich muß mir nur unbedingt ein Haus beschaffen.«

Der Mann richtete den Stock in die Luft und deutete mit der anderen Hand auf seine Brust.

»Noch steht der Stock, noch schlägt das Herz.«

Dann ging er hinein und schlug die Tür hinter sich zu. Die Verandafenster zitterten.

Ich las den Namen auf dem Briefkasten und lief zu meiner Wohnung zurück. Der Sandweg unter meinen Füßen fühlte sich weich an, wie eine Federkernmatratze. Der Wald war voller Sauerstoff, der durch Mund und Nase in mein Gehirn strömte. Ich merkte, daß ich mit der Kraft meines Geistes lief, die Beine waren nur notwendige Träger, denen höhere Mächte Befehle erteilten.

Wenn nur Helena und Sini hier wären! Ich würde sie beide auf die Schultern nehmen und zu diesem Haus zurückrennen. Dort würde ich sie auf dem Rasen absetzen und sagen: Hier ist er nun, der Mühe Lohn, das Ergebnis meiner Ermittlungen.

Den ganzen Rest des Tages dachte ich über den alten Mann nach. Der Alte erschien mir im Traum, belauerte mich, wenn ich zwischendurch aufwachte, weckte mich am nächsten Morgen auf.

Oksanen, Taisto. Stand auf dem Briefkasten.

Warum ging er mir nicht aus dem Kopf?

Weil es ihm nur um eines ging.

Und weil er mir nicht zugehört hatte.

Auch mir ging es nur um eines.

Und ich hörte auch niemandem zu.

Was aber trennte uns?

Die Folge des Zweiten Weltkriegs war, daß Finnland Karelien und Petsamo an die Sowjetunion abtreten mußte. Das abgetretene Gebiet entsprach zwölf Prozent der Landesfläche. Von der dortigen Bevölkerung mußten 420 000 Personen ausgesiedelt werden. Im Jahr 1945 wurde eines der genialsten und effektivsten Gesetze unserer Geschichte verabschiedet, das Grunderwerbsgesetz. Auf dessen Basis entstanden im Land 45 000 neue Gehöfte und 56 000 Liegenschaften. So wurden die Aussiedler und die Frontkämpfer angesiedelt, auch Taisto Oksanen.

Ihm hatte man nach dem Krieg eine neue Chance gegeben, ein Grundstück und den Bauplan für ein Typenhaus.

Mir hatte der Staat die Ausbildung bezahlt und mich aus einem kleinen Dorf in einen Wohnblock in der Stadt gelotst.

Seinen Krieg mußten wir alle kennen, über meinen Krieg redete kein Mensch.

Er Holzheizung, ich Zentralheizung.

Er ein Weib, ich eine Frau.

Er die Schule des Lebens, ich die höhere Schule.

Er einen Stock, ich eine Karotte.

Er bumst, ich mache Vorspiel.

Er, falls er ein Aussiedler ist, wurde durch den Krieg vertrieben.

Mir wurde das Dorf unterm Hintern leer geräumt und der Weg in die Stadt gezeigt. Oder nach Schweden.

Der Vergleich brachte meinen Puls auf über 160. Ich wollte nicht umständlich unter die Dusche gehen, sondern goß mir aus der Kanne Wasser über den Kopf.

Anderthalb Etagen. Feuerstelle in der Mitte, daneben die Küche, Schlafzimmer und Wohnzimmer, oben zwei kleine Schlafzimmer für die Kinder. Von diesen Häusern sind nach dem Krieg in Finnland über fünfundsiebzigtausend Stück entstanden. Teuer ausgebildete Architekten wurden eingespannt, um kleine Häuser für das Volk zu zeichnen, zum einzigen Mal in der Geschichte dieses Landes. Nur wenige sind noch im ursprünglichen Zustand, ohne Anbau und neue Bewohner.

Mindestens eins ist noch im Originalzustand.

Und das gehört mir.

Mein Puls stieg sofort auf 130.

Ich legte in meinem Notizbuch eine neue Rubrik an: Das Haus. Darunter schrieb ich, was ich bislang über das Objekt und seinen Besitzer wußte.

Ich setzte die Vergleiche fort, obwohl ich noch nicht viele Informationen hatte. Ich ahmte die Stadt- und Verhaltensforscher nach, die aufgrund dessen Gutachten abgaben, was sie zufällig durch das dreckige Fenster eines Busses sahen.

Er eine tote Ehefrau, ich eine ferne.

Er einen Jungen unter der Haube, ich ein Mädchen im geblümten Kleid.

Er nur noch wenig Zeit, ich ein wenig mehr.

Er schlechte Beine, ich einen schlechten Kopf.

Er Wahnvorstellungen, ich falsche Vorstellungen.

Er die richtige Einstellung, ich auch.

Er wenig Energie, ich nichts als Energie.

Er ein Haus unterm Hintern, ich im Sinn.

Ich mußte aufhören.

Ich legte mich aufs Sofa, um meine Nerven zu entspannen. Aber ich hatte sie verloren.

Ich sprang auf und versuchte mich vor Helenas und Sinis Bild zu beruhigen. Da fiel mir ein, was vor Sirkkus Tür passiert war. Helena hätte ich am liebsten angespuckt, Sini hätte ich am liebsten in den Arm genommen.

Ich ging auf den Balkon, eine rauchen.

Hinter dem Haus blökte die Jugend. Einer zeigte mir den Mittelfinger. Ich zeigte ihm meinen und schnippte die Kippe mitten in die Bande. Er schrie, morgen würde er mich schlagen.

Was hatten die schon in ihrem Leben? Nichts. Weder Stock noch Herz.

Helena

Aus meinem kleinen Theoretiker ist ein Mann der Tat geworden. Warum mußte er hier so reinplatzen, ich hätte ihm die Adresse schon irgendwann gegeben. Sein zusammengeklebtes Bild hab ich in den Mülleimer gestopft, obwohl Sini geschrien hat, man darf das Haus und die Bilder von uns nicht kaputtmachen. Sirkku hat sie mit einem Mumin-Video beruhigt. Ich bin auf den Balkon und hab mir eine Zigarette aus Sirkkus Schachtel genommen, obwohl ich nicht rauche. Ein Zug, und für einen Moment hatte ich das Gefühl, der Balkon bricht unter mir zusammen.

Ich hab die Kippe am Geländer ausgedrückt und bin in die Wohnung getorkelt.

Die verheulte Sini wollte statt den Mumins die Knetmännchen sehen, das hab ich nicht erlaubt. Ich kann das nicht sehen, wenn diesen Kerlen alles schiefgeht, so was hat doch nichts mehr mit Humor zu tun. Sini hat nach ihnen geschrien, ich hab sie auf den Arm genommen und Sirkku gebeten, Pfannkuchenteig zu machen, nach dem Rezept des Theoretikers.

Nachdem sie einen Stapel Pfannkuchen bekommen hatte, hat Sini sich beruhigt. Ich fing an, sie hintenherum zu fragen, was sie und Matti am Wochenende so machen. Sie hat erzählt, daß ihr der Papi immer ein Eis gibt, wenn sie zum Schaukeln in die Gärten von fremden Häusern gehen. Ich fragte sie, was der Papi da tut. Er steht mit einem Onkel oder einer Tante da, und die geben dem Papi Zettel, und dann geht der Papi in die Häuser rein und kommt wieder raus, und dann gehen wir heim, und der Papi läßt mich auf der Bank sitzen, wo einmal der große Onkel gelegen hat, erklärte Sini.

Mehr fragte ich nicht, ich konnte es nicht ertragen.

Während Sinis Mittagsschlaf versuchte Sirkku, vernünftig mit mir zu reden, außerdem bot sie mir was zur Beruhigung an. Ich wollte beides nicht. Ich wollte mich auf einer Wiese auf den Rücken legen oder mich tief im Wald auf einen Baumstumpf setzen, ich wollte irgendwohin, wo es keine kleinen Mädchen gab und keine erwachsenen Männer und kein Verteilerzentrum, wo ich am nächsten Morgen wieder hin mußte, um mich durch die Briefe anderer Leute zu pflügen. Ich wollte in den Keller eines häßlichen Wohnblocks, in einen Drahtverhau und mich dort im Dunkeln auf einen Karton setzen.

Sirkku schüttelte mich an der Schulter und gab mir einen Wodka mit Limo. Ich trank das ganze Wasserglas in einem Zug leer, das haute rein. Ich legte mich auf die Couch, die runzlige Farbe an der Decke schlug Wellen, das Zimmer warf sich auf die Seite.

Ich wurde wach, als Sini meine verschwitzte Stirn streichelte. Sie wollte wissen, warum es im Hof von unserem neuen Zuhause keine Schaukel gab und nicht so einen Käfer wie in Papis Hof.

Am liebsten hätte ich Gott weiß was getan. In letzter Zeit hab ich öfter solche Zustände. Da fallen mir die Vornamen von Leuten nicht ein, oder ich drücke im Aufzug den falschen Knopf. Oder denke nicht dran, einzustempeln. Und es ist mir scheißegal, wohin die Briefe anderer Leute gehen.

Keine Schaukel und kein Käfer? Na und, wo doch sowieso alles sinnlos ist?

Am liebsten hätte ich Sirkku vorgeschlagen, nimm Sini für eine Woche, ich verabschiede mich von dieser Welt.

Sini ließ ihren Superball springen und erzählte, Matti hätte den Käfer ein Stück auf dem Arm spazieren lassen und ihn dann auf die Erde gesetzt, weil er sein eigenes Leben hat. Sini protestierte, er hätte kein eigenes Leben. Ich hätte ihr gern gesagt, daß wir auch keins haben. Sie fand es unfair, daß er hinkrabbeln darf, wo er will, daß es für ihn keine Regeln gibt. Ich sagte ihr, die gibt es. Wir kennen sie bloß nicht.

Der Makler

Da hätt' sogar die Mama Koppweh gekriegt, wenn sie die Bruchbude gesehn hätte. In Ylistaro läßt man so was aus Mitleid stehn. Ein Tschernobyl war das, mit allem, was dazugehört. Damit meine ich diesen Oksanen.

War ein Riesending, es in den Verkauf zu kriegen, meine Fresse. Ich dachte, das kostet mich den letzten Nerv. War aber dann doch nicht der Fall. Ist auch eine Frage der Berufswahl. Immer wieder kommen Jungs und Mädels direkt von der Schulbank in die Branche, mit festen Vorstellungen und wackligem Stand. Die stolpern über den ersten miesen Kunden und geben ihm im Privatjargon Kontra.

Das ist ein Fehler, den du nicht mehr wiedergutmachen kannst.

Die glauben, das ist ein Job, wo man schön im Warmen sitzt. Denen müßte man gleich am Anfang zwei altersschwache Häuser zum Verkauf geben, dann wüßten sie Bescheid. Fünfzig Quadratmeter in Helsinki-Töölö, beste Lage, für den gehobenen Mittelstand – das kann jeder verkaufen, da steht die Turniertauglichkeit noch lange nicht auf dem Prüfstand.

Und dieser Alte war auch noch von der schlimmsten Sorte.

Dem mußte man extra erklären, daß der Verkäufer bei der Besichtigung nicht anwesend sein darf. Er läßt sich nicht aus dem eigenen Haus jagen, beschwerte er sich. Manchmal sind sie einfach unmöglich. Dann wollen sie im Schaukelstuhl dabeisitzen und so richtig vor Ort erleben, wie das Geschäft abgewickelt wird. Zum Glück hat er schließlich seinen Namen aufs Papier gesetzt. Ich versuchte gleich vom Auto aus, ein paar heiße Familien zu erreichen, aber die waren nicht daheim.

Jetzt hieß es, allen Groll und alle Müdigkeit beiseite schieben und für das Haus das exakt richtige Verkaufsargument finden. Die erste Besichtigung war in zwei Wochen.

Ich drehte den Kuli im Mund, biß darauf herum und dachte nicht daran, daß er schon einen Sprung hatte. Prompt lief mir die schwarze Tinte in den Mund. Ich wischte sie ab und vor lauter Aufregung dann an die helle Sommerhose. Ich nichts wie ins Bad, wo ich versucht hab, die Tinte mit einem nassen Lappen rauszukriegen. Die Hose war jetzt natürlich unbrauchbar, aber den Mund mußte ich sauberkriegen. Ich nahm die erstbeste Flasche, die ich im Putzschrank fand, kippte was auf Klopapier und fuhr mir damit über die Schnute. Stieg mir so ein bitterer Geruch in die Nase. Ich sah mir die Flasche genauer an. Ajax, verdammte Scheiße.

Ich blickte in den Spiegel. Links, ungefähr einen halben Zentimeter vom Mund entfernt, blieb ein dunkler Streifen als Andenken zurück. Konnte ich nur hoffen, daß die Kunden nichts merken.

Hosenmäßig war die Situation problematisch. Ich mußte die grüne anziehen, die ich nie hätte kaufen sollen. Wenn man es eilig hat, kauft man die falschen Farben oder zu modische Kombinationen.

Ich probierte die grüne Hose zu dem gelben Sakko. Wirkte ein bißchen gezwungen, aber es gab nicht viele Alternativen. Zieht man Jeans an, guckt man automatisch zu entspannt aus der Wäsche, der Kunde denkt, da kann auch die

Wohnung nichts taugen, wenn sich der Makler nicht mal die Mühe macht, ordentliche Hosen anzuziehn.

Ich landete bei einem Kompromiß.

Jeans, blaues Hemd und Krawatte. So entstand der Eindruck, ich hätte alles Ton in Ton abgestimmt, das gelbe Sakko konnte ich überm Arm tragen und im Nebensatz fallenlassen, daß der Herrgott aber für freundliches Wetter gesorgt hat, da reißt man sich die Jacke ja förmlich vom Leib.

So war es gut.

Das ganze Chaos ging mir dermaßen an die Substanz, daß ich beschloß, die Verkaufsargumente nicht aufzuschreiben, sondern zu diktieren, ebenso wie einen Teil der Thesen, die ich beim Herbstseminar der Makler auf der MS Cinderella vortragen wollte.

»Fall Maununneva: Zustand original, Nostalgiker als größte potentielle Käuferschicht. Im Kundenregister nachsehen: alle, die nach dem Krieg geboren sind. Die haben unter Umständen schon die Kinder aus dem Haus und ein emotionales Vakuum in ihrem Leben. Da paßt genau ein Haus rein, ein kleiner Garten, Erde, Hecken, eigene Karotten, Zwiebeln und Basilikum.

Falls die Kundschaft im Keller schnuppert, mit dem DIN-A4-Blatt von Fak-Systems zuschlagen.

Falls einer über den Preis nachdenkt, nimm ihn zur Seite und ermuntere ihn, ein Angebot zu machen: Die Erben sind sofort zu zwanzig Prozent Rabatt bereit.

Falls die Kundschaft zwei Kinder hat, so wie es normalerweise der Fall ist, preise die zwei Zimmer im oberen Stock an: mit wenig Geld in Schuß zu bringen.

Falls die Kundschaft schwanger ist, geh nicht darauf ein. Das wäre aufdringlich. Aber vergiß nicht, in einem Nebensatz zu erwähnen, daß es nicht egal ist, in welcher Umgebung ein Kind seine ersten Lebensjahre verbringt.

Ist die Kundschaft sportlich, weise auf die unbegrenzten Möglichkeiten des Zentralparks hin.

Du mußt die Kundschaft bei kleiner Flamme anwärmen, auf Stufe eins, damit sie nicht erschrickt. Sobald du spürst, daß die Temperatur ansteigt, schlägst du zu.«

Nach dem Diktieren war ich völlig groggy. Auf der Terrasse rauschte die Autobahn nach Tuusula. Der Himmel war blau und weiß, aber nicht hoch genug. Nur das letzte Stück vom Himmel reicht bis Helsinki, sein Mittelpunkt ist über Ylistaro. Im Winter gibt es in Helsinki überhaupt keinen Himmel, die Lichter löschen mit ihrem Schein die Sterne aus, und auf dem Asphalt rattern die Winterreifen.

Merja verbarrikadierte ihr Scheunentor, sie glaubte nicht mir, sie glaubte diesem Schwein, das sich als Hoteldirektor ausgegeben hatte.

Ob der Scheindirektor derselbe Verrückte war, der Riitta-Maija angerufen hat?

Ich war es gewohnt, zu antworten, nicht zu fragen.

Widerlich, etwas berücksichtigen zu müssen, das nirgendwo hingehört. Die Welt ist gut, wenn man weiß, was es auf ihr alles gibt. Weiß man es nicht, kriegt man Angst, daß irgendwann alles Gewöhnliche ungewöhnlich wird.

Ich mußte wieder in meinen früheren Zustand kommen, mein Leben von vor den merkwürdigen Anrufen und dem schmutzigen Benehmen bei Schiffstouren wiederaufnehmen.

Ich schlug Merja vor, Cabanossis zu braten.

Sie blieb stumm. Schweigt jemand in einer weiten Ebene, merkt man nix davon. In einer kleinen Küche ist es eine Riesendemonstration.

Ich schlug vor, wie könnten uns einen Videofilm ausleihen, den mit Meryl Streep in der Hauptrolle.

Kein Wort.

Ich gab auf und ging auf die Terrasse.

Sairanen warf hinter dem Zaun, in zwei Meter Entfernung, den Rasenmäher an. Ich hatte das Gefühl, das Mähergeräusch würde in meinen Kopf eindringen und alles zermalmen, was noch heil war.

Ich ging ins Haus, mixte mir einen Drink und diktierte weiteres Material:

»Achte auf die Einzelheiten und auf den Gesamtkomplex. Der Gesamtkomplex ist die Familie, die Einzelheiten sind die Familienmitglieder. Zerschneide die Kundschaft in ihre Einzelteile und setze die Teile zu einem gelungenen Geschäftsabschluß zusammen. Gehe langsam vor, möglichst unaufdringlich. Verbinde Vernunft und Gefühl. Falsch. Verbinde Gefühl und Vernunft. Das Gefühl ist am wichtigsten, es ist wie eine Rose. Woraus setzt sich eine Rose zusammen? Aus Blütenblättern. Das sind die Vorstellungen und Phantasien.

Sammle Einzelheiten, präge sie dir ein. Was für eine Frau hat der Kunde, wie viele Kinder, gibt es einen Hund. Falls Winter ist, hat er eine Skibox auf dem Autodach, falls Sommer, sind irgendwo Skateboards zu sehen oder hat er ein großes Brett auf dem Auto. Präge dir alles ein. Schätze nichts gering. Der Kunde ist ein Mensch, und der Mensch ist schwach.

Gut.

Jetzt hast du die Einzelheiten. Greife dir eine heraus, das ist das Streichholz, mit dem du das Feuer entzündest. Die Geige. Du erinnerst dich daran, und du erinnerst dich auch an den Namen des Mädchens. Jenni.

Gut.

Jetzt rufst du den Kunden an.

Hier Jarmo Kesämaa von Heimquadrat, hallo! Ich rufe an wegen dem Haus in der Rapparitie, dem mit dem reizenden Garten, wo wir uns letzte Woche getroffen haben. Absolut. Jaja. Absolut. Na, Sie werden sich ja inzwischen so ihre Gedanken gemacht haben, wie sieht's denn aus? Absolut. Jaja. Absolut. *Und was macht Jennis Geigenunterricht?* Das ist aber schön. Das verlangt ja ein unglaubliches Konzentrationsvermögen von so einem kleinen Mädchen. *Mein Neffe hat es aufgegeben, da hat der Ehrgeiz nicht gereicht.* Genau, also, bis Weihnachten einziehen? Absolut. Jaja. Aber über Finanzierungsalternativen kann man verhandeln, bekanntlich steht ja eine Bank hinter unserer Firma.

So geht das.

Die Einzelheiten habe ich kursiviert. Achtet auf die zweite Kursivierung. Da springt man mit dem Kunden ins selbe Boot und rudert ohne Ruder aufs offene Meer hinaus, dessen Stürme ein Mann mit Familie nur mit jemandem teilen kann, der auch Familie hat.

Zweites Beispiel.

Du hast bei einer Erstbesichtigung ein kinderloses Paar kennengelernt. Präge dir den Beruf der Frau ein. Krankenschwester. Wenn du sie das nächste Mal anrufst, reißt du dieses Streichholz an:

Hier Jarmo Kesämaa von Heimquadrat, hallooo! Ich rufe wegen dem Reihenhaus in der Kellotie an, wo wir uns letzten Sonntag bei der Besichtigung kennengelernt haben. Genau, letzten Sonntag, *als Sie es eilig hatten, weil sie zur Spätschicht mußten, war es nicht so*? Also, die Leute haben sich jetzt so sehr für das Objekt erwärmt, daß ich ein paar Angebote bekommen habe, aber unter uns, sie sind nicht ganz auf dem Punkt. Absolut. Jaja. Falls Sie sich also Ihrerseits entschließen sollten zuzuschlagen, dann sage ich, jetzt ist der richtige Zeitpunkt. Ganz genau. Jaja. Die Ruhe in einem Reihenhaus, *wenn das jemand zu schätzen weiß, dann jemand, der Schicht arbeiten muß*. Mein Schwager hat sich eins am Vantaajoki gekauft, und das ist schon eine schöne Sache, wenn man seine eigene Sauna anschalten kann, gerade wo Jukka in der

Druckerei *Früh-Spät-Nacht* arbeiten muß. Genau, absolut, kommen Sie einfach zur Privatbesichtigung, dann sehen wir uns alles noch mal genau an. Einfach ein faires Angebot, wer nicht gibt, kann auch nicht nehmen, absolut. Danke. Klar. Logisch, das Handy ist Tag und Nacht eingeschaltet, rufen Sie einfach an. Tschüüüs!«

Das Diktieren brachte mich in Schwung, und ich wagte es, mich Merja noch einmal zu nähern, diesmal mit einem Blauen Engel in der Hand. Merja nahm ihren Lieblingsdrink und kam mit mir auf die Terrasse. Auch wenn wir keine endgültige Versöhnung zustande brachten, hielt ich die Annäherung für einen kleinen Erfolg. Merja vermied noch den Blickkontakt, aber als sie den Engel probierte, sagte sie, das Mischungsverhältnis sei gut.

Der Veteran

Eine weiche Pfote hat der Bursche gehabt, hat sich angefühlt wie eine Tatze.

Aber ein flinkes Mundwerk. Hat versprochen, das Haus zu verkaufen, bevor der Herbst kommt. Das hat mir nicht gefallen, als er vorgeschlagen hat, den Grund zu teilen, auf dem hinteren Teil könnte man ein zweites Haus bauen. Wo die Beete sind, Herrgott! Ich hab gedacht, ein Glück, daß die Martta nicht mehr lebt, da hätte der Bursche seinen Kaffee ungetrunken stehenlassen müssen.

Und viel zu schnell gesprochen hat er. Und undeutlich. Mit Wörtern, die ich nicht verstanden hab. Ich hab gesagt, er soll sie aufschreiben.

Nostalgie.

Gesamtpalette.

Gefühlsvakuum der geburtenstarken Jahrgänge.

Abends der Apfelbaum im Gegenlicht.

Was hat das mit dem Haus zu tun, das ich gebaut habe?

Der Bub meint, wir sollten uns nicht um die komischen Wörter kümmern, das wäre das Werkzeug, das man bräuchte, wenn man als Verkäufer arbeitet, praktisch so wie Beil und Hammer. Ich verstehe nicht, warum der Bub anständiges Werkzeug mit seltsamen Wörtern verwechselt.

Aber schließlich ist es ja egal, mit welchen Wörtern ich hier rausgehe. Falls ich gehe. Ich hab immer noch meine

Zweifel, obwohl der Bub und seine Frau mir versichern, wenn ich hier noch zwei Sommer ohne Renovierung rumlaufe, fällt mir das Dach ins Genick.

War unangenehm, wie dieser Kesämaa hier rumgerannt ist wie ein Brummkreisel und keinen Moment stehengeblieben ist. Ich kann ja schlecht einem Fremden sagen, daß ich auf dem linken Ohr so gut wie nichts höre, seit dem Krieg. Jedesmal, wenn er auf die Seite ist, hab ich nichts gehört. Das linke Ohr hab ich nur, damit ich eine Reservezigarette dahinterklemmen kann.

Mir hat der Mann erst gefallen, als er die Zahlen gezwitschert hat.

Eine Million dreihunderttausend Finnmark.

So viel hat er uns für das Haus versprochen. Wenn das die Martta gehört hätte.

Die ganze Zeit hat er mit seinem Stift geklickt. Was für Angewohnheiten, einen guten Stift kaputtzududeln.

Ein stolzer Preis für so ein ungehobeltes Haus.

Wo in diesem Sinn ja nichts Besonderes dran ist.

Ist genau wie alle anderen, die damals gebaut worden sind.

Man kann froh sein, daß es noch steht, hat der Bub gesagt, aber boshaft. Selbst wohnt er mit seiner Frau in einem Wohnblock. Zwanzig Jahre alt und wird jetzt von Grund auf renoviert.

Und wie er geraucht hat, dieser Kesämaa. Gezutzelt, bis sie platt war, und dann die Kippe auf dem Rasen ausgetreten. Ich hab nix sagen wollen, weil mir das Ganze sowieso schon auf die Nerven gegangen ist. Vor allem der Zettel, den er mir im Garten unter die Nase gehalten hat. Ich hab gesagt, die Brille ist im Haus, obwohl sie in der Brusttasche war. Ich werde doch nicht anfangen, im Garten Papiere zu studieren, vor allem wenn der Nachbar von der Veranda aus zuguckt.

Ich hab das Blatt Papier mit einem Auge angeguckt und mit dem anderen den Burschen, wie er seine Glimmstengel rausgezogen hat. Hab ihm ein Gesicht geschnitten, daß er sie lieber wieder eingesteckt hat. Nicht im Haus! So lange ich noch hier wohne.

Er ist die Treppe hoch, hat gesagt, ich könnte mich inzwischen in aller Ruhe in die Epistel vertiefen.

Genauso hat er gesagt, der Bengel: in die Epistel.

Von oben hat er gerufen, hier muß man bloß eine Wand umlegen, schon hat man mehr Platz.

Kaum hat man die erste Zeile gelesen, fängt oben schon die Renovierung an!

Ich hab versucht, das Gedruckte zu entziffern.

Heimquadrat hier und Heimquadrat da. So eine kleine Klaue, daß mir die Augen weh getan haben. Ich hab den Zettel auf den Tisch gelegt und Kaffee gekocht. Er ist runtergekommen und hat gefragt, ob ich den Wisch gelesen hab. So eilig hat er's gehabt, daß ich gleich mißtrauisch geworden bin. Ich hab gesagt, jetzt trinken wir erst mal in Ruhe Kaffee, und dann gucken wir uns das Papier unter Männern an. Er hat gesagt, sein Napf ist voll, weil er am Vormittag schon drei Tassen getrunken hat, zum Himbeerkuchen, anläßlich eines Reihenhausverkaufs.

Napf. So hat er gesagt.

Dann hat er mit seinem flinken Mundwerk angefangen, mir den Inhalt von dem Blatt zu erklären.

Von den vielen Wörtern ist mir ganz schummerant geworden. Die Martta und ich, wir waren was anderes gewohnt. Am Vormittag zwei Wörter, am Nachmittag noch mal soviel, damit ist man bis zu den Nachrichten gekommen, aber dieser junge Mann hat auf einen Schlag eine komplette Dreitagesration verquasselt, und die Hälfte davon ins linke Ohr.

Da ist mir schwindlig geworden.

Hab ich mich in den Schaukelstuhl gesetzt und aus dem Fenster geguckt. Die Sonne hat auf den Blättern geblinkt.

Ich hab mir gedacht, einem, der es so eilig hat, setz ich nicht den Namen aufs Papier. Wenn ich es tu, kann es sein, daß morgen alles verkauft ist und er sich auf die kleine Klaue beruft. Und ich muß am Montag hier raus.

Ich hab gesagt, ich muß erst mal überlegen.

Er hat gestöhnt und gesagt, er geht eine rauchen.

Ich hab durchs Fenster zugeguckt, wie er gezutzelt und gegen einen Stein getreten hat. Da hat man nicht den Eindruck, daß man es mit einem zuverlässigen Mann zu tun hat, wenn er nicht mal eine Zigarette lang auf einer Stelle stehen kann.

Er ist wieder reingekommen, ohne sich die Füße abzustreifen.

»Und?«

»Was und?«

»Ist irgendwas unklar in dem Papier?«

So hat er gleich losgeschossen. Keinen Moment Ruhe.

Und dann hat er einen Fehler gemacht.

Also, Taisto, hat er geschnattert, unterschreib hier, dann kriegen wir für die Bruchbude einen guten Preis, und du kannst in Zukunft im Altersheim Patiencen legen, da gibt es Unterwassermassage, ausgewogene Kost, Hasenfutter und gute Steaks, dann kannst du das Leben genießen, dann ist Schluß mit dem Dahinvegetieren in einem Haus, wo's durch die Ritzen zieht.

So hat der geredet.

Der Flegel.

Zu mir.

Von wegen Altersheim. Daß ich da hin soll. Mich von fremden Leuten versorgen lassen.

»Hör zu, du Flegel. Ich kann den Stift länger zehn Zentimeter vom Papier weghalten, als du auf der Stelle stehn kannst. Wenn ich hier ausziehe, dann in eine eigene Einzimmerwohnung in der Nachbarschaft von meinem Bub. Was soll ich unter den ganzen wackeligen, brabbelnden Alten, ich, ein Mann, der an der Front gewesen ist, da setzen sie mich in einen Rollstuhl und schieben mich in den Hof, damit ich mir den Frühling angucke. Diese Hölle schlägst du mir vor?«

Da ist er erschrocken, hat sich entschuldigt und gesagt, im Eifer des Gefechts würden die Formulierungen manchmal hinken.

Ich hab ihm gesagt, in diesem Haus hinkt nur einer, und das bin ich.

Es hat angefangen, in der Brust zu stechen. In meinem Kopf haben die ganzen Zahlen gezirpt, die Hunderttausender und die Millionen, die Zehner und die Fünfer und die Pfennige, die ich immer für die Martta zählen mußte, gerade mit denen mußt du genau sein, guck dir in der Zeitung die Angebote an, besser ein bißchen knausern, wärm dir die Suppe von gestern auf, wirf nicht weg, was im Breitopf hängenbleibt, heb es auf für Brötchenteig.

Die Geschichte mit dem Altersheim war schuld. Hat alles durcheinandergewirbelt, Kopf und Kerl.

Da hab ich das Papier zerknüllt. Das hat in der stillen Stube richtig Krach gemacht.

Ich hab gesagt, kann sein, daß ich einen anderen Mann hierherbestelle, einen, der nicht gleich einen gesunden Menschen in die Obhut von fremden Leuten karrt.

Da ist er munter geworden.

Und hat angefangen, vernünftig zu reden. Ist auf der Stelle stehengeblieben und hat nicht dauernd an seinen Zigaretten herumgefingert.

Tatsachen kann ich mir anhören.

Allerdings hat er von mir auch was zu hören bekommen.

Ich hab ihm erzählt, wie das Haus im Sommer achtundvierzig hier aufgestellt worden ist, neben den Felsen, wie wir es gelb gestrichen haben, und wie die Martta und ich es uns angesehen haben wie einen Tempel: Was ist uns für ein Glück vergönnt, ein Ofen in der Mitte und Fenster auf allen Seiten, man hört die Zweige rascheln und sieht die Vögel fliegen. Es waren nicht dieselben Vögel wie dort, wo wir herkamen, aber Vögel immerhin. Später wollte die Martta, weil sie ein bißchen gottesnärrisch war, ein Bethaus, aber das hab ich mich nicht getraut. Ich hab zu ihr gesagt, der liebe Gott hört uns schon zu, auch wenn wir ihm keine eigene Stube hinstellen.

Dann war ich still. Er hat den Stift auf dem Tisch angeguckt. Ich hab ihn nicht genommen.

Ich hab den Flegel noch ein bißchen schmoren lassen.

Die Jugend, die muß immer alles sofort haben, ohne Luft zu holen.

Die rennen direkt gegen die Wand, und dann wundern sie sich, wenn sie sich weh tun.

Er hat gelächelt und gesagt, seine Firma würde mir bei dem schweren Umzug zur Seite stehen.

Gerade wie ich den Stift nehmen will, sagt der so was!

Ich trag meinen Kummer schon selber, dafür hab ich auch früher keine Firma um Hilfe gebeten.

So hätte er's nicht gemeint. Ganz erschrocken war er und hat seine Zigaretten hin und her gedreht.

Er hat mir leid getan, und das Gefühl hat mir nicht gefallen. Darum hab ich den Stift vom Tisch genommen und meinen Namen hingekritzelt. Die Hand hat mir gezittert. Man wird's schon lesen können. Daß Taisto Oksanen sein Haus für ein paar Monate der Firma Heimquadrat zum Verkauf übergibt.

Der Flegel hat sich das Blatt Papier geschnappt und gegrinst.

»Aber für die Besichtigungen verlasse ich nicht das Haus!«

Er hat mir erklärt, das wäre so üblich. Ich wollte nicht weiter darüber reden und hab im stillen meinen Entschluß gefaßt.

Er hat mir seine Pfote hingehalten.

»War ein Vergnügen, mit Ihnen zu verhandeln.«

Ich hab mich gefragt, wann ich zum letzten Mal Teig in der Hand hatte. Noch nie.

Er ist zur Tür gegangen, aber er war noch nicht fertig. Er hat prophezeit, das Geschäft würde schnell zustande kommen, die Leute wären im Sommer nun einmal so, und weil da die Sträucher und die Apfelbäume wären, gäbe es keine Probleme, es wäre wichtig, einen bunten Strauß von Leuten in den Garten zu kriegen, auch die Männer, und wenn dann die Sonne im richtigen Winkel einfällt, werden die Puppen heiß, und wenn man den Männern auf einem Zettel zeigen kann, daß alles einigermaßen im Lot ist, dann fehlt nicht mehr viel, und es steht ein Name auf dem Papier, so geht das, Taisto.

Bunter Strauß. Puppen.

So was aus dem Mund eines erwachsenen Mannes.

Aber schließlich ist er gegangen. Ich hab vom Tor aus gewinkt, dann bin ich rein. Mir war schwindlig.

Hab eine von den blauen Pillen genommen und ein Nickerchen gemacht.

Prompt hab ich geträumt, ich hätt kein Haus mehr.

Hab ich mir die Schlummerdecke von der Martta genommen und einen neuen Traum geträumt.

In dem hatte ich die Martta und das Haus.

Der Makler

Mein Vater ist der Meinung, daß nichts auf der Welt neu ist. Als zum ersten Mal Paprika in den Dorfladen kam, polierte er ihn und erklärte, daß er dieses Wunder schon mal gesehen hatte. Ich wollte wissen, wo, er antwortete: In der Markthalle in Vaasa, wenn man reinkommt, gleich links. Es klang wie eine in Stein gehauene Wahrheit. Später hörte ich, daß mein Vater nie in der Markthalle in Vaasa gewesen war.

Mit der Einstellung meines Vaters studierte ich am Computer die Verkaufsgeschichte der Häuser, die wir in letzter Zeit im Angebot gehabt hatten. An das Hauswrack in Maununneva erinnerte am ehesten ein Fall in Pukinmäki vom letzten Sommer. Frontkämpferhaus, nicht renoviert, Preisforderung knusprige anderthalb Millionen.

Ich überprüfte meinen Verdacht in den Dateien. Das Bild auf unserer Homepage hatte bewirkt, daß wir die Bruchbude – beziehungsweise die Atmosphäre – erst nach acht Monaten Kampf verkaufen konnten.

Das Bild hatte die Familien verscheucht.

Im Fall Oksanen dürfen wir uns diesen Fehler nicht noch einmal erlauben.

Das Bild von dem Objekt in Pukinmäki war entschieden zu realistisch und außerdem frontal von vorne aufgenommen. Man darf die Bilder nie von vorne und nie aus der Nähe machen. Man darf den Anstrich nicht sehen. Auch nicht die

Beulen im Blechdach, von aufgerissener Dachpappe ganz zu schweigen.

Das Idealbild macht man von der Straße aus, in einem schrägen Winkel, so daß möglichst viele Büsche, Sträucher und Schaukeln mit draufkommen. Das Wetter ist wichtig. Auf dem Bild aus Pukinmäki war es leicht bewölkt, grau, nicht gut. Man muß unbedingt die Morgen- oder Abendsonne draufhaben.

Ich rief den Fotografen an und gab ihm Anweisungen. Ich befahl ihm, notfalls zwei Tage auf das richtige Wetter zu warten. Es darf kein falsches Bild ins Netz gelangen. Der Fotograf hielt mich für sehr penibel. Ich stellte fest, daß mir das nicht unangenehm war.

Die Ereignisse der letzten Zeit hatten meinen Charakter gestählt. Ich hatte das Gefühl, ein starker, unbeherrschter Mann zu sein. Letztere Eigenschaft schliff ich vor einem Termin mit Kunden komplett weg. Das gehörte zu den Grundlagen des Verkaufens. In schwierigen Momenten ist es allerdings mühsam, es zu verbergen, so, als würde man einen Stuhl unter einem T-Shirt verstecken wollen.

Ich pickte mir sofort drei Familien als potentielle Kunden für das Objekt raus und beschloß, sie rechtzeitig vor der ersten Besichtigung anzurufen. Diesmal würde ich es mal mit typisch finnischer Ehrlichkeit probieren. Manchmal, freilich in kleinen Dosen, funktioniert Ehrlichkeit erstaunlich gut.

Der Kleinfamilie Mannermaa erzählte ich, bei dem Haus in Maununneva sei nicht alles in astreinem Zustand, aber. Weiterhin verriet ich, daß keinerlei Basisrenovierung vorgenommen worden sei, aber. Ich verriet auch, daß es keine Entwässerungsgräben gebe, aber. Als I-Tüpfelchen auf diesem Berg von Ehrlichkeit sagte ich, die Sauna sei noch im ursprünglichen Zustand, aber.

Vier Aber. Die lud ich mit Zuversicht und Optimismus auf.

Aber in dieser Gegend ist so ein echtes, richtiges Frontkämpferhaus absolut selten zu haben.

Aber das ist eine große Chance, da könnt ihr selbst alles neu planen.

Aber sehen Sie sich mal den Garten an. In dem steckt das ganze Leben eines alten Ehepaares, das ist ein Stück finnische Kulturgeschichte.

Aber was für eine Lage, praktisch im Herzen des Zentralparks. Manchmal ist die Adresse das halbe Zuhause.

Mama Mannermaa wurde langsam warm, der Mann zögerte noch.

Ich drehte den Schlitten um. Jetzt griff ich an.

Ich holte einen vergleichbaren Fall aus meiner Erinnerung hervor, den es nie gegeben hatte.

Wir hatten hier ein Objekt in Veräjämäki, an und für sich in schlechtem Zustand, aber der Garten, einfach herrlich. Das Budget der Familie hätte gereicht, aber sie fürchteten die Renovierungskosten. Was ist passiert? Sie haben gezögert, und es ging an jemand anders. Später stellte sich heraus, daß die Renovierung gar nicht so teuer war. Und dieselbe zögerliche Familie sucht bis zum heutigen Tag in derselben Gegend nach einem vergleichbaren Haus. Wie hat ein Kollege von mir mal so treffend gesagt – beim Hauskauf geben drei Dinge den Ausschlag: die Lage, die Lage und die Lage.

Dieser letzte Gedanke ließ die Mannermaas verstummen.

Ich ermunterte sie, sich das Haus in aller Ruhe anzusehen, ohne den Betrieb einer Sonntagsbesichtigung.

Wir machten den Dienstagabend aus. Ich legte auf, aber nur um gleich wieder abzuheben. Ich rief zwei weitere Familien an und vereinbarte mit ihnen Privatbesichtigungen.

Ich war zufrieden mit mir, obwohl ich nicht glaubte, daß

es sich schnell verkaufen würde. Durch den Erstkontakt bekomme ich diese Familien später wieder an den Haken. Der Kundenkontakt ist der springende Punkt, nicht das Geld. Das Geld kommt als letztes, es ist die Blume, die man demjenigen überreicht, der bereit war, das Unkraut zu jäten.

Ich rieb mir die Augen, und als ich sie wieder aufmachte, sah ich die Yucca-Palme im Büro doppelt. Ich ging aufs Klo, befeuchtete mir das Gesicht und sah in den Spiegel. Die Augen starrten mich aus tiefen Höhlen an, unter ihnen waren Säcke gewachsen. Mir fiel ein, was der Arzt gesagt hatte. Ich dürfe höchstens 12-Stunden-Tage machen. Ich mache diese Tage nicht, ich folge lediglich dem Lebensrhythmus meiner Kunden. Wohnungen werden nicht tagsüber verkauft.

Ich trank eine Flasche Cola, biß in eine Apfeltasche und warf die Visitenkarte des Arztes in den Papierkorb.

Wir verkaufen an Familien, Singles interessieren uns nicht. Zentrum, Kallio und Töölö, Punavuori, Kamppi, diese Stadtviertel in der City sind für uns Jahrmärkte der Eitelkeiten. Überteuerte Appartments, im Erdgeschoß eine laute Karaoke-Bar. Enge Zweizimmerwohnungen für Stadtromantiker, die das Kreischen der Straßenbahnen und pittoreske Penner schätzen. Diese Bezirke überlassen wir den kleinen Firmen, die den Nerv haben, mit jungen Leuten über Quadratmeterpreise von zwanzigtausend zu streiten.

Unser Metier sind die Felder und Raine, die Streifen rechts und links der Bahnlinien, zehn bis fünfzehn Kilometer von der Innenstadt entfernt.

Unser Metier sind die ehemaligen Müllkippen und heutigen grünen Oasen in der Nähe der Einkaufszentren. Die Einfamilienhaussiedlungen in unmittelbarer Nachbarschaft neuer Dienstleistungsbetriebe, von denen aus man in weniger als fünfundzwanzig Minuten im Stadtzentrum ist.

Unser Metier sind jene Familien mit anderthalb Kindern und mittlerem Einkommen, die einen kleinen Garten und die Nähe des Kindergartens zu schätzen wissen, die im Warmen arbeiten und im Durchschnitt dreimal die Woche sicheren Sex haben.

(Die letzten neun Wörter streichen, bevor die MS Cinderella ablegt!)

Wenn ein Mensch hundertsiebzigtausend Finnmark im Jahr einfährt, hat er ein anständiges Zuhause mit drei Zimmern und Küche in einer anständigen Gegend verdient. Ein Reihenhaus verdient er dann vielleicht noch nicht, aber davon träumt er. Und das darf man nicht vergessen. Wenn eine solche Familie ihre Dreizimmerwohnung bekommt, bleibt sie trotzdem hungrig, und unsere Aufgabe besteht darin, ihre Hoffnungen zu nähren. Laßt euch immer Adresse und Telefonnummer geben, macht aus den Familien Fälle! Reihenhäuser verkaufen wir an diejenigen, die eine Privatsphäre wollen ohne den Ärger eines Einfamilienhauses, und alte Häuser verkaufen wir an diejenigen, die an die Familie glauben und den Frieden der Natur schätzen.

Ist der Mann dabei, muß man die Entwässerungsgräben ins Spiel bringen. Aber sobald der Zugriff des Kerls nachläßt, muß man die Mama auf die Apfelbäume aufmerksam machen. Die besten Voraussetzungen hat man natürlich, wenn sie den Alten daheim vergessen hat. In dieser Hinsicht sind Sonntagsbesichtigungen zwischen zwei und sechs günstig. Formel Eins und Eishockey fesseln die Männer ans Haus.

Um zwei Uhr nachts weckte mich das Telefon. Merja rief an. An der linken Backe hing was von der Apfeltasche, die Haare waren mit Cola verklebt. Das Diktiergerät surrte im Leerlauf. Ich fuhr mit offenen Fenstern nach Hause, um wach zu bleiben.

Helena

Eine Welle von Erinnerungen überflutet mich wie der Haufen Spaßpostkarten von den Sonnenstränden, die ich auf der Arbeit in die Fächer schmeißen muß. Irgendeine Ordnung oder einen Sinn haben die Erinnerungen nicht, das ist dieselbe Art von wilden Gedankenverbindungen, wie es die Träume sind.

Und warum, verdammt noch mal, werden von unserem gemeinsamen Leben als erstes immer die Bilder vom Ruisrock abgespielt? Ich sag »verdammt«, weil ich mich an fast alles andere lieber erinnern würde. Irgendwo hab ich gelesen, daß in einen Menschen nicht viel reinpaßt, daß sämtliche Jahre zu einem gleichmäßig feinen Kaffeepulver zermahlen werden, nur das eine oder andere Eckchen einer Kaffeebohne bleibt übrig und sorgt für Schrammen auf der Gehirnoberfläche. Ruisrock ist eine zu große Bohne.

Dort hab ich Matti getroffen, obwohl ich mit Sirkku zusammen hingetrampt bin. Ich erinnere mich kaum, welche Band als erstes gespielt hat, wahrscheinlich Töö Töö Oksala. Wir sind wegen Clash und Graham Parker hin. Würde man jetzt ein Video von uns auf dem Festival sehen, würde niemand glauben, daß die beiden jungen Leute, die da Arm in Arm durch die Gegend schwanken, wegen irgendwelcher Bands gekommen sind.

Ich erinnere mich dunkel, wie der glatzköpfige Bruder

von Dave »Der große Stift« Lindholm auf der Bühne Parker ansagte, Mattis Top-Scorer. Ich hing zur Hälfte aus dem Zelt, mit dickem Kopf vom Wein, und Matti winkte vor dem Zelt und brüllte: *»Hey Lord, don't ask me questions!«* In dem Moment konnte ich nicht ahnen, daß er diesen Befehl noch im Oktober desselben Jahres in meinem Badezimmer grölen würde.

Es fällt mir schwer zu glauben, daß derselbe dünne Mann, der damals im Schlamm des Campingplatzes seinen Rausch ausschlief, mir gerade eben eine Postkarte von der Haus- und-Garten-Messe in Lappeenranta geschickt hat.

Ich hätte nie mit ihm über diese Holzhäuser reden dürfen. Oder über Häuser überhaupt.

Ist doch egal, wo der Mensch wohnt, Hauptsache man hat es warm.

Ist sowieso alles egal, jetzt.

Sirkku meint, so darf man nicht denken, aber was kann ich für meinen Kopf.

Die Postkarte von der Messe war der letzte Nagel. Sirkku wollte gar nicht mehr aufhören zu lachen. Von allen Männern auf der ganzen Welt ausgerechnet er. Er, der keinen Hammer halten kann, selbst wenn man ihn an seiner Hand festklebt, er, der nie etwas besitzen wollte, schon die Zweizimmerwohnung hat er nur gezwungenermaßen gekauft, weil keine Mietwohnung zu kriegen war.

Jetzt will er ein Haus haben. Und uns.

Aber womit will er das Haus kaufen, als Eigentümer einer grindigen Zweizimmerwohnung? Andererseits kenne ich meinen Mann. Der rupft auch aus gefrorener Erde Gras, wenn er nur will.

Nach seinem Besuch hier konnte ich nicht schlafen. Ich habe mich im Bett gewälzt und bin ständig aufgestanden, um zu gucken, ob Sini noch atmet. Ich bin ans Fenster und habe nachgesehen, ob Matti unten steht. Aber da war niemand. Nach Mitternacht meinte ich ein Geräusch gehört zu haben. Albern. In einem Wohnblock gibt es immer irgendwelche Geräusche.

Zum Glück hat Sirkku versprochen, erst einmal bei uns zu bleiben. Seit der Pubertät halten wir zusammen, ich hab sie kurz nach Mamas Tod kennengelernt, wir haben ein Gelübde abgelegt. Wir erzählen uns alles, anderen wird nichts verraten.

Sirkku hat in der Küche auf dem Fußboden geschlafen. Als sie am Morgen zur Arbeit ging, hatte ich Angst, mit Sini allein zu bleiben.

Matti kommt bestimmt wieder, ich kenne ihn doch. Jedenfalls glaube ich, ihn zu kennen.

Das Bild, das er gemacht hat, habe ich in den Müll geworfen.

Das Haus war schön, was er getan hat, war häßlich.

Über so ein Haus hab ich mit ihm geredet, wahrscheinlich hab ich ihm sogar Abbildungen gezeigt, wie hätte er das sonst aussuchen können. Sini hätte gern mit dem Bild gespielt, aber das hätte ich nicht mit ansehen können.

Ich habe Sini zum Mittagsschlaf hingelegt und dadurch eine Stunde für mich gehabt.

Das war schlecht, ich bin sofort in ein Loch gefallen. Ich habe über unser ganzes Leben nachgedacht, und das ist nie gut. Was hätte man anders machen sollen, was habe ich falsch gemacht, was haben wir vergeigt.

Sini schläft und weiß von nichts, hoffe ich wenigstens. Sie weiß nur, daß das Licht vom Himmel kommt und das Essen aus der Dose und daß Lippen lächeln können. Sie kann sich keine Sorgen darüber machen, daß ihr Vater bei uns Bilder an die Tür nagelt, durch den Wald rennt und ein Haus sucht.

Ich habe beschlossen, ihr erst dann alles zu erzählen, wenn sie alt genug ist.

Ein Blick auf die Uhr: noch fünfzehn Minuten. Dann wacht Sini auf, und die Zeit, die ich für mich habe, ist um.

Darüber hatten wir uns gestritten. Matti fand, ich hätte zehn Jahre lang über nichts anderes gesprochen als darüber, daß ich Zeit für mich bräuchte. Was ist daran verkehrt? Jeder Mensch muß selber dafür sorgen, daß er genug Zeit und Raum für sich bekommt. Matti spielte mein Bedürfnis herunter, indem er daran vorbeisah. Er behauptete, wenn der Kopf funktioniert, braucht der Mensch keine Anregungen. Genau: wenn.

All die Jahre hatte ich das Gefühl, ich bin die einzige, deren Mann immer daheim ist. Und Sirkku ist die einzige, mit der ich mich getraut habe, darüber zu reden. So was kommt einem nicht mal wie ein Problem vor, in einem Land, in dem es nur so wimmelt von Alkoholikern und Kerlen, die ihre Familie sitzenlassen. Aber niemand kann sich vorstellen, wie belastend es ist, vierundzwanzig Stunden am Tag mit einem Schwafler und Rechthaber zusammenzuleben.

Falls die Polizei glaubt, einen besoffenen Wirrkopf zu suchen, irrt sie sich. Der Kopf funktioniert bei ihm, aber die Nerven sind hin. Hat er selbst zugegeben, allerdings behauptet er auch, seine Nerven und ein Teil seines Gehörs wären bei den Diskussionen mit mir draufgegangen. So ein Quatsch.

Ich nahm Papier und Stift.

Ich schrieb alles auf, was ich über meinen Mann wußte, und schickte den Brief an die Polizei, damit sie wissen, was sie suchen. Um ihn einzukassieren, brauchen sie das nicht, das war mir klar, ich habe die Liste aus rein therapeutischen Gründen aufgestellt.

Matti

Wegen der Sache mit dem Haus nahm ich vor und nach dem Wochenende ein paar Tage frei. Lagerchef Siikavirta konnte ich überreden, indem ich mich auf die angesammelten Überstunden berief. Er erkundigte sich nach dem Grund für die freien Tage, ich sagte, ich würde nach Lappland fahren, um meinen Akku aufzuladen, weil ich wußte, daß er das dreimal im Jahr tat. Er lieh mir eine Wanderkarte für den Nationalpark und warnte mich vor zu harten Touren.

Am ersten freien Tag stieß ich im Supermarkt auf Seija, die um ihre Massagestunde bettelte. Ich klagte über Streß und empfahl ihr, die Dienstleistungen in der Innenstadt in Anspruch zu nehmen. Seija bekam es mit der Angst zu tun, die Wollust, die ich ihr jede Woche bescherte, sei durch nichts zu ersetzen, lobte sie mich. Ich bat sie, etwas leiser zu reden und sagte, ich wäre unter Umständen bereit, aber nur für den dreifachen Preis. Ich brauchte jetzt jede zusätzliche Mark wegen der Anzahlung fürs Haus. Seija sagte zu und war so gerührt, daß sie mir an den Hals sprang und nach meinem Ohrläppchen schnappte. Ich drückte sie gegen das Obstregal und erinnerte sie an unsere Abmachung: Sie war eine Kundin, unser Verhältnis hatte nichts Persönliches.

Ich verarztete Seija routiniert, ließ sie für ihre Sehnsucht nach Zärtlichkeit eiskalt bezahlen. Als sie auf dem Gipfel ihres schaumgekrönten Berges angelangt war, blickte ich auf den Grundriß des Typenhauses an der Wand und dachte über die Zimmeraufteilung nach. Nachdem Seija gegangen war, wusch ich mir die Hände und zog dauerhaft in Oksanens Leben ein.

Ich begann mit der Überprüfung seines Tagesrhythmus.

Aufstehen gegen 6.30 Uhr, obwohl keine Eile zu nichts bestand. Typisch für die Frontmänner der ersten Generation, sie waren es gewohnt, mit dem Hahnenschrei aufzuwachen. Zeitung, Kaffee, zwei Brote, Klamotten an und in den Garten, nachdenken. Ungefähr eine halbe Stunde Luft schnappen: unter den Bäumen herumstehen, auf der Schaukel sitzen, die Beete umrunden.

Zwanzig Minuten genauere Zeitungslektüre, unbestimmtes Zeitvertrödeln im Haus, zwei Abstecher in den Keller. Ein Festnetzanruf bei jemandem, der sich als Freund namens Reino entpuppt, mit dem er im Windfang der nächsten Kneipe am Automaten spielt.

Die Abendroutine. Einfaches Essen, Bratkartoffeln, Hackfleischbällchen aus dem Laden nebenan oder gebratener Fisch. Kann nicht richtig kochen.

Sämtliche Nachrichten nach sechs Uhr, auf allen Kanälen. Außer den Zehn-Uhr-Nachrichten, da schläft er schon. Nickt öfter im Schaukelstuhl ein, mit einer Decke über den Beinen.

Erledigt an beiden Tagen alles um dieselbe Zeit, fast auf die Minute genau. Gut zu wissen.

Für meine Beobachtungen stellte ich mich unter den Apfelbaum, unter verschiedene Fenster, auf die Veranda und in die Beete. Unter einem offenen Fenster konnte ich zwei Telefonate aufnehmen.

Das augenblickliche Gesamtbild hielt ich in meinem Notizbuch fest, dann brach ich zu einer Zwei-Sinne-Tour auf. Ich wollte das Haus fühlen und riechen. Schon vor zehn Jahren hatte ich begriffen, daß man mehr von der Welt hat, wenn man alle fünf Sinne einsetzt. Davor hatte ich Tast- und Geruchssinn zugunsten der anderen Sinne vernachlässigt.

Ich kontrollierte die Zeit auf dem Pulsmesser: 18.20 Uhr.

Um halb sieben würde er mit Reino spielen gehen.

Ich rannte los, leicht und locker wie weiland Risto Ulmala. Er war in der Zeitschrift *Der Läufer* interviewt worden und hatte gesagt, um einen leichten Schritt zu bekommen, müsse man ein klares Ziel haben. Meiner Meinung nach nahm es seiner Aussage nichts von ihrer Kraft, daß er bei internationalen Wettkämpfen keine Medaillen für Finnland geholt hatte. Ulmala und ich laufen schließlich nicht für das Land, sondern für uns.

Auf der schmalen, ungeteerten Straße kurz vor Maununneva kam mir Oksanen entgegen. Ich zog mir die Kapuze über und rannte so schnell an ihm vorbei, daß er mich garantiert nicht erkannte.

Die letzten zweihundert Meter ging ich und stellte mir meinen neuen Heimweg vor.

So würde ich nach Hause kommen, mit einer Einkaufstüte und mit Sini, Helena würde uns vom Küchenfenster aus zuwinken, um halb fünf, wir würden kochen, diesmal würde sich auch Helena beteiligen, wir würden zu den Beeten gehen, an die fernen Zeiten zurückdenken, als unser ganzes Leben in Schieflage geraten war, wir würden darüber lachen, ich würde Helena auf den Hals küssen, nach ihrem Ohr schnappen, und in ihren Augen würde die Verheißung eines etwas längeren Abends leuchten.

Ich ging in den Garten und zu der hinteren Hauswand.

Ich roch daran.

Ein Duft nach Baum und Sägemehl.

Der Duft der Kindheit.

Irgendwo ist Holz gehackt, gesägt worden, man hat sich auf den Hackklotz gesetzt, Kaffee im Gras, in den Augen

Zuversicht, hatte den Krieg hinter sich und vor sich das Erwachsenenleben.

Ich betrat ihr Leben.

Taisto und Martta gehen auf die Sauna zu. Martta trägt ein langes Nachthemd, Taisto Stiefelhosen und ein kariertes Hemd. Das feuchte Gras kitzelt an den Fußsohlen. Taisto macht die Saunatür auf, die Wärme schlägt ihm ins Gesicht. Martta läßt das Nachthemd fallen. Taisto geniert sich vor dieser allgewaltigen Weichheit. Kann das wahr sein? Gerade noch ächzte der Stahl, krachte es in den Bäumen, Väänänens Bein flog durch die Luft, es zischte, prasselte, jemand schrie irgendwo, die Scheiße aus den Sümpfen flog einem ins Maul, weil eine Bombe im Moor eingeschlagen hatte, und jetzt steht hier meine Martta, helles, weiches Fleisch dicht an meinem Fleisch.

Ich fuhr mit der Hand über die Bretterverkleidung. Rauhes, ungehobeltes, gesundes, hartes Holz.

Ich erinnerte mich, wie ich einmal einen Splitter im Finger hatte und mein Vater ihn mit der Messerspitze herauszog. Die Haut riß vor dem Messer auf, dunkles Blut blieb an der Klinge zurück, das ich sofort meiner Mutter zeigen wollte.

Langsam streichelte ich die Wand, ließ einen Splitter in die Handfläche dringen. Das Blut war nicht so dunkel wie damals.

Ich ging um das Haus herum, zum Abschluß drückte ich die Wange gegen den Rahmen des Wohnzimmerfensters und phantasierte.

Sini wächst zu einer schönen jungen Frau heran und kommt zu Besuch. Wir sind gerade dabei, die alte Farbe von den Wänden zu schaben. Ich stehe auf dem Gerüst, sehe, wie groß meine Kleine jetzt ist, wie sie mit wiegendem Schritt in den Garten kommt, hallo ruft und nach Saft fragt.

Helena springt hinunter, sie umarmen sich und gehen Saft machen. Sini bleibt übers Wochenende, und gemeinsam denken wir an die Zeit zurück, als ich uns dieses Haus beschafft habe und alles anders wurde. Sini erzählt, daß sie zum ersten Mal im Leben verliebt ist, ich frage, ob es ein anständiger Mann ist. Sini antwortet, ja, außer daß er ein bißchen ist wie du. Wir lachen zusammen. Es schneidet mir ins Herz, ich frage mich, ob dieser Mann mein Mädchen auch bestimmt gut behandelt, wenn nicht, weiß ich nicht, was ich tue. Und Helena und ich, wir sehen uns an und erinnern uns an Ruisrock und zwei Herzen. Am Sonntag jätet Sini mit mir die Beete, aus den Augenwinkeln bemerke ich, daß sie sich die blonden Haare genauso aus dem Gesicht wischt wie ihre Mutter. Als sie gegangen ist, holt Helena von irgendwo eine Vinylscheibe hervor und legt sie auf. Ich erschrecke, wo hat sie die denn gefunden. Helena lacht und sagt: Im Internet. Wir hören uns die Platte an, von der ich jedes Stück auswendig konnte, damals, als ich noch Haare und starke Meinungen hatte.

Ein Geräusch ließ mich zusammenfahren.

Auf dem Grundstück knirschten Schritte.

Ich spähte um die Ecke.

Taisto Oksanen ging zur Haustür, murmelte vor sich hin und tastete nach dem Schlüssel in seiner Tasche. Er fand ihn nicht. Er schüttelte den Kopf, ging neben der Treppe in die Hocke und zog unter der dritten Stufe den Ersatzschlüssel heraus.

Ich ließ ihn hineingehen, dann lief ich auf die Straße und machte von dem Haus drei Bilder.

Richtfest

Die Staatsgewalt

Ich mag keine Briefe. Briefe geben dem Empfänger keine Möglichkeit, einzugreifen, zu unterbrechen.

Ich mag die Welt, und Briefe kommen nicht von dort. In der Welt kann man nicht in aller Ruhe reden, statt dessen mischen sich Wörter und Stimmen, es entsteht ein interessantes Durcheinander, und meine Aufgabe ist es, das Wesentliche herauszupicken.

Den Brief, den mir Luoma auf den Tisch gelegt hatte, habe ich nur gelesen, weil die Schreiberin die Frau von diesem Bildermacher war.

»Gesamtbild von meinem Mann, geschrieben von Helena Virtanen, die sich auskennt. Zur Information für euch, die ihr das Gelände durchkämmt.

Hat fast immer Joggingklamotten an, auch dann, wenn er nicht läuft.

Läuft er nicht, hüpft er mit einer lächerlichen Kapuze auf dem Kopf herum, ahmt diese schwarzen Boxer nach, obwohl er gar nicht boxt.

Joggt manchmal auch zum Einkaufen, ist schon mal für einen Ladendieb gehalten worden, weil er gleich an der Ecke losgerannt ist.

Macht einen bescheuerten Eindruck, ist es aber nicht.

Macht einen gewalttätigen Eindruck, ist es aber nicht.

Einmal war er es, deshalb schreibe ich das hier.

Macht einen freundlichen Eindruck, ist es aber nicht.

Macht so manchen Eindruck, weil er beeindruckend ist.

Kann sich dem Gelände und den Menschen anpassen.

Ja, er ist der geborene Diplomat, obwohl man es nicht glauben möchte.

Man kann nicht mehr mit ihm leben, aber das glaubt er nicht.

Er hat sich so intensiv mit Rockmusik beschäftigt wie dieser Tarmo Ropponen aus dem Fernsehen mit Politik.

Er kann jederzeit alles tun, weil er nicht rechtzeitig das getan hat, was er will.

Niemand kocht wie er.

Entfernt sich normalerweise nie von Zuhause. Hat aus seinem Festgefahrensein eine Tugend gemacht, gibt damit an.

Kann über Essen, besonders über das Würzen, eine halbe Stunde am Stück reden.

Drei Einzelheiten, die bei der Suche von Nutzen sein können:

1. Nennt sich selbst Heimatfrontkämpfer.
2. Hat vor, ein Haus zu kaufen.
3. Will uns zurückhaben.

Falls dieses Memorandum ein Mann liest, wie ich annehme, ist ihm die Bedeutung der letzten drei Einzelheiten für sein Vorgehen sicherlich klar.

Nehmt das hier ernst, weil Sini und ich hier mit den Nerven völlig fertig sind. Sini ist unsere Tochter und für so was viel zu klein.«

Ich legte den Brief auf den Tisch und holte mir was von dem abgestandenen Kaffee.

Was fange ich mit den ganzen Informationen an, was nützt mir das, was sie »Memorandum« nennt?

Wir jagen schließlich keinen Terroristen, Mörder oder Kinderpornohändler.

Eigentlich war das was für Luoma, der ist ein Versteher.

Ich brachte ihm das Material, aber angeblich hatte er keine Zeit. Ermittelte in einem Autoeinbruch, als hätten wir für so etwas Zeit. Seit vier Jahren habe ich schon keinen Quengler mehr ernst genommen, dem sie die Quadro-Dröhner aus dem Wagen geklaut haben. Was müssen die sich so was einbauen. Sollten sich unterwegs lieber mal gegenseitig zuhören. Normalerweise müßte man auf die Geräte schon im Geschäft einen Aufkleber pappen: Wird innerhalb eines halben Jahres von einem Junkie geklaut.

Was geht in diesen Menschen vor, auch in dieser Frau?

Zuerst läßt sie einen gesunden Mink aus dem Pelztierkäfig in die freie Wildbahn entkommen, und dann schickt sie uns die Kennzeichen, auf deren Grundlage wir den ganzen Zentralpark durchkämmen sollen. Aber mit diesen Angaben nehmen wir halb Helsinki Nord fest. Bei unseren Ressourcen können wir nur abgestandenen Kaffee trinken und bei Stichproben in Geschäften Mischkonsumenten Strafzettel verpassen.

Ich verstehe nicht, was diese ganze Leidenshaltung soll. Es gibt doch jede Menge Stellen in dem Brief, die verraten, daß sie den Mann mag. Sollen sie doch Teller zerschlagen. Gleich beim ersten Streit springen sie ins Gelände und schreien wie Schiffssirenen nach Berufshelfern. Hocken am hellichten Tag in Pubs herum und schluchzen am Plattenspieler wie die Kinder.

Scheiße, das ganze Land verkommt. Früher waren die Naßzellen noch abgetrennt, heute sind dem Geflenne sämtliche öffentlichen Plätze geweiht. Kein Wunder, daß diese Bruchbuden alle voll Schimmel sind.

Auf jeden Fall will ich diesen Mann mal sehen.

Aber nicht dienstlich.

Dieser Brief hier bleibt ganz klar in meiner Schublade, den gebe ich nicht in den Umlauf.

Und den Mann schnappen wir uns nicht ohne Beweise.

Matti

You can't always get what you want, leierte Mick Jagger. Solche Banalitäten singen sich leicht von der Terrasse eines Schlosses auf das Gesindel hinab, das nach dem Konzert in die Wohnblocks strömt und für die nächste Platte spart. Diese Millionärsgummilippe, diese elende Kreatur! Mit dem Laufschuh trat ich ihn im Kies aus.

Als nächstes rechnete ich mit meiner jüngsten Vergangenheit ab.

Ich rannte von Oksanens Haus zu dem Haus, wo alles seinen Anfang genommen hatte. Ich schlüpfte durch dieselbe Lücke wie beim ersten Mal, aber diesmal blickte ich nicht nach rechts und links. Ich blieb an der heiligen Stelle stehen, wo ich hingepißt hatte, kniete mich auf den Rasen, zog mein Hemd aus, wischte damit den Rasen ab und legte einen Brief auf die Erde.

Auf der Terrasse flammte ein Blitzlicht auf.

Ich hörte Männerstimmen.

Ich stand auf, stürzte durch die Lücke und rannte auf die Straße.

Die Männer kamen in den Garten, riefen unschöne Sachen und folgten mir.

Ich blickte mich um. Die übergewichtigen Kreditabzahler watschelten ein kurzes Stück, dann brachen sie an der ersten Kreuzung zusammen und gestikulierten. Ich lief flott zu meiner Wohnung und stand vier Minuten unter der Dusche.

Es war getan.

Ich hatte nichts mehr zu tun mit Frontkämpferhäusern, die durch Anbauten verunstaltet waren, ich hatte ein echtes gefunden.

Befreiten Sinnes füllte ich am späten Abend die Rubrik »Einfamilienhäuser als Lebensstil« in meinem Notizbuch aus:

»Gras.

Sie geben ihm keine Chance. Sobald es hoch genug gewachsen ist, um der Erde in die Stirn zu fallen, lassen sie durch Ziehen einer Schnur eine Höllenmaschine an und rasieren es ungerührt ab. Sie schneiden das Gras so kurz, daß die Erde friert. Unter den knatternden Mähern entstehen Tausende Quadratmeter Igelschnitt. Das Gemetzel dauert von Freitagabend bis Sonntagabend. Die Emsigsten killen auch unter der Woche.

Ein Ehepaar.

Er läßt die Maschine an, die Mama sitzt mit gespreizten Beinen auf einem Plastikstuhl und liest *Anna*. Er fährt so dicht an dem Stuhl vorbei, daß der Mama Gras auf die Beine spritzt. Sie hebt die Füße, damit er darunter mähen kann, sie setzt die Füße auf den feuchten Igelschnitt, das kitzelt herrlich an den Sohlen. Die Mama lächelt dem Papa zu, der Papa lächelt zurück, der Rasenmäher qualmt und stößt Abgase aus, aber ihre Augen finden einander inmitten des Lärms, und wenn Papas zwinkernder Blick vom Hals zwischen die Brüste rutscht, dann wissen sie, sobald das Gras geschnitten ist, legen sie sich ins Bett und geben sich den Sinnen hin.

Ich stehe am Rand einer nicht asphaltierten Straße, ungefähr hundertfünfzig Meter vom Haus entfernt, und rieche sie. Der Hausherr war unter der Dusche, hat sich mit der Handfläche Rasierwasser auf die Wangen und den Hals geklatscht und den Rest an der Hose abgewischt. Die Frau des Hauses dreht die Schenkel um. Das Fleisch zischt. Sie kneift vor dem Fleisch die Augen zu.

Indem ich auf sie zugehe, gehe ich auf das Leben zu.

Die Mama ruft den Papa, der Repa heißt. Repa steht vom orangeroten Stuhl auf und riskiert einen Blick. Dauert nicht mehr lang, sagt er, hol die Kartoffeln. Die Frau verschwindet durch die Terrassentür, Repa bleibt mit dem Fleisch allein und schmunzelt, wenn es zischt und trieft. Mama, bringst du auch den Weißwein mit, ruft Repa. Er geht vor dem Feuer in die Hocke, der Bund der gelben Shorts rutscht nach unten, fast kann ich seine Gesäßfalte sehen. Ich justiere meine Apparatur und verändere meine Position.

Ich spüre die Dornen der Weißdornhecke, nicht mich selbst.

Der Apparat nimmt die Töne gut auf, ich stelle ihn so ein, daß es in den Ohren nicht weh tut und setze mich in den Graben. Vom Garten aus kann man mich nicht sehen, von der Straße aus vielleicht ein Stück T-Shirt. Das hier ist eine kleine Nebenstraße, der nächste Nachbar sitzt hinter hohen Bäumen, alles ist in Ordnung. Und selbst wenn jemand käme, wäre es umsonst, denn ich gehe hier nicht weg.

Die Mama bringt zwei Flaschen Weißwein und zwei Gläser, sie schenkt ein. Sie stoßen auf die toten Gockel, das grüne Grundstück und ihren perfekten Lebensstil an. Ich balle die Faust, damit mein dicker Ring klickend mit dem Aufnahmegerät anstoßen kann.

Euer Glück ist mein Glück.

Die Mama trinkt zwei Gläser nacheinander, der Wein durchströmt ihren Rumpf und bringt die Leidenschaft ans Tageslicht, triefend und gar. Die Mama schnappt sich einen halbgaren Hähnchenschenkel und führt ihn an die Lippen, sie kann nicht mehr warten, schlägt die Zähne ins Fleisch und saugt. Die weißen Fleischfetzen passen nicht in den Mund, ein Teil muß in den Mundwinkeln warten, bis er an der Reihe ist, würziges, gelbes Hautfett rinnt inzwischen darüber. Die Mama zermahlt das Fleisch und blickt auf Repas Sommerbauch. Auch ich blicke darauf, jedoch mit anderen Gedanken als die Mama, die, nach dem Blick zu schließen, glüht, weil dort, wo der Bauch aufhört, der Schlauch anfängt. Und den Schlauch kann man durch Massage in einen Stab verwandeln. Repa tut, als wenn nichts wäre, obwohl er den Schimmer der Schlitzaugen erkennt, denn er ist ein Vertreter der Schule des reifen, garen Fleisches, soll die Alte nur in ihrem Fett schmoren, ich knall ihr den Hintern erst bei den Abendnachrichten an die Wand.

Repa stößt die Mama zur Seite, denn das Fleisch gibt üble Töne von sich. Er packt es mit der Zange und läßt es auf einen großen Blumenteller plumpsen, ein Teil der Schenkel ist schwarz verkohlt. Ts, ts, ts, Mama, wer wäre wieder schuld gewesen, wenn die ganz verbrannt wären. Die Mama lacht und kokettiert, schmatzt mit dem Mund, wen schiebt sie sich lieber in den schwarzen Schlund, den Schenkel oder Repa, sie greift zum Schenkel, huch, ist der heiß, und läßt ihn wieder auf den Teller fallen.

Ich schaue zu, wie Tiere Tiere essen. Repa ist schon beim dritten Schenkel, mit gelbem Eiter in den Mundwinkeln erklärt er, daß sich der Hauskauf in jeder Hinsicht gelohnt hat, die Preise für Grund und Immobilien steigen, weil die Leute aus dem Norden in den Süden strömen, billiger wird das Fleckchen Erde hier jedenfalls nicht, Mama, das ist sicher, und wo soll man hier noch hinbauen, wir haben genau richtig zugeschlagen.

Zugeschlagen. Genau das habt ihr. Mit dem Wagenheber

denen auf den Hinterkopf, die gezwungen sind, nach Helsinki zu strömen wie Blut.

Ich phantasiere sie weg von dem Grundstück, hin zu Gott. Ich schließe die Augen, sie sind nicht mehr da, wie Löwenzahnflaum fliegen sie mit den himmlischen Winden davon, die schweren Menschen. Die Johannisbeersträucher, Apfelbäume und Anpflanzungen auf dem Grundstück sind so alt wie ich, wir kommen gemeinsam ins Mannesalter. Der alte, gescheckte Rasen ist wie mein Kopf, hier und da ein Büschel. Ich schiebe die Hand durch die Weißdornhecke, fahre über den Rasen und denke wie ein blöder Indianer: Das ist nicht euer Land, dies ist alter Acker, zerteilter, überplanter Meeresboden, trügerischer Sumpf, Sand, Wurzelwerk von hier bis nach China.

Ich lege mich auf den Rücken, blau ist der Himmel, blau, blau sind meine Augen.

Ich bin fertig, wenn ich roh bin.«

Die von drüben

Wir bekamen greifbare Beweise: Bild und Brief. Am liebsten hätte ich Veera das Bild gezeigt und ihr gesagt, das ist der Onkel, der in unseren Garten gepinkelt hat. Kerttu hat es mir verboten, sie findet, wir dürfen das kleine Mädchen in diese Sache nicht hineinziehen.

Es war derselbe Mann, der bei Mäkinen die Bäume umarmt hat. Mäkinen war darüber so aus der Fassung, daß er bloß »Da, da, da« gestammelt hat und nicht fähig war, die *Rec*-Taste zu drücken. Dieser Theoriestümper.

Zum Glück konnten wir mit der Kamera, die ich mir letztes Jahr vom Lohnsteuerjahresausgleich geleistet habe, ordentliche Bilder schießen. Gegenüber Kerttu hatte ich behauptet, ich würde mich jetzt für Vögel interessieren, wegen der Nähe des Zentralparks. Nun hatte ich den ersten Reihergeier in der Sammlung.

Er sah aus wie ein ganz normaler Mann. Kein Wahnsinn zu erkennen. So was macht die Welt kompliziert. Jeder kann alles sein. Wir haben uns darüber bis in die Nacht unterhalten. Kann man seine Kinder überhaupt noch in den Zentralpark lassen? Bei solchen weiß man nie. Wer anderen Leuten problemlos in den Garten pißt, wer weiß, was dem als nächstes einfällt.

Von dem Brief habe ich nichts kapiert.

Außer daß der Kerl in den Käfig gehört.

Mäkinen, als der Psychologe, der er ist, hat behauptet, er wäre in einem Zustand geschrieben worden.

So ein Scheiß, rutschte mir raus.

Kerttu sah mich böse an und brachte Veera ins Bett.

Mäkinen erklärte, ein Mensch, der so schreibt, wäre in einen krankhaften Zustand geraten. Ein bißchen so wie Esko Salminen, der Schauspieler.

»Diesen Pisser und Rasenstreichler vergleichst du mit dem charismatischsten Schauspieler Finnlands?«

Mäkinen war der Meinung, daß der Mann die Dinge zwar aus seinem eigenen, beschränkten Blickwinkel sah, aber auf bewundernswerte Weise an sich selbst glaubte.

Nach zwei Gläsern war ich schon ein bißchen in Fahrt. Am liebsten hätte ich Mäkinen über den Zaun geschmissen. Ich fragte ihn, was an dem Kerl so bewundernswert war, was war bewundernswert daran, wenn man anderen Leuten das Leben versaute. Mäkinen behauptete, darum handelte es sich nicht notwendigerweise.

Worum dann?

Da war er ganz still. Ich goß ihm sein Glas voll, obwohl er die Hände hob. Kerttu sagte, sie würde die Flaschen gleich wegbringen, die wären für das Petanque-Treffen am Wochenende gedacht. Ich sagte ihr, wir würden so lange trinken, bis unser Psychologe die tieferen Motive des Pissers ausgeleuchtet hätte.

Mäkinen wechselte das Bein, das er übers andere schlug. Ich erkannte an seinen Bewegungen, daß er über das Thema nicht mehr reden wollte. Er wollte heim. Ich wollte ihn nicht weglassen.

»Erzähl mir, was du an dem Pisser Gutes findest!«

Mäkinen antwortete nicht.

»Erzähl!«

Mäkinen fand, ich wäre jetzt zu aggressiv und so ein

Zustand wäre nicht günstig für ein Gespräch. Ich schob meine Visage direkt vor seine. Er schaute weg.

»Hör auf!«

Kerttu hielt die Hände so, daß sie aktiv wütend aussah. Wie Siiri Angerkoski in den Filmen aus den fünfziger Jahren.

»Geh du Petersilie hacken, Kerttu, das kannst du.«

Mäkinen stand auf.

Ich drückte ihn auf den Stuhl zurück.

Kerttu kam von hinten und legte mir die Hand auf die Schulter. Ich wischte sie weg.

In dem Moment sprang Mäkinen auf und lief davon. Er kam die Stufen hinunter, stolperte aber über Veeras Auto und fiel in die Rosen.

Mit Kerttus Schrei im Ohr warf ich mich auf ihn und drückte ihm die Kehle zu. Der rote Psychologe wimmerte, dann spürte ich etwas Warmes auf dem Hinterkopf.

Es wurde still und feucht.

Am nächsten Morgen wurde ich von Lärm und Trockenheit wach.

Veera tobte mit ihrer Freundin im Wohnzimmer, wo ich zum Schlafen hingelegt worden war. Ich rief nach Kerttu, damit sie mir Wasser brachte. Sie kam mit der Kanne und sagte, ich sollte besser nicht aufstehen, jedenfalls nicht zu abrupt. Sie berichtete, sie habe mir den Spaten auf den Kopf geschlagen. Ich hätte das Maul aufgerissen und die scharfe Kante des Spatens mir den Kopf. Angeblich hatte ich mich auf Mäkinen geworfen und ihn gewürgt.

Es kam mir vor, als würde Kerttu über einen anderen Menschen sprechen.

Was war in mich gefahren? So war ich doch nicht!

Der Mensch ist zu allem imstande, wenn man in seinen Garten pißt.

Kerttu wollte mir alles erzählen, aber ich wollte es nicht hören.

Mit Hilfe von Schmerztabletten schlief ich zwei Stunden, und als ich aufwachte, fand ich den Brief neben mir. Kerttu hatte ihn da hingelegt. Meine Strafe bestand darin, daß ich den Brief lesen, den Rasen mähen und die Spareribs marinieren mußte.

»Liebe Leute. Ihr wohnt in einem Haus, auf das ich es nicht abgesehen habe, macht euch keine Sorgen. Ich habe in den falschen Garten gepißt. Ich tat es im Eifer des Gefechts, im Vertrauen auf den ersten Eindruck. Ich habe mich im Haus geirrt, mittlerweile habe ich das richtige gefunden. Zuerst dachte ich so: Ihr wohnt in einem Haus, das ein Frontkämpfer gebaut hat, ihr schlaft in einem Bett, das für meine Träume bestimmt ist, ihr kocht den Brei, nach dem sich mein Magen sehnt, ihr beheizt eine Sauna, die mein Körper braucht, ihr wählt die Grünen, weil es in Mode ist, ihr grillt Rippchen, als wäre es mein Fleisch, ihr mäht den Rasen, damit er an meine Haare erinnert, ihr schlürft Wein, den ich in großen Schlucken trinken würde, ihr habt Vornamen, die ich erst benutze, wenn ich fünf Zentimeter vor euch stehe.

Na ja. Jetzt habt ihr lesen dürfen, was ich zuerst gedacht habe. Jetzt denke ich nicht mehr so, macht euch keine Sorgen.

Ich denke jetzt so: Sie kamen von der Front, aus dem Stockfinsteren ins volle Licht. Sie kehrten heim, und ihre Nerven waren gespannt wie Geigenbögen, für die Sibelius laute und hohe Töne komponierte. Ungeduldig und gierig kamen sie und stürzten sich zwischen Beine und auf Töpfe: Fleisch her, und zwar sofort.

Man zeichnete reihenweise Häuser für sie, am Rande der Städte und mitten auf Feldern, neben den Steinen. Sie waren allesamt gleich, diese Häuser. Küche, Wohnzimmer und

Schlafzimmer unten, oben unter dem Dach zwei kleine Zimmer für diejenigen, die aus der heiligen Entbehrung hervorgingen. Anderthalb Stockwerke und Satteldach für die, denen der Himmel ein Feuermeer gewesen war.

Sie studierten die Zeichnungen, stellten die Wände auf, Hämmer schlugen Nägel in Bretter, manchmal auch vorbei, dann ertönte ein glasklares ›Scheiße‹, und mit blauem Fingernagel legten sie sich zum Mittagsschlaf auf einen Bretterstapel. Klopfen, Scheppern, Keuchen, Prusten. Der Schweiß klebte ihnen am Rücken, in der Nacht krallten sich Fingernägel hinein, wenn Veikko, Martti, Kalevi oder Erkki mit Macht dort eindrangen, wo sie jahrelang nicht gewesen waren.

Jetzt wohnt ihr in einem Frontkämpferhaus, das diese Männer gebaut haben, obwohl ihr aus dem Licht kommt. Ihr wißt nicht, daß die Dunkelheit weiterhin Menschen hervorbringt, die einen warmen Herd und Fleisch wollen. Ich bin einer von ihnen.«

Die von oben

Unser Leben wird wieder gut werden, so wie es war, bevor der Raucher kam. In Kürze werden wir hier wieder ein makelloses, üppiges Leben haben, mit regelmäßigem Sex, blühenden Blumen auf dem Balkon und warmem Sommerwind, der ins Schlafzimmer weht.

Kallio brachte neue Informationen aus dem Gelände mit, die zu verdauen ein wenig Zeit erforderte. Und als wir gleichzeitig Gewißheit über den endgültigen Abschied von Ehefrau und Kind erlangten, wurde das Gesamtbild in schönster Weise komplett. Wir hatten daraus, daß der Mann rauchte, Schlüsse gezogen, die sich als vollkommen richtig erwiesen. Wir gratulierten uns selbst bei Kaffee und Plundergebäck. Leider mochte Leena daran nicht teilnehmen.

Die Informationen, die Kallio aus dem Gelände mitgebracht hatte, waren erschreckend. Der Raucher hatte auf eine Art Störungen verursacht, die alle Grenzen der Toleranz überschritten. Kallio war dem Psychologen Mäkinen begegnet, der die Zeitschrift *Der Siedler* herausgibt. Er beschrieb Kallio einen Mann, der in seinen Garten eingedrungen war und dort Bäume umarmt hatte. Auf ein anderes Grundstück hatte er uriniert. Als Kallio das berichtete, wandte sich Leena ab und ging sich hinlegen. Ich halbierte ihr eine Kopfschmerztablette und wickelte sie in die Wolldecke.

Der Apfel, an dessen Schale wir zwei dunkle Stellen entdeckt hatten, erwies sich als völlig verfault.

Die überraschende Wendung der Dinge versetzte mich derart in Begeisterung, daß ich den Psychologen Mäkinen anrief. Er war erstaunlich kurz angebunden und wollte über die ganze Angelegenheit nicht sprechen. Ich berichtete ihm von der Basisarbeit, die Leena und ich geleistet hatten und von dem Druck, unter dem wir jahrelang leben mußten. Gern hätte ich die Meinung des Psychologen über die Raucher als Menschengruppe gehört – wie sie sich von normalen Menschen unterschieden und wieviel Prozent aller Psychiatriepatienten eingefleischte Raucher waren.

Mäkinen klagte über Müdigkeit, am Abend zuvor sei er ein wenig länger als geplant bei einer Gartenparty gewesen. Ich ließ den Mann in Ruhe, gab ihm aber unsere Adresse und Telefonnummer, denn in gewisser Weise waren Leena und ich ja so etwas wie die Paten des Patienten.

Die Entwicklung der Ereignisse verlieh mir zusätzliche Energie für meine Arbeit als Qualitätsprüfer.

Die üblichen Käse, Joghurts und anderen Molkereiprodukte zeigten sich mir nun in neuem Licht. Als Waren mit kurzer Haltbarkeit, wie Leena treffend zum besten gab.

Ich bemerkte einen ganz neuen Zug an mir.

Wenn ich einen Joghurt ansah, verglich ich seine schleierartige, mondfarbene Oberfläche mit der Haut des Rauchers.

Wenn ich ein Stück Käse ansah, kam mir die rissige Haut am Hals des Rauchers in den Sinn.

Wenn ich die Milchkartons auf dem Fließband ansah, fielen mir die Tausenden von Zigaretten ein, die er in seinem Leben schon geraucht hatte.

Und wenn ich am Ende des Tages Qualitätskriterien und Prozente notierte, stellte ich fest, daß ich statt Kreuzchen Kreuze machte.

Sterben soll er.

Ich schrieb eine Glückwunschkarte, lief hurtig die Treppe hinunter und steckte sie in den Briefkasten.

Matti

Sini wiegt 17 Kilo, Helena 61 und ich 81. Ein typisches, nach dem Krieg gebautes Frontkämpferhaus wiegt ungefähr 135 000 Kilo. Der Betonanteil am Gesamtgewicht beträgt etwa 100 000 Kilo, der Rest ist Holz, Nägel und Isoliermaterial, hauptsächlich Säge- und Hobelspäne. Ein solches Haus kostet in Helsinki im Schnitt 1,3 Millionen Finnmark, also einen Zehner pro Kilo. Das ist der Preis für ein Kilo Heringe, von der billigsten Sorte. Ist das Angebot gering, der Heringsbestand also knapp, steigt der Preis auf fünfzehn. Sini, Helena und ich wiegen zusammen 159 Kilo, in den letzten Monaten ist es mir allerdings so vorgekommen, als wäre Sinis und Helenas Anteil am Gesamtgewicht 150 Kilo, ich selbst wiege kaum neun, so leicht falle ich von einer Stimmung in die andere.

Ich ging unter die Dusche, stand sechzehn Minuten im kalten Wasser, um meinen heißen Kopf funktionstüchtig zu machen. Danach stellte ich mich mitten ins Wohnzimmer und rekapitulierte die Fakten.

Ich mußte Helena Informationen über das Haus zukommen lassen und es kaufen, bevor das halbe Jahr Bedenkzeit abgelaufen war. Ich mußte die Wohnung in einem Monat den Käufern abtreten. Ich mußte der Qual ein Ende machen.

Ich schaltete die Unterdrückung der Anrufernummer aus und rief Sirkku an, diesmal ging sie ran. Ich bat sie, Helena meine Handynummer zu übermitteln sowie die Information, daß ich ein Haus gefunden hatte und es ihr zeigen wollte.

»Hast du es schon gekauft?«

»Abgesehen von ein paar winzigen Details sind die Papiere fertig. Würdest du Helena das sagen?«

»Ich kann es ihr sagen.«

»Ich schicke dir Bilder von dem Haus. Könntest du sie Helena dann sofort zukommen lassen?«

»Warum nicht. Wie geht es dir denn sonst so?«

»Fragst du als Ärztin oder als Freundin meiner Frau?«

»Als Freundin deiner Frau.«

»Es geht mir ausgezeichnet.«

»Stimmt nicht.«

»Du sprichst also doch als Ärztin.«

Ich legte auf, schluckte die Tränen hinunter und zwang mich zum nächsten Zug. Ich beschloß, mein zukünftiges Zuhause noch einmal aufzusuchen, bevor ich ein endgültiges Angebot machte.

Taisto spielt eine Stunde mit Reino am Automaten, danach kauft er sich ein Fertiggericht und kehrt zum Haus zurück.

Mir blieben anderthalb Stunden, um das Haus von innen kennenzulernen.

Ich zog den Schlüssel unter der Treppe hervor und schloß die Tür auf.

In der Diele zog ich die Schuhe aus, dann ging ich in die Küche. Auf dem Tisch stand schmutziges Geschirr, daneben lag eine Pfeife. Ich roch an ihr: am Morgen geraucht. Über dem Stuhl hing eine alte Strickjacke, der Farbe nach zu urteilen von der verstorbenen Ehefrau. Auf dem Herd ein Wasserkessel aus matt gewordenem Blech und eine Bratpfanne mit Spiegeleifetzen am Rand.

Ich ging weiter ins Wohnzimmer. Jedes Möbelstück und jeder Gegenstand war mindestens fünfzig Jahre alt. Ich setzte mich auf einen Stuhl, er knarrte. In dem dunklen Regal stand ein verschrammter Fernseher, daneben ein Hochzeitsbild, Taisto und Martta, ernst und bereit, das Land wieder aufzubauen.

Ich stand auf, ging ans Fenster, zog die Gardinen zur Seite. Ihre Haken sträubten sich und machten ein unangenehmes Geräusch. Ich stellte mir vor, daß die beiden hundertmal darüber gesprochen hatten, aber Taisto hatte das einfach nicht in Ordnung gebracht. Ich schmunzelte. So wollte ich mit Helena alt werden: über Kleinigkeiten streiten. Über die großen Richtlinien hatten wir uns längst verständigt.

Ich ging ins Schlafzimmer. Über dem Bett hing eine verblaßte Luftaufnahme von dem Haus. So was wird nicht mehr gemacht. Das Haus sah heute exakt genauso aus wie vor ungefähr vierzig Jahren.

Über dem Bett lag eine geblümte Tagesdecke. Ich legte mich hin und schaute nach oben. Auf den weißen Brettern blinkte die Mittagssonne. Ich stellte mir den Tag vor, an dem das Haus fertig geworden war. Taisto kommt in die Küche, packt Martta von hinten, drückt ihre Brüste, Martta entwischt ihm, Taisto fängt sie ein, mein kleines Frauchen, jetzt haben wir ein Haus, genauso eins wie alle anderen, eigener Herd ist Goldes wert, aus Holz gebaut, aus Zement gegossen, die Zimmer oben machen wir später, vorläufig reicht das Erdgeschoß, komm, wir gucken uns mal die Schlafzimmerdecke an, da glänzt der Lack in derselben Farbe wie dein Haar.

Ich stand auf und ging die Holztreppe hoch. Die vierte und die achte Stufe knarrten. Vor diesen Stufen hatte sich der Sohn gehütet, wenn er von irgendwelchen Abwegen zurückkam. Ich betrat sein Zimmer. Es sah aus, als wäre er erst vor fünfzehn Minuten weggegangen.

Auf einem großen Plakat lächelte Jimi Hendrix, mit Haaren wie nach einem Stromschlag. Darüber hatte es mit Taisto Streit gegeben. Bin ich dafür durch den Feuersturm gerannt, daß du dir Tag und Nacht das Gebrüll von diesem Läusenest anhörst? Ach Alter, verzieh dich. Taisto packt den Jungen an den Haaren und wirft ihn gegen die Wand, sorgt so dafür, daß der Junge auch die nächste Platte kauft.

Ich fragte mich, wie alt der Sohn war. Vielleicht ein bißchen älter als ich, nicht viel.

Was für ein Leben hat er? Wie wohnt er? Reihenhaus. Verheiratet. Geschieden. Etagenhauswohnung. Egal, aber hier, in diesem Zimmer träumt er manchmal davon, wieder das endlose Gerede darüber hören zu dürfen, wie dieses Land gekämpft hat – und das alles, damit du im indischen Baumwollhemd durch den Garten schlurfst, aus der Wäsche guckst wie ein Schaf und die Revolution planst.

Vielleicht ist Taistos Sohn jetzt bei Nokia und knurrt daheim seinerseits eine Schlabberhose an, einen Rumschleicher, aus dessen Ohrenknöpfen es seltsam schäckert: Glaubst du vielleicht, dein Vater leckt bei Nokia Stiefel, damit du dir unnütze Klingeltöne fürs Handy bestellst und dir Spiele aus dem Netz saugst, die bei unserem Heim-PC den ganzen Speicher in Beschlag nehmen? Und stell endlich diesen Scheißrap leiser, damit du hörst, was ich dir sage!

Ganz der Vater. Das indische Baumwollhemd hat er irgendwann gegen italienische, pflegeleichte Hemden mit Kragen ausgetauscht.

Ich schaue in den Garten hinunter, dann öffne ich das Fenster. Darunter ist eine Feuerleiter aus Holz angebracht. Über die hat sich der Sohn zum Rock-Festival davongemacht, und wenn er von dort zurückkam und süßlich roch, packte Taisto ihn an den Haaren und schor ihn mit der Schere. Am nächsten Morgen fuhr der Sohn im geschorenen Zustand zu einem Freund nach Kirkkonummi, um Pilze zu naschen. Die ganze Nacht hörten sie Sitarmusik und sahen rosa Pferde am Horizont.

Ich ging in die Diele hinunter, von der eine Treppe in den Keller führte.

Zwei alte Fahrräder, Hammer, Nägel, Beil, Sägebock, drei Paar Holzski, ein Sessel, eine Wand voll Holzscheite. Ich sprang über undefinierbare Gegenstände hinweg in den Umkleideraum der kleinen Sauna. Eine Bank für drei, ein runder Tisch, darauf eine Decke mit Blumen. An der Wand ein Korb aus Birkenrinde, darin Waschschwamm, Seife und Nagelschere.

Die Sauna war noch warm. Ich prüfte die Ofensteine: ein Hauch von Wärme, gestern wurde hier gesaunt. Ich machte die Ofentür auf. Am liebsten hätte ich Rinde vom Holz gerissen, sie ins Dunkle gesteckt und geblasen.

Ich sah auf die Uhr: auf keinen Fall. Es wäre bloß eine halbe Stunde Zeit für einen Schnellaufguß gewesen.

Ich ging wieder die Treppe hinauf und setzte mich an den Küchentisch. Durch das Fenster blickte man direkt auf die Straße. Von hier aus sehe ich, wenn die Kleine aus der Schule kommt. Hier sitze ich und beschließe, mein Studium fertigzumachen. Hier werde ich alt, und von diesem Stuhl plumpse ich auf den Boden. Ich nahm mein Notizbuch und schrieb auf, was alles repariert werden mußte. Es war nicht viel. Eine große Renovierung würde ich auf keinen Fall machen. An der Konstruktion würde ich nichts ändern, ich würde keine Wände versetzen und keine Fußböden aufreißen. In diesem Land sind schon genug Konstruktionen verändert, Wände versetzt und Böden aufgerissen worden.

Der Makler

In Ylistaro gibt's so einen Brauch, daß, wenn ein Mensch sagt, was er auf dem Herzen hat, man ihm auch zuhört. Ich wünschte, dieser Brauch würde sich auch in der Hauptstadtregion durchsetzen. Wenn ich einmal im Leben, ohne unterbrochen zu werden, zum allwissenden finnischen Volk sprechen dürfte, würde ich folgendes sagen:

Die Firma nimmt als Honorar vier Prozent vom Verkaufspreis einer Wohnung. Von diesen vier Prozent kriege ich 40 Prozent, so kommt mein Gehalt zusammen. Wenn ich also zum Beispiel eine Wohnung für 800 000 Finnmark verkaufe, kassiert die Firma 32 000, davon bekommt unsereiner 40 Prozent, also 12 800 Finnmark. Minus die Steuern. Mein Steuersatz liegt, je nach Einkünften, bei ungefähr 32 Prozent. Mit anderen Worten: Verkaufe ich in der Hauptstadtregion eine Familienwohnung mittleren Preises, bekomme ich dafür 8704 Finnmark auf die Hand.

Ist das viel Geld oder wenig? Ist das zuviel, oder ist das eine korrekte Vergütung für den Arbeitsaufwand?

Wenn ich sage, daß ich im letzten Monat lediglich ein Haus verkauft habe, können alle beruhigt nicken: Der Schacherer schwimmt nicht im Geld. Erzähle ich aber, daß ich bei dem Schneematsch im März die Papiere für vier gleich große Wohnungen ausgestellt habe, winseln alle: Der Schwindler hat dreißigtausend abgesahnt, ohne daß er was dafür getan hat.

Alles, was ich sage, kann gegen mich verwendet werden. Auf der Liste der am meisten geachteten Berufe der Welt steht der Immobilienmakler vor dem Schafhirten. Der Hirte ist der letzte auf der Liste.

Niemand hört zu, wenn ich ganz ruhig erkläre, daß der Immobilienmakler das Rädchen zwischen Verkäufer und Käufer ist, daß der Immobilienmakler erfunden wurde, damit sich die Menschen in so einer großen Sache, wo die Gefühle aufwallen, nicht direkt gegenübertreten müssen.

Niemand hört hin, wenn ich erkläre, immer noch ganz ruhig, daß wir eigentlich keine Wohnungen oder Immobilien verkaufen, sondern Träume. Wenn wir über den Preis verhandeln, verhandeln wir über einen Traum.

Eines verbindet uns mit unseren Kunden.

Das Gefühl.

Vergeßt die Vernunft, dieses auskeimende Überbleibsel der alten Marktwirtschaft, auf das sich ihre Vertreter beim Verkaufen berufen. Die neue Marktwirtschaft funktioniert nicht ohne Gefühl, alles fängt damit an und hört damit auf. Mit Vernunft verkauft man vielleicht einen Rasierapparat oder eine Kaffeemaschine, aber nie ein Haus! Mit Vernunft wird begründet, mit Gefühl wird verkauft.

So geht das, nach Kesämaas Rechenlehre.

Wir müssen den Kunden davon überzeugen, daß seine Gefühlsentscheidung letztlich auf Vernunft beruht. Wir müssen Vernunft und Gefühl so gut miteinander verkleben, daß der Kunde sie am Ende nicht mehr unterscheiden kann.

Beim Hauskauf stehen Vernunft und Gefühl in folgendem Verhältnis:

Die Vernunft vertritt sachgerechte Entwässerungsgräben, das Gefühl den Apfelbaum. Die Vernunft vertritt die gute Verkehrsanbindung, das Gefühl den Johannisbeerbusch. Die Vernunft vertritt das im Vorjahr renovierte Dach, das Gefühl das Eichhörnchen, das es sich in der Dachrinne gut gehen läßt. Die Vernunft vertritt das vorhandene Anbaurecht von dreißig Quadratmetern, das Gefühl die Gartenschaukel mit vier Sitzen.

So. Von diesen Wortpaaren habe ich insgesamt sechzehn Stück gebildet. Durch Variation baue ich mir daraus jederzeit einen Vortrag von einer Stunde zusammen. Leider spreche ich auf Branchenveranstaltungen oft zu Leuten, die schon Bescheid wissen. Aber würde man mir einmal die Hartwall Arena zur Verfügung stellen, dann würde ich dahin sämtliche Schlauberger aus den Tankstellen, Kneipen und Dorfkrügen einladen, die sich immer so allwissend über das Leben von Immobilienmaklern auslassen.

Dann würde ich ihnen erzählen, und zwar nicht mehr in ganz so ruhigem Ton, daß sie doch einfach mal in meine Hosen steigen sollen: Hört ihr euch mal die wirre Quengelei von einem alten Hausherrn an, ertragt den Spott der anonymen Anrufer, die schweißtreibende Feuchtigkeit in dem Dienstwagen ohne Klimaanlage, nehmt sie entgegen, die obskuren Anrufe am späten Abend, versteht den Schmerz des Verkäufers und die Qual des Käufers, überlegt euch mal, wie man ein Haus verkaufen soll, das nur ein großer Scheißhaufen ist, steigt mit einem endlosen Schwall an Kritik im Nacken enge Kellertreppen hinunter, mit diesen blöden blauen Tüten über den Schuhen, und wacht ihr mal jeden Morgen mit dem Gefühl auf, daß euer Gehalt diesen Monat unter fünftausend bleibt, wenn ihr heute oder spätestens morgen dieses Rattenloch nicht zu einem anständigen Preis an einen neuen Eigentümer gebracht habt!

Meine gelben Sommerhosen sind frei, frisch gelüftet. Herzlich willkommen, allwissendes finnisches Volk, steig ein!

Ich schreckte aus meinen Gedanken auf, fuhr an die

Teboil-Tankstelle, stieg aus dem Wagen und seufzte. Donnerwetter, Jarmo Kesämaa, wenn du jetzt schon fast aus deinen Birkenrinden-Schlappen kippst, wie willst du dann bis zu den Weihnachtsfeiertagen durchhalten? Das fragte ich mich, als ich an der Kaffeetheke stand, mit höllischem Koppweh.

Ich nahm mir eine große Apfeltasche und begründete die Wahl vor mir selbst mit meiner Erschöpfung. Das war ein hohles Argument. Ich tröstete mich damit, daß der Termin mit dem alten Hausbesitzer und das Feilen am Kaufvertrag mit Sicherheit die zusätzlichen vierhundertsechsundfünfzig Kalorien verbrauchen würde.

Der Veteran

Im Haus war jemand. Hab ich an der Tagesdecke im Schlafzimmer gemerkt. Jemand hat im Bett von mir und der Martta gelegen.

Ich bin erschrocken und hab sofort die Polizei angerufen. Die nehmen einen nicht ernst, fragen, ob was weggekommen ist. Nein. Dann kommen wir nicht, jedenfalls nicht sofort. Ich hab gebrüllt, wenn ihr nicht herkommt, komm ich zu euch.

Da hat mir der Wachtmeister erklärt, das wäre zwar unerlaubtes Eindringen in den Besitz eines anderen, weil aber nichts weggekommen ist, erfüllt die Tat nicht die Kriterien eines Einbruchdiebstahls.

Warum benutzt alle Welt so komische Wörter?

Er hat wissen wollen, ob es Einbruchspuren gibt und wo er rein ist. Da war ich erst mal einen Moment still, bis mir klar war: mit dem Schlüssel.

Hab ich aufgelegt und mich in den Sessel gesetzt.

Nicht einmal Reino weiß, wo der Ersatzschlüssel ist. Und selbst wenn er's wüßte, warum sollte Reino ohne Erlaubnis hier reinkommen?

Hab ich es diesem Immobilienmakler erzählt? Ich weiß es nicht mehr.

Einmal hab ich den Schlüssel benutzt, weil ich den richtigen nicht gleich gefunden habe.

Aber das hat keiner gesehn.

Hab ich's mit der Angst zu tun gekriegt.

Ich hab mir die Schlummerdecke von der Martta genommen und mich hingelegt. Hab mich aber nicht ausruhen können, die ganze Zeit hab ich denken müssen, daß hier ein Unbekannter gelegen hat. Da bin ich aufgestanden und hab noch einmal kontrolliert, ob was weggekommen ist. Nein. Was hätte man auch mitnehmen sollen. Ich bin in den Keller, da war auch alles an Ort und Stelle. Die Ofenklappe war auf, die laß ich nie auf. Da hat er gesessen, in meiner Sauna, in der Nachwärme. Wenn der Kerl nicht auch noch Holz nachgelegt und sich ein paar Aufgüsse gemacht hat. Wie lang war ich weg? Zwei Stunden. Daß er genau in der Zeit hier war!

Wär ich daheim gewesen, wer weiß, was passiert wäre. Gut, der Körper spielt nicht mehr so mit wie früher, aber kampflos laß ich keinen in die Hütte rein. Ich hab den Stock. Und in der Diele noch einen. Hab ich für die Haschbrüder geschnitzt, weil die Martta manchmal allein war. Obwohl man die Brüder ja nicht schlagen darf.

Reino hat einmal so einem Lausebengel eins übergezogen, weil der an sein Geld wollte. Gut, daß sie den Reino nicht in den Bau gesteckt haben. Also, Reino war auf dem Heimweg, da ist ihm so einer mit glänzenden Augen entgegengekommen. Der hat nach dem Portemonnaie vom Reino gegriffen, da hat ihn Reino an den Haaren gepackt und auf die Straße geknallt, daß sein Schädel gekracht hat. Reino hat ihn aufgehoben, da ist der wieder auf ihn los. Bei denen ist die Schmerzschwelle weg. Die spüren nichts mehr, darum hat der Reino das Ganze noch mal machen müssen. Da ist der Schädel so weit aufgesprungen, daß das schlechte Blut rausgelaufen ist.

Das Glanzauge war siebzehn, sein Vater hat einen Prozeß

angezettelt, und Reino hat das Fernsehen angerufen. Das Fernsehen kam und hat dem Reino Fragen gestellt, die ganze Diele war voll mit Kameras und Zeug, und im ganzen Haus Kabel, aber sie haben's nie gezeigt. Vier Monate haben wir umsonst geguckt.

Die Martta ist viel zu früh gegangen. Jetzt merkt man das. Niemand, dem man erzählen kann, was hier passiert. Obwohl die Martta das schwer mitnehmen würde, und wahrscheinlich würde sie am liebsten gleich zum Bub ziehen. Und beim Verkauf würde sie sich nicht mehr einkriegen. Und furchtbar weinen. Und das wär nicht schön anzugucken.

Ich hab Reino angerufen, er soll kommen. Ich hab Kaffee gekocht, und wir haben uns an den Tisch gesetzt. Reino hat gesagt, er könnte für ein paar Tage oben ins kleine Zimmer ziehen, dann würden wir den Kerl zusammen fertigmachen, wenn er wiederkäme. War ich dagegen. Ich hatte Angst, daß er wiederkommt und Reino ihn umbringt, und das will ich nicht, jetzt, wo das Haus verkauft wird. Für ein Mörderhaus kriegt man nicht viel, so eins gucken die Leute schief an.

Helena

Bei der Arbeit hab ich Briefe in die falschen Fächer gesteckt. Tat gut, mal was Schlechtes zu tun.

Die Polizei meinte, mein Brief über Matti könnte bei eventuellen Ermittlungen hilfreich sein, aber vorläufig würden sie noch nichts unternehmen.

Was hat das zu bedeuten?

Sirkku ist der Meinung, das ist nur zur Bestätigung, die Polizei will auf die Art signalisieren, daß meine Aussage im Präsidium angekommen ist.

Ich blieb an dem Ausdruck »eventuelle Ermittlungen« hängen. Ich roch etwas Boshaftes daran. Ich verlangte eine Erklärung und nannte Einzelheiten zu der Körperverletzung. Die Person am Polizeitelefon reagierte überheblich. Nur mit viel gutem Willen könnte man den Fall gerade mal so als Körperverletzung auffassen, und höchstens als leichte. Mein Fall wäre wohl eher ein sogenannter Ausrutscher. Und kaum wurde ich ein bißchen laut, hieß es, der Grund für einen Schlag wären oft zwei Wörter.

Da stand ich plötzlich als die Schuldige da! Wäre Sini nicht dabeigewesen, hätte ich der Polizei eine Menge zu sagen gehabt.

Wir sind jetzt hier in einer Sozialwohnung in Vantaa, und das ist nicht gerade das, was ich mir vom Leben erhofft habe.

Wenn ich aus dem Fenster gucke, sehe ich sieben Fenster,

die genau gleich sind, Hauseingänge gibt es für alle Buchstaben des Alphabets. Früher hatte ich nichts gegen Beton, jetzt schon. Den Himmel sehe ich nur, wenn ich den Stuhl vor die linke Hälfte des Küchenfensters rücke. Letzte Nacht saß ich drei Stunden dort. Statt des Schlafs kam ein Mann. Egal, woran ich dachte, er stellte sich davor. Ein Mann kann ein Fenster und den Himmel verdecken und einem den Schlaf rauben. Obwohl er gar nicht hier ist. Obwohl er sich in Einfamilienhaussiedlungen und im Wald herumtreibt. Obwohl er schon lange nicht mehr der Mann war, in den ich mich verliebt habe.

Ich fragte mich, was gewesen wäre, wenn die Faust nicht aus dem Dunkeln auf mich zugeschossen wäre.

Sirkku meint, es wäre sinnlos, über so was nachzudenken. Die Faust ist gekommen, und es werden weitere Fäuste kommen. Ihr allwissendes Gezeter ermüdet mich. Das hab ich ihr gesagt, da war sie sauer und ist gegangen.

Als Sini endlich schlief, habe ich den Stuhl wieder vor die linke Fensterhälfte gerückt. Der Himmel war nicht richtig dunkel. Die Tausenden von Lichtern in der Stadt lassen weite Teile gelblich scheinen. Ich dachte, irgendwo dort draußen rennt er, hält an, schnauft und überlegt. Er ist eine Maschine, er bleibt erst stehen, wenn der Motor kaputtgeht.

Bei Mangel an Beweisen fahren wir woanders Streife. Hat die Polizei gesagt.

Und Beweise gibt es keine.

Ich bete, daß er noch einen Fehler macht, sonst hört das hier nie auf. Das hier? wollte die Polizei wissen, und ich konnte es nicht erklären. Einer, der eine bedrückte Stimmung erzeugt, ist noch kein Verbrecher.

Ich faltete die Hände, zum ersten Mal seit dem Konzert von den Rolling Stones 1995 in Helsinki. Da haben Matti und ich gebetet, daß sie noch ein Stück spielen.

Ich kam mir blöd vor. Eine gottlose Frau aus Vantaa bettelt Gott um eine große Blamage für einen Jogger im Zentralpark an, weil dieser Jogger seine Familie zurückhaben will.

Ich beendete das Gebet und versuchte zu schlafen. Bis zum Morgen schlief ich nicht mehr richtig tief, dann wachte ich vom Ton meines neuen Handys auf. Sirkku war dran und richtete Grüße von Matti aus. Außerdem gab sie mir Mattis Handynummer. Ich konnte dazu nichts sagen, ich machte den Apparat aus und schwankte in die Küche.

Was hat er eigentlich vor? Warum hat er sich ein Handy gekauft? Warum hört er nicht endlich auf? Warum verschwindet er nicht aus der Welt? Wir kommen bestens ohne einen Privatdenker aus, der tagsüber in einem Lager herumgammelt.

Später saß ich mit Sini auf dem Schoß im Wohnzimmer und erschrak, weil es brenzlig roch. Ich hatte die Breiflocken in den leeren Topf geschüttet, sie waren schwarz verbrannt. Sini fing an zu schluchzen, ich zu schreien.

Im Kühlschrank fand ich einen Joghurt, den gab ich ihr, dann rief ich Sirkku an.

Ich versuchte so viel wie möglich aus ihr herauszukriegen. Viel war es nicht. Matti hatte gesagt, das Haus wäre in Maununneva und schön. Ich bin in Vantaa und häßlich. Du bist im Wald und ein Pilz. Warum kaufst du jetzt ein Haus, nachdem uns deine Faust hierherbefördert hat? Du kaufst es gar nicht, du lügst. Die versuchst bloß, uns zurückzubekommen.

Sirkku sagte, ich solle sie nicht anschreien, sie würde das Haus schließlich nicht kaufen.

Ich erlaubte ihr, Matti meine Handynummer zu geben.

Soll er doch anrufen. Soll er mich doch bitten. Soll er doch betteln. Soll er doch angekrochen kommen, verdammt noch mal, ich rufe ihn nicht an.

Sini wollte wissen, warum ich mit mir selber rede. Tu ich nicht. Tust du doch, beharrte sie. In unserm früheren Zuhause hast du auch nicht gesprochen, aber jetzt tust du das oft. Ja. Was hast du da in der Hand, fragte Sini. Das Telefon, antwortete ich. Was macht die Mama? Die Mama hat Sirkku angerufen. Ruf den Papi an, Mama. Nein. Ruf an. Nein. Warum nicht? Ich trau mich nicht. Das heißt, ich trau mich schon, aber ich will nicht. Hat der Papi auch so eins? Ich glaub nicht. Früher jedenfalls nicht. Bringt der Weihnachtsmann dem Papi so eins? Nein. Warum nicht? Hör mal, du verdammte Göre, jetzt stellst du mir mal fünf Minuten keine Fragen mehr!

Ich warf Sini auf die Couch.

Da war sie stumm. Ich nahm sie wieder auf den Schoß und legte die Arme um sie. Man sah nur noch ein bißchen blondes Haar. Sie zitterte, und ich guckte aus dem Fenster, auf die Wand vom Haus gegenüber und durch die Wand hindurch in ein Zimmer wie dieses, wo eine mittelalte Frau wie ich ein Kissen im Arm hielt und wünschte, das Kissen wäre ihr Kind, das diese Woche bei seinem Vater ist, im hintersten Winkel von Espoo, und erst am Montag kommt es zurück und sagt, beim Papa krieg ich mehr Bonbons als bei dir, und die Frau muß dem Kind erklären, daß sie auch Bonbons kaufen würde, wenn sie mehr Geld hätte, und dann legt sie das Kissen weg, schiebt es sich unter den Kopf und versucht ein bißchen zu schlafen, so wie ich es versuche, weil der Schlaf mich in ein Land ohne Matti bringt, wo niemand ohne die Erlaubnis des anderen alte Häuser kauft, wo niemand mit einem traurigen Kind im Arm in so einem Wohnblock wohnt, wo niemand gezwungen wird, sich vom anderen zu trennen, wo man überhaupt nirgendwo wohnen muß, wo der Himmel das Dach ist, die Erde ist der Boden, die Bäume sind die Möbel, mit den Waldgeistern als Nachbarn lebe ich dort mit Sini, und wir gehen nie mehr von dort weg.

Naßgeschwitzt wachte ich auf. Ich hatte mit Sini im Arm und in unbequemer Haltung zwei Stunden geschlafen. Endlich war ich fähig, den Briefumschlag aufzumachen.

Die Bilder waren so wunderbar, daß mir gegen meinen Willen die Tränen kamen. Wegen Sini machte ich aus dem Heulen durch Räuspern ein Husten.

Das alte gelbe Haus stand auf einem kleinen Hügel, die Beete waren ein bißchen ungepflegt, der Schuppen stand leicht schief, das Grundstück war rechteckig und hatte bestimmt an die tausend Quadratmeter.

Genau von so einem hatte ich Matti erzählt. Viele Jahre vor der Faust.

Damals, irgendwann, in der anderen Welt, in der weichen.

Aber er hat mir nicht zugehört.

Jetzt, wo alles kaputt ist, schickt er mir diese Bilder.

Sini fragt, was das für ein Haus ist. Papis Haus, rutscht mir heraus. Hat der Papi ein neues Haus? Eigentlich nicht. Du hast gesagt, er hat eins. Ich hab mich versprochen. Darf ich da in den Garten gehen? Das geht nicht. Warum nicht, wenn der Papi doch auch da ist? Da ist niemand. Da ist ein Rechen und ein Schubkarren, beharrt Sini. Ich lege die Fotos jetzt weg, sage ich. Die gehören mir! Nein, das sind Mamas Bilder. Ich will auch Bilder, wo Häuser drauf sind. Wir kaufen dir irgendwann welche. Wann irgendwann? will Sini wissen. Irgendwann.

Matti

Ich lief zu meinem Haus.

Oksanen kauerte in einem Beet. Ich blieb hinter ihm stehen und räusperte mich.

Er erschrak dermaßen, daß er auf den Rücken kippte. Ich reichte ihm die Hand, widerwillig nahm er sie. Ich zog ihn hoch.

»Ich bin der Jogger, Sie erinnern sich doch.«

Oksanen fand sein Gleichgewicht wieder.

»Und weiter?«

»Ich will das Haus kaufen. Ich habe auch Handgeld dabei.«

»Das geht über einen Makler. Nächste Woche ist die erste Besichtigung.«

»Ich kann es Ihnen direkt abkaufen. Da brauchen Sie keine Maklergebühr zu bezahlen.«

»Ich hab keine Lust, das Ganze noch komplizierter zu machen. Ruft in der Firma an, bei diesem Kesämaa.«

Ich sagte lautlos »Scheiße« und zeigte ihm die Tüte mit den Hefeteilchen.

»Wir können ja drinnen Kaffee trinken und das Ganze unter Männern besprechen.«

»Jetzt nicht.«

»Mir wäre es wichtig, das Haus direkt von einem Frontkämpfer zu kaufen, ohne Zwischenhändler.«

»Woher weißt du, daß ich an der Front war?«

»Das sieht man doch aus einem Meter Entfernung. Mit gutem Gerät auch von weiter weg.«

»Was?«

»Nichts. Dieser Makler nimmt mindestens fünfundvierzigtausend. Die könnten Sie sparen, wenn Sie direkt an mich verkaufen.«

»Ich kann dazu jetzt nichts sagen … da ist ein Vertrag gemacht worden …«

»Ich kann auch Papiere ausfüllen. Wir machen einen offiziellen Kaufvertrag. Dann kann ich in dem Büro anrufen und sagen, wir Männer machen das jetzt so.«

»Ich kann nicht …«

Oksanen wandte den Blick ab, er wartete darauf, daß ich aufgab.

»Ist doch unnötig, hier alle möglichen Familien antanzen zu lassen, damit sie alles dreckig machen. Wir machen das Geschäft sofort. Das Handgeld hab ich dabei. Und ich kann noch mehr aus dem Automaten holen.«

Oksanen stampfte einen Erdklumpen platt.

»Zahlst du, was auf dem Zettel von Kesämaa steht?«

»Ich habe den Zettel nicht gesehen.«

»Da steht eine Million zweihunderttausend.«

»Ich zahle einen gängigen Preis. Da brauchen wir keinen Kesämaa hineinzuziehen. Dem bedeutet dieses Haus nichts. Mir und dir bedeutet es was, darum machen wir das Geschäft!«

Ich merkte, daß ich lauter geworden war.

Das war ein Fehler.

Oksanen wich zurück, in Richtung Schuppen.

»Denk darüber nach. Ich komme vor der Besichtigung noch einmal vorbei.«

»Ich werde den Zettel nicht umändern. Das kann ich nicht.«

»Ich kann. Wir sehen uns bald. Und eines sag ich dir, Oksanen, die Zimmeraufteilung ist gut, die Kellerräume sind gemütlich. Ich ziehe wirklich gern in dein Haus ein.«

Dann verließ ich das Grundstück.

Oksanen rief mir etwas hinterher, ich drehte mich nicht um und hörte nicht, was.

Als ich meine Wohnungstür aufmachte, bemerkte ich auf dem Fußboden eine Postkarte. Darauf waren rote Rosen auf blauem Hintergrund zu sehen.

»Herzlichen Glückwunsch zum Verlust Ihrer Familie. Wir werden Ihre Angelegenheit – Ihr Pissen und Ihren Hausfriedensbruch, obwohl erstgenanntes Vergehen nicht auf dem Grundstück unserer Hausgemeinschaft begangen wurde – bei der nächsten Eigentümerversammlung zur Sprache bringen. Ich hatte nicht vermutet, daß Rauchen auch die geistige Gesundheit beeinträchtigt. Mit sommerlichen Grüßen, Kaarlo und Leena.«

Ich befestigte die Karte mit einem Reißnagel an der Wand und ging unter die Dusche.

Weg mit der Überdrehtheit, her mit Gelassenheit und Langmut.

Vier Minuten reichten nicht, ich drehte den Hahn auf kalt und las weitere anderthalb Minuten von der Uhr ab. Das half. Ich steckte mir eine Zigarette an, brachte sie zum Abbrennen auf den Balkon, riß ein Bein von der Massagebank ab und donnerte damit so fest ich konnte gegen die Decke. Aufgrund früherer Messungen war ich sicher, daß ich ungefähr auf die Stelle traf, wo ihr Bett stand.

Ich schlug noch vier Mal zu und warf das Bein dann auf den Fußboden.

Ich schaute mir das Bild von Sini und Helena und dem Päijänne an. Das Wasser schien angestiegen zu sein, es sah aus, als wäre der See über den Steg getreten und würde die beiden gleich in die Tiefe ziehen.

Ich rief Kesämaa an, er meldete sich im Auto.

»Such dir einen Rastplatz. Du bekommst ein Angebot für ein Haus, dessen erste Besichtigung nächste Woche stattfindet.«

»Wer ist am Apparat?«

»Der Geldmann klingelt.«

Man hörte es rauschen, kratzen, dann knackste der Blinker, schließlich hörte das Rauschen auf. Ein Feuerzeug klickte.

»Ich stehe jetzt auf einem Parkplatz. Mit wem spreche ich?«

»Mit Seppo Saario.«

»Der Name kommt mir bekannt vor …«

»Ich habe ab und zu angerufen und mich nach verschiedenen Wohnungen erkundigt. Jetzt rufe ich wegen eines Hauses an. Es steht in Maununneva. Ein altes Frontkämpferhaus.«

»Ach das. Leider kann ich eine Privatbesichtigung vor Sonntag nicht mehr organisieren.«

»Das ist kein Problem. Ich weiß, was ich will. Ich will genau dieses Haus kaufen.«

Es folgte Stille.

Ich schnitt sie mit einer Frage ab.

»Weißt du, wer Johnny Rotten ist?«

»Da klingelt jetzt bei mir gerade nichts …«

»Dieser Rotten hat so einen Slogan, er sagt: Er weiß nicht, was er will, aber er weiß, wie er es kriegt. Ich habe diesen Slogan andersherum gelebt und bin jetzt in einer Situation, in der wir gemeinsam den Preis für das Haus in Maununneva so weit drücken müssen, daß ich ihn mit meinen müden Augen lesen kann.«

Kesämaa lachte und erklärte, Heimquadrat habe in diesem Fall schon prophylaktische Maßnahmen ergriffen.

»Wir haben den Preis auf eins Komma zwei Millionen gedrückt. Das ist nach allen Maßstäben, vor allem wenn man die Lage berücksichtigt, eine angemessene Forderung.«

»Ich habe keine Lust, am Handy über das wichtigste Geschäft meines Lebens zu reden. Wir müssen uns treffen.«

Kesämaa blätterte in seinem Kalender und jammerte über seinen Streß. Ich hörte das dünne Papier knistern.

»Jaaa, jaaa, hier ist jetzt nichts mehr frei, vielleicht kommen Sie zu der Besichtigung am Sonntag, da werden wir uns schon auf eine Melodie einigen können.«

»Streich die Seitensprünge und die vorgetäuschten Tennisstunden aus dem Kalender, dann findest du schon Zeit für ein korrektes Geschäft.«

Ich hörte mir das Rauschen zehn Sekunden lang an.

»Ist der Herr Verkaufsberater mit der lockeren Ehe und den Qualitätskrawatten noch dran?«

Nichts.

»Denk noch mal gut über den endgültigen Preis nach, mein Lieber. Häuser kommen und gehen. Dafür lohnt es sich nicht, eine Ehe zu zerstören.«

Immer noch nichts, offenbar lag Kesämaas Kopf auf dem Lenkrad und das Handy auf seinem Schwanz.

»Du weißt so gut wie ich, daß das Haus von Oksanen nicht so viel wert ist. Da steckt eine Million Helsinki-Zulage drin. Aber weil ich es haben muß, bin ich bereit, dafür neunhunderttausend zu bezahlen. Hast du gehört? Schreib dir das auf!«

Kesämaa ließ das Handy rauschen.

»Sonst muß ich einen Termin mit deiner Merja vereinbaren und ihr die Fotos vom Schiffsterminal und die aufgezeichneten Gespräche aushändigen. Zwing mich nicht dazu. Hörst du?«

Kesämaas Handy kratzte an den Bartstoppeln.

»Na? Sag was! Geht der Deal klar?«

»Wer bist du?«

»Der Geldmann.«

»Warum quälst du mich, ich versuche doch nur, Immobilien zu verkaufen …«

»Und ich versuche nur, für meine Familie ein kleines Haus in schlechtem Zustand zu kaufen. Wir sollten uns in dieser gemeinsamen Sache näherkommen. Außerdem bin ich dir schon entgegengekommen. Würde das Haus nicht in Helsinki, sondern in Parkano stehen, würde es höchstens dreihunderttausend kosten, und ich bin bereit, neunhunderttausend zu bezahlen.«

»Ich kann nicht … das ist unmöglich … mein Kopp …«

»Ich mach dir kein Aua, ich mach dir ein Angebot.«

»Von eins Komma zwei auf neun, das ist …«

»Das ist die Luft im Preis. Sauerstoffreiche, saubere finnische Sommerluft. Machen wir das nicht größer, als es ist.«

»Ich kann nicht.«

»Laß den Preis auf Nachkriegsniveau sinken, oder ich geh von hier aus direkt zu Merja!«

»Wer bist du?«

»Der Geldmann.«

Ich legte auf. Ich hatte ihn die Nummer sehen lassen, er rief sofort zurück.

»Kesämaa hier. Einigen wir uns darauf, daß ich mir den Preis noch einmal ansehe.«

»Aus welcher Entfernung willst du ihn dir denn anschauen?«

»Ich sehe ihn mir noch einmal an.«

»Ruf mich spätestens morgen unter dieser Nummer an. Ich habe die Bilder und die Aufnahmen.«

Ich hörte dem Rauschen zu.

»Ich höre es rauschen, du versuchst herauszufinden, wem diese Handynummer gehört. Mir jedenfalls nicht. Mir gehört nur dieses Haus.«

An der Kasse des Fitneßstudios bat ich um eine Quittung.

Ich zog mich um, stopfte die Kleider in die Tasche und ging in den Trainingsraum. Ich absolvierte ein paar Serien und ging durch den Flur zur Hintertür. Sie öffnete sich zum Sommer hin.

Die Schrauben an der Regenrinne zerschrammten mir Waden und Arme.

Ich schwang mich auf den Balkon, das Holzspalier brach.

Auf allen vieren kroch ich ins Schlafzimmer, zog die Vorhänge vor und stand auf. Das Schlafzimmer war sauber, sogar die Fransen an den Teppichen waren ausgerichtet. Die Bewohner dieser Wohnung wußten, worin das Leben bestand und wie man es zu leben hatte. An der Wand hing ein Zierteppich: Aus der Tiefe des Waldes trat ein Elch an die Quelle. Ich war dieser Elch, auch ich hatte Durst.

Ich ging in die Küche und machte den Kühlschrank auf.

Noch nie hatte ich so viele Milchprodukte gesehen. Käsesorten, Halbgefrorenes, Milchvarianten, Joghurts, Brotaufstriche. Ich hatte ein Überflußproblem. Am liebsten hätte ich alles aufgegessen. Aber ich beherrschte mich. Ich schnitt zwei verschiedene Käse an und lud den Toaster mit Brot.

Erst als ich am Tisch zur Ruhe kam, fiel mir auf, wie groß mein Hunger war. Ich holte mir noch eine Literpackung Joghurt aus dem Kühlschrank und trank sie halb aus. An der Kühlschrankwand bemerkte ich einen Block mit blauen Karos, auf dessen oberem Rand mein Name stand. Ich riß den Block von der Wand und las den Lauf meines Lebens. Jeweils mit Datum und Uhrzeit garniert, machte das Ganze einen griffigen, aber einseitigen Eindruck. Laut der Notizen bestand mein Leben ausschließlich aus Zigarettenrauchen.

Unter die letzte Eintragung schrieb ich: »Stieg aus seiner eigenen Wohnung in die Höhe, so weit hinauf, wie man im Leben kommen kann, direkt in die Wohnung eines Qualitätsprüfers. Rauchte drei Zigaretten im Wohnzimmer, eine im Arbeitszimmer, absolvierte zwei Bauchmuskelserien, aß gut, ging einen Hauskauf abwickeln.«

Ich strich meinen Eintrag durch, bis er unleserlich war, dann hängte ich den Block wieder hin und ging ins Arbeitszimmer.

Ich hatte es geahnt.

Unten am Bildschirm klebte das Paßwort, wegen der pubertären Familienmitglieder.

IVtoHGYd.

Die E-Mails gingen auf, ich steckte mir eine an.

Ich schickte einen Brief gleichen Inhalts an alle Beteiligten, auch an den Firmenchef.

Darin beschrieb ich kurz die gesellschaftliche Situation, die Ethik seiner Firma, das Verhältnis von Kesämaa und Sanna, die Immobilienpreise und wie schwer es einem gewöhnlichen Qualitätsprüfer von Milchprodukten falle, zu verstehen, daß ein Mitarbeiter von Heimquadrat Objekte von anderthalb Millionen umgangssprachlich als Tschernobyls bezeichne. Schließlich bedauerte ich, daß ich schon in diesem Alter meine Blase nicht mehr kontrollieren konnte.

Die Asche fiel auf die Tastatur, ich blies sie zu einem grauen Flaum über den Tisch.

Ich machte den Computer aus und steckte die Kippe in einen Blumentopf.

Dann ließ ich mich im Wohnzimmer auf dem Fußboden nieder, um die Bauchmuskelserien zu absolvieren. Mein Puls stieg auf 135. An die Decke war ein Stern gemalt. Ich beschloß, die Übung so lange zu machen, bis ich den Stern nicht mehr sah. Bei zweihundertsiebzig trübte sich mein Blick.

Ich verschnaufte drei Minuten, setzte mich in einen Sessel und steckte mir eine Zigarette an. Es war befreiend, drinnen zu rauchen, seit Mitte der achtziger Jahre war ich in keiner einzigen Privatwohnung mehr gewesen, in der man rauchen durfte. Im Land war ein Stamm von Balkonrauchern herangewachsen.

In aller Ruhe rauchte ich zwei weitere Zigaretten und skizzierte den Frontverlauf. Ich hatte viel zu lang mein Gesäß im Stellungskrieg entsaftet, jetzt, da endlich die Sonne aufging, machte ich mir Sorgen um meine Einsatzbereitschaft.

Ich drückte die Zigaretten im dicken Teppich aus und kesselte ein, was ich hatte und was nicht.

Ich hatte hunderttausend Finnmark Handgeld für ein Haus von über einer Million.

Ich hatte eine glänzende Kondition und einen festen Willen.

Ich hatte Informationen über alle, die auf die eine oder andere Weise mit all dem hier zu tun hatten.

Ich hatte die Bereitschaft, auf dem Weg ins Licht jede physische und psychische Belastung zu ertragen.

Nachdem ich diese Fakten anerkannt hatte, stand ich auf, öffnete die Tür, schloß sie hinter mir und ging in meine Wohnung hinunter. Ich packte meine Sachen in den Rucksack, zuoberst eine Garnitur Unterwäsche und das

Bild von Sini und Helena. Den Rucksack schob ich ganz hinten in den Schrank.

Ich verließ die Wohnung auf Strümpfen, die Schuhe in der Hand. Durch den Keller ging ich in den Hinterhof, rannte unter den Bäumen hindurch auf den Fußweg und von dort in den Wald. Am Sprungschanzenhügel holte ich mir schnellen Schweiß, dann rannte ich zwei Kilometer so schnell ich konnte und kehrte zur Wohnung zurück, diesmal von vorne.

Ich stellte mich ans Fenster, um mir das Schauspiel anzusehen, das ich geschrieben und inszeniert hatte.

Der Makler

Wenn man in der Ebene steht und zu lang nach oben guckt, löst man sich bald in dieser Helligkeit auf. Man muß eine Scheune fokussieren, sonst wird einem schwindlig. Das hat mir der Vater nicht gesagt, da hab ich selbst drauf kommen müssen, an einem heißen Sommertag vor zwanzig Jahren. Da begriff ich, daß die Welt nicht so ist, wie sie aussieht. Wäre sie es, wäre die Arbeit eines Verkäufers einfach und klar.

Das hab ich versucht den jüngeren Kollegen einzutrichtern. Gestern haben wir dafür ein konkretes Beispiel bekommen. Ich hätte um jeden Einsatz wetten können, daß hinter den Störanrufen ein verbitterter, alkoholisierter städtischer Mieter steckt, aber was war? Ein Familienvater aus dem Mittelstand, der seine Eigentumswohnung abbezahlt hat, ist uns da per E-Mail auf den Pelz gerückt. Was lernen wir daraus? Die Welt ist nicht schwarzweiß, sie hat mehr Farben, als der Regenbogen je haben wird.

Als ich die Mail auf dem Schirm hatte, rief ich sofort Merja an. Jetzt konnte ich ihr den Kopf der Bestie präsentieren und gleichzeitig meine Hände von dem Kuddelmuddel mit der Krawatte und dem Fehltritt beim Schiffsseminar rein waschen. In dieser Hinsicht kam der Verrückte wie auf Bestellung. Merja mußte mir einfach glauben, denn alle hatten dieselbe Nachricht bekommen.

Der Verrückte hat mein Leben wieder ins Gleichgewicht gebracht, und ich hatte schon gedacht, es gleitet mir aus den Händen.

Mit was für einem dünnen Garn alles gewebt ist! Wie zerbrechlich ist das, was man für hart gehalten hat!

Darüber habe ich mit Riitta-Maija und Sutinen gesprochen, als wir die E-Mail erhalten hatten. Wir ließen uns einen wohlverdienten Kaffee durchlaufen.

Es war wichtig, den mentalen Druck abzulassen, mit dem uns der Anrufer aufgeladen hatte. Wir hatten gelernt, mit schwierigen Kunden umzugehen, aber mit klassischen Verrückten hatten wir nicht ausreichend Erfahrung. Wenn die Bedrohung Name und Adresse hat, wird sie zu einer normalen Polizeiangelegenheit.

Riitta-Maija brachte einen neuen Gesichtspunkt in die Diskussion, als sie uns einen Artikel zeigte, den sie aus der Zeitschrift *Der Siedler* ausgeschnitten hatte. Darin ging es um die psychische Struktur von Wohnblockbewohnern. Ein Psychologe hatte eine interessante Theorie aufgestellt über Zeitbomben, die in den Wohnblocks schwelten. Meiner Ansicht nach gehörte unser E-Mail-Kunde genau zu dieser Risikogruppe. Riitta-Maija sah darin kein Problem, sie sah den Markt: Leute mit diesen Symptomen muß man mit Zuversicht erfüllen, und wenn die Gesellschaft das nicht tut, ist es unsere Pflicht, es wenigstens zu versuchen. Jetzt ist die Schwelle zwischen Betonblock und Holzhaus viel zu hoch. Riitta-Maija ereiferte sich. Wir könnten aus unserem Kundenregister die Personen heraussuchen, die zur Risikogruppe gehörten und ihnen die Möglichkeit geben, den Alltag im Einfamilienhaus kennenzulernen.

Riitta-Maija war schon beim zweiten Plunderstück, als Oksanen anrief.

Er erzählte aufgeregt was von zwei Typen. Der erste war

während seiner Abwesenheit im Haus gewesen, und der andere hatte halb mit Gewalt das Haus kaufen wollen.

Endlich einmal konnte ich das ganze Gebrabbel mit Fakten ersticken. Ich sagte ihm, wir wüßten, wer der Käufertyp sei, der hätte uns nämlich eine E-Mail geschickt, die nicht druckreif war. Oksanen beruhigte sich, geriet aber wieder in Rage, als er von dem unerlaubten Besuch berichtete. Ich versprach ihm, die Polizei darauf hinzuweisen, daß der Einbrecher mit dem E-Mail-Versender identisch sein könnte. Oksanen wollte Name und Adresse, aber ich gab sie ihm nicht.

Alles in allem war es ein Glück, daß dieser Mensch schließlich freiwillig aus dem Gebüsch kam. Ich muß gestehen: Eine gewisse Sympathie habe ich für den Schlingel. Er repräsentiert den Mittelstand, ohne den dieses Land das reinste Albanien wäre. Ich kann mir vorstellen, was es für eine Qual bedeutet, in einer längst abbezahlten Eigentumswohnung zu wohnen und zu überlegen, wie viele Jahre muß ich noch die Qualität von Milchprodukten prüfen, bis ich am Rand des Zentralparks mein eigenes Dach über dem Kopf bekomme. Wie viele Abende noch führe ich den Hund zum Pissen aus und gehe dabei an den Häusern vorbei und rechne und rechne und rechne, und nie reihen sich die digitalen Ziffern auf meinem Taschenrechner so schön aneinander, wie sie müßten …

Ich tauchte so tief ins Bewußtsein von diesem Kaarlo ein, daß ich beschloß, ihn anzurufen, wenn das ganze Durcheinander einmal geklärt ist. Vielleicht finden wir für ihn sogar ein renovierungsbedürftiges Häuschen zu einem erschwinglichen Preis.

Unter günstigen Umständen kann aus einem Opfer der Verhältnisse ein zahlender Kunde werden.

Die von oben

Nachdem ich die Tür geöffnet hatte, mußte ich schnellstmöglich die Treppe hinunterrennen und Leena verbieten, in die Wohnung zu kommen.

Sie stellte die Einkaufstüten ab und sah mich mit weißem Gesicht an.

»Was ist?«

Ich berichtete ihr von dem Geruch.

Leena sank in sich zusammen. Ich nahm die Tüten und führte sie zur Gartenschaukel.

Wir setzten uns.

»Jetzt bleib erst mal hier sitzen, Liebling. Das wichtigste ist jetzt, die Fassung zu bewahren und genau zu überlegen.«

Leena zitterte, ihr kamen die Tränen, sie schluchzte laut und verwünschte die Art, wie wir mit dem Raucher umgegangen waren. Ihrer Meinung nach waren wir schwer gescheitert. Wir hatten versucht, ihn auszuräuchern, und was war das Resultat? Rauch in unseren eigenen vier Wänden.

Ich schämte und ärgerte mich zugleich. Das war eine tödliche Kombination.

Ich mußte meine Frau zum Schweigen bringen und die Wohnung rauchfrei kriegen.

Ich mußte wissen, ob er drin war oder nur der Rauch.

Leena zitterte.

»Was wird jetzt mit den Steaks, hier in der Sonne werden sie schlecht, was machen wir jetzt, Kaarlo?!«

Mir kamen schreckliche Dinge in den Sinn, am liebsten hätte ich Leena das blutige Fleisch in den Mund gestopft, damit sie wenigstens die Schnauze hielt. Mitten im Hof der Hausgemeinschaft, unter den Fenstern dreier Häuser, und das, wo ich im Vorstand der Eigentümergemeinschaft bin. Mit Hilfe dieser drei unwiderleglichen Fakten gelang es mir, mein Verlangen auszudrücken.

Im Kopf entwarf ich einen raschen Handlungsplan.

»Du bleibst auf der Schaukel. Ich gehe hinein. Falls er drinnen ist, fliehe ich. Falls nicht, rufe ich die Polizei an.«

Leena verfiel ins Weinen, ihre Stimme stieg an.

»Hör sofort auf, oder ich ...«

»Was?«

»Nichts, ich gehe jetzt.«

Ich ging die Treppe hinauf, das Herz sprang mir aus dem Hemd.

Ich machte die Tür auf, der Geruch drang mir in die Nase, ich lauschte.

Der Kühlschrank brummte und ruckte. Vorsichtig ging ich ins Wohnzimmer, der Teppich hatte Falten. Dort sah ich die ersten Zigaretten, drei Löcher waren in den Teppich gebrannt. Ich schlich ins Arbeitszimmer, der Computer war angeblieben.

Ich seufzte: »Scheiße.« Das Schimpfwort befreite die Wohnung, machte sie wieder zu unserem Eigentum. Ich schaltete den Computer aus und ging in die Küche.

Der Anblick war unvergleichlich.

Er hatte sich in unserer Küche hemmungslos verköstigt, womöglich waren es sogar mehrere Personen gewesen, allesamt schwere Raucher, die sich um nichts scherten.

Es schnürte mir die Kehle zusammen und brannte in den

Augen. Seit dem Jahr 1995 hatte ich nicht mehr geweint. Damals brachte unsere Eishockeymannschaft die lang ersehnte Goldmedaille nach Hause und machte dadurch endlich Schluß mit dem Leiden bei internationalen Turnieren. Ich konnte mich mit dem Tränen vergießenden Mannschaftsbetreuer Heikki Riihiranta zutiefst identifizieren. Er sah aus wie ein großer, roter Pickel, aus dem die Flüssigkeit herausgedrückt wird.

Ich blickte in den Hof.

Leena saß auf der schwankenden Schaukel, hielt die Einkaufstüten fest und sah in ihrer Windjacke wie ein Edamer mit roter Rinde aus.

Meine Frau.

Unser Zuhause.

Unsere Küche.

Ich beseitigte die Spuren, sammelte mich und rief die Polizei in Malmi an.

»Hier spricht Kaarlo Rehunen …«

»Gut, daß Sie sich melden. Gerade wollten wir Sie anrufen. Ich bin Hauptwachtmeister Kalliolahti.«

»Ja …?«

»Würden Sie hierherkommen, oder sollen wir bei Ihnen vorbeikommen?«

»Um Himmels willen …«

»Eher um einer irdischen Sache willen.«

»In meine Wohnung ist eingebrochen worden, man hat hier gegessen und geraucht. Meine Frau sitzt völlig erschüttert unten im Hof. Machen Sie sich nicht über mich lustig!«

»Das kann ich mir bei meinem Einkommen nicht leisten. Sie haben vorhin eine E-Mail verschickt, die vorläufig als Geständnis aufgefaßt werden kann.«

Ich ließ den Hörer auf den Küchentisch fallen. Er schaukelte dort einen Moment, dann fiel er auf den Fußboden und vollführte an der Schnur zehn Umdrehungen.

Ich bin dann wohl hinuntergegangen.

Offenbar setzte ich mich auf die Schaukel.

Kann sein, daß ich Leenas Hand nahm.

Ziemlich sicher atmete ich, ziemlich sicher weinte ich, ich weiß nicht, in welcher Reihenfolge.

Die Erde drehte sich, die Schaukel schaukelte.

Nehme ich an.

Matti

Durchs Fenster sah ich sie schaukeln.

Ich hätte gern mitgemacht.

Hii-aaa.

Hii-aaa.

Die Frau gab mit dem linken Fuß etwas Schwung, nicht zuviel, gerade genug, um die Schaukel in Bewegung zu halten. Dem Mann hing der Kopf fast bis auf die Knie, ab und zu hob er ihn so weit an, daß ich den Glanz auf den Wangen und um die Augen erkennen konnte. Er hatte entweder geweint oder direkt in die Sonne gesehen.

Das blaue Auto bog auf den Hof ein, ruhig, ohne sein Licht blinken zu lassen.

Die Frau hielt die Schaukel an.

Zwei Polizisten stiegen aus dem Auto. Sie gingen auf die Schaukel zu. Ich hörte keine Stimmen, es war, als würde ich mir einen Stummfilm ansehen. Die Polizisten redeten mit stillen Menschen. Die Frau antwortete ihnen, der Mann schüttelte unwillig den Kopf.

Die eine Person in Uniform reichte dem Mann die Hand, der Mann wischte sie weg. Da fiel mir Sini ein. Sini hatte mir erst vor kurzem auf dieser Schaukel mit ihrer kleinen Hand auf die Backe geklatscht. Ich erinnerte mich, wie weich sich ihre Hand anfühlte.

Die andere uniformierte Person sprach zu der Frau. Die

Frau nahm einen Saftkarton aus einer Einkaufstüte, machte ihn auf und reichte ihn ihrem Mann. Der Mann trank aus der Packung, mit zitternden Händen, der Saft lief ihm aufs Hemd, er sah aus wie ein Säugling, dessen Motorik gestört ist.

Die Polizisten schauten aufs Haus, einer von ihnen zeigte mit dem Finger auf die Fenster. Ich drückte mich an die Wand und spähte durch den Vorhangschlitz. Die Polizisten zogen den Mann unter den Achseln hoch, er war vollkommen schlaff. Die Frau nahm die Einkaufstüten, ein Polizist bot ihr seine Hilfe an, aber die Frau stieß ihn weg. Sie kamen auf das Haus zu.

Ich nahm den gelben Zettel, den ich geschrieben hatte, klebte ihn an die Tür und rannte die Kellertreppe hinunter. Unmittelbar bevor die Truppe ins Treppenhaus polterte, konnte ich die Tür schließen. Ich öffnete sie einen Spalt und hörte ein hallendes Gespräch.

Die Frau weinte, der Mann stammelte.

Die Polizei sprach ruhig und druckreif, sie betonte, daß niemand verletzt worden sei und ein Ersttäter für Hausfriedensbruch höchstens ein Bußgeld bekomme. Ich konnte noch hören, wie der Mann sich zappelnd wehrte, wie er meinen Namen rief und an meiner Tür kratzte. Auch die eine oder andere Wohnungstür wurde aufgemacht.

Ich wartete ab, bis es still war.

Dann ging ich zu meiner Tür hinauf, hob den heruntergerissenen gelben Zettel vom Boden auf und betrat die Wohnung.

Ich machte klassische Musik an, um die Stimmen aus dem oberen Stockwerk nicht zu hören. Sie drangen aber durch die Streicher und Blasinstrumente. Ich schaltete das Radio wieder aus und konzentrierte mich auf das Schauspiel, das sich in ein Hörspiel verwandelt hatte. Die Hauptfigur konnte sich einfach nicht zurückhalten, obwohl ich als Regisseur der Meinung war, daß man Zorn dosieren und Gefühle reifen lassen sollte. Nicht so lange wie einen Käse, aber fast. So ein Feuer der Gefühle, so eine unspezifizierte Präsentation von Wut verrät nur, daß sich die Hauptfigur ihrer Sache nicht sicher ist.

Die Polizisten waren der gleichen Auffassung. Einer von ihnen rief einen langen Satz so laut und deutlich, daß es danach still wurde.

Diese Pause verlieh dem Hörspiel einen wunderbaren Rhythmus.

Und gab der Hauptfigur Zeit, sich zu beruhigen. Aber sie hatte nichts gelernt, sondern randalierte weiter. Ich hörte einzelne Wörter.

Saukerl ... Raucher ... Da kommt ihr, einen unschuldigen Mann ... So eine Sauerei ... Dieser Saukerl ... Da unten ... Hier ...

Die Hauptfigur wiederholte sich. Sie hatte die Bedeutsamkeit der Langmut nicht verinnerlicht.

Schließlich hörte sie auf.

Oder sie wurde zum Schweigen gebracht.

Das Hörspiel war unterbrochen.

Ich wußte, gleich würde es in meiner Wohnung weitergehen.

Der Veteran

Ich mach nicht sauber. Reche auch keine Blätter zusammen. Räum den Spaten nicht weg. Auch nicht den alten Teppich in der Diele. Den Aschenbecher laß ich auf dem Fensterbrett stehn. Und wenn jemand über was mäkelt, hol ich Asche aus dem Ofen und streue sie auf der Treppe aus.

Der Bub war mit seiner Frau hier, sie haben mir mitgeteilt, in welchem Zustand ihrer Meinung nach ein Haus vor der Besichtigung zu sein hat. Als würde hier ein Palast verkauft.

Alle haben sie massenweise Meinungen.

Martta hatte eine. Damit ist sie vierundsiebzig Jahre zurechtgekommen. Sie war der Meinung, wenn man einen Mann drei Stunden am Tag in Ruhe läßt, bleibt der Mann in Schuß. Eine gute Meinung. Die braucht man nicht mitten im Leben zu wechseln.

Ich verstehe nicht, warum es so viele Meinungen geben muß. Ich könnte mir auch welche ausdenken und sie dem Bub und seiner Frau vortragen, aber was hätte das für einen Sinn. Ich habe zwei Meinungen, die eine hab ich der Martta vorgetragen, die andere dem Reino.

Der Martta hab ich im Jahr einundfünfzig gesagt, als wir das Gemüsebeet angelegt hatten, wenn man jeden Tag Zwiebeln ißt, wird man nicht krank.

Dem Reino hab ich Ende der sechziger Jahre gesagt, wenn die Jugend zum Langlauf dieselbe Einstellung hätte wie zum

Kommunismus, hätten wir bei internationalen Meisterschaften keine Probleme.

Virén ist auf der Liste der Konservativen ins Parlament durchmarschiert, nachdem er seinen Lauf gelaufen war, daran hat mich Reino immer erinnert.

Aber das mit den Zwiebeln ist hieb- und stichfest.

Ich hab den Bub und seine Frau aus dem Haus gejagt und gesagt, alles soll sein, wie es die Martta gewollt hat. Die hat immer gleich Geschrei gemacht, warum ich alles auf den Kopf stellen müßte, wenn sie mal weg war und ich ein bißchen was umgestellt hab. Der Bub war der Meinung, zumindest den Kadaver von dem Lada hinter dem Schuppen müßte man fortschaffen. Er könnte das mit seinen Arbeitskollegen erledigen. Hab ich nicht erlaubt. Das ist kein Kadaver. Reino sagt, für die Reifen kriegt man von einem Russen leicht zweihundert, wenn man ein Inserat in der *Gelben Börse* aufgibt. Die Heizung kann man ans Technikmuseum verkaufen, als Überrest aus einer Zeit, als man im Auto noch jede Kälte ausgehalten hat.

Der Makler hat angerufen und gefragt, wo ich am Sonntag um 13.30 Uhr zu sein gedenke. Da hab ich ihn nach seinem Alter gefragt. Das gehört doch nicht hierher, hat der Grünschnabel gemeint. Gehört es doch. Wenn du älter bist als ich, hast du das Recht, mich zu fragen, wohin ich gehe und woher ich komme. Da war er kleinlaut, der Bursche. Er hätte mich bloß an die Abmachung erinnern wollen, daß ich dann nämlich woanders sein soll. Ich hab zugestimmt, aber bei mir beschlossen, daß ich nirgendwo hingehe, jetzt, wo sie den Verrückten geschnappt haben, erst recht nicht.

Genau der Mann war nämlich hier, das ist sicher. Angeblich einer in Amt und Würden, und auch noch höheren. Aus dieser Welt wird man nicht schlau, das war früher anders. Heutzutage sind die Feinde nicht mehr zu erkennen. Alle ziehen sich gleich an, diese Jogger und Spaziergänger, du kannst den Protz nicht vom Proleten unterscheiden.

Reino bringt mir den Viki rüber, als Beschützer und damit ich Gesellschaft hab. Zuerst war ich dagegen, aber dann hab ich mir gedacht, den Hund kennst du, warum nicht. Reino kommt dann am Sonntag und nimmt den Spitz nach der Besichtigung wieder mit.

Die Träume waren wieder da.

Die gefallen mir nicht, weil sie praktisch gelogen sind. Aus dem gleichen Grund kann ich mir auch diese Filme und Serien im Fernsehen nicht angucken. Weil man die ganze Zeit weiß, da hat einer an der Schreibmaschine gesessen und sich alles ausgemalt.

Die Martta hat immer davorgehockt. Ab halb sieben oder ab halb acht. Manchmal hat sich's mit den Nachrichten überschnitten, da hab ich sie freundlich drauf aufmerksam gemacht. Was ich nicht verstehen kann, ist, daß manche von den Ausmalern sogar Männer sind. Männer, die so was erfinden, Donnerkeil! Wär mein Bub in so eine Branche gegangen, würd er bei mir sonntags keinen Kaffee kriegen, das ist sicher.

Sogar Kriege denken die sich aus. Wer mal in einem war, kann sich das nicht angucken. Einmal hab ich ans Fernsehen geschrieben, sie sollen mir die Namen von denen geben, die sich das Märchen ausgedacht haben, sie haben sie mir aber nicht geschickt, wahrscheinlich hatten sie Angst, daß Reino und ich ihnen einen Besuch abstatten.

Als die Martta gegangen war, hatte ich in der Woche mindestens fünf Träume. Dann war Pause. Und wegen dem Gezänk mit dem Haus hat es wieder angefangen. Jedesmal kommt die Stelle vor, wo ich mit der Martta im Einkaufszentrum bin und die Einkaufswagen nicht auseinanderbringe und das Geldstück nicht in den kleinen Schlitz stecken kann.

Und jedesmal werde ich wach, wenn mir der Detektiv vom Einkaufszentrum auf die Schulter tippt und sagt, man darf die Wagen nicht mit Gewalt auseinanderreißen.

Ich werde diese Träume schon totkriegen.

Ich hab nämlich beschlossen, wenn sie noch einmal kommen, schlaf ich nicht wieder ein. Ich bleib wach, bis sie nicht mehr können. Mit so einem Traum werd ich ja wohl noch fertig werden, schließlich bin ich im Krieg gewesen. Die Frau vom Bub hat gesagt, Träume tun dem Menschen gut, sie reinigen das Unterbewußtsein. Als hätte ich so was, ein einfacher Mann. Die Studierten, die haben so was, und so ist mir's auch recht. Je weniger Teile man im Kopf hat, um so leichter kommt man klar.

Ich sitze hier, hab mir die Schlummerdecke um die Schultern gelegt und hol mir daraus den Geruch von der Martta.

Die Staatsgewalt

Man muß sich erst verlaufen, dann findet man den Weg zur Sauna am sommerlichen See. Diesen müden, melancholischen Satz habe ich vor einer halben Stunde im Dienstwagen von mir gegeben. Kohonen hat nur geschnaubt, er ist für strikte Sachlichkeit und beugt sich vor nichts Menschlichem. Für eine Sekunde habe ich Luoma vermißt, der Urlaub hat. Kohonen hätte am liebsten beide Männer in den Käfig gesperrt, obwohl der eine in seinem ganzen Leben nichts getan hat außer atmen.

Nach den beiden Hausbesuchen war ich in einem matten, undefinierbaren Zustand. Wir hatten zwei Männer kennengelernt, die übereinander im selben Haus wohnen. Der eine redet dichterisch, der andere wirres Zeug.

Als Polizist schätze ich Klarheit über alles, aber diesmal sah ich die Welt nur im Rückspiegel, und ich mußte eine Dreiviertelstunde hineinstarren.

Die erste Viertelstunde kapierte ich von der ganzen Geschichte überhaupt nichts, die zweite Viertelstunde mußte ich die Leute besänftigen, und erst in der dritten Viertelstunde konnte ich das tun, was ich gelernt habe und worin ich gut bin: logisch denken.

Zuerst der Fall Rehunen.

Verliert ein Mann aus der Mittelklasse den Verstand, wird er ein Arschloch. Gewohnheitsverbrecher sind eindeutige

Fälle, Arschlöcher von Amts wegen, das ist ihr Beruf. Aber diese Amateure sind problematisch. Der Mann hat die ganze Zeit seinen gesamten Wortschatz eingesetzt, um zu beweisen, daß er in seinem ganzen Leben noch nichts Unrechtes getan hat. Als würde uns das interessieren.

Außerdem ist es gelogen, egal, wer es sagt. Kohonen hielt die Frau und die warm gewordenen Rippchen fest, da konnte ich endlich sagen, daß uns seine Niederträchtigkeit nicht interessiert, sondern nur, ob er eine E-Mail an eine Immobilienfirma geschickt hat. Niemals, nie, auf keinen Fall. Hinter allem steckt angeblich der Raucher aus dem Stockwerk unter ihm, der, falls man Rehunen glauben darf, so eine Art Nachfolger vom Mädchenmörder Jammu Siltavuori ist.

Wir mußten einen längeren Vortrag über die Folgen des Rauchens über uns ergehen lassen, bis Kohonen das Referat abwürgte, indem er schrie, wenn das nicht bald aufhört, steck ich der ganzen Bande hier eine an.

Der Mann fing an zu stammeln, die Frau zu weinen.

Ich befürchtete, ihr Handlungsmuster könnte sich umdrehen, und versprach, mit dem Raucher von unten zu sprechen. Der Mann bettelte, mitkommen zu dürfen. Kohonen hob die Hand, da sank er auf einen Stuhl. Immer noch ratterte er Einzelheiten über den Raucher von unten herunter. Ich befahl ihm, still zu sein und sich wegen weiterer Maßnahmen zur Verfügung zu halten.

Der komische Kauz ein Stockwerk tiefer machte die Tür für meinen Geschmack viel zu schnell auf, als ob er wüßte, daß wir kommen.

Der Anblick war ernüchternd. Keine Möbel, bloß eine Art Behandlungstisch mitten im Wohnzimmer, die Wände voller Bilder mit Häusern und einer Frau und einem Kind, Telefonnummern, auf dem Fußboden überall Bücher aus der

Bücherei, Laufschuhe und schmutzige T-Shirts, Schmierpapier, Krempel.

An der Schlafzimmertür hing genau so ein Bild, wie ich es an der Tür in diesem Wohnblock gesehen hatte. Ich ließ mir nichts anmerken. Wir teilten ihm die Tatsachen mit. Er bedauerte die Situation im Stockwerk über ihm, so gute Menschen in so einer unangenehmen Lage. Ich glaubte ihm kein Wort, sondern fragte, wo er die letzten drei Stunden gewesen war. Er kramte die Quittung vom Fitneß-Studio viel zu schnell heraus. Ich forderte ihn auf, mir seine Hände zu zeigen, sie waren sauber, als hätte er sie gerade erst gewaschen. Ich bat darum, den Balkon sehen zu dürfen.

Ich blickte nach oben, an der Regenrinne waren keine Spuren zu erkennen.

Ich fragte ihn, wie er es geschafft habe, sowohl seine Hände als auch die Regenrinne sauberzukriegen.

Er lachte und sagte, er verstehe Rehunen, die schwere Arbeit als Qualitätsprüfer koste überraschend viel Energie, vor allem heutzutage, wo man wegen der EU-Direktiven gezwungen sei, die Oberfläche jedes einheimischen Edamers anzustieren wie einen Teich im August.

Ich fragte ihn, was der gelbe Zettel mit der Aufschrift »Ich massiere Leena, sobald ich Zeit habe« an seiner Tür bedeuten solle. Er sagte, er sei im Nebenberuf Masseur und habe ihr Nachbarschaftshilfe gegen ihre verspannten Schultern versprochen.

Kohonen stieß ein »Scheiße« aus und verzog sich in die Küche. Ich beschloß, den Mann näher kennenzulernen, der mir schon durch ein Schreiben seiner Frau empfohlen worden war.

Ich sagte ihm ins Gesicht, daß ich ihn für den wahren Absender der E-Mail hielt und es, falls nötig, auch beweisen würde. Er blieb fest bei seinem Standpunkt und packte seine

Zigaretten aus. Ich bat ihn um eine, er gab sie mir. Ich guckte auf die Marke und sagte ihm, dieselbe Sorte hätten wir in Rehunens Wohnung gefunden. Er lachte und sagte, er hätte sich längst gedacht, daß Rehunen heimlich raucht. Ich entgegnete, ich fände das überhaupt nicht witzig.

Dann fing er an in dieser dichterischen Sprache zu sprechen. In meiner Kindheit hatte ich Schallplatten gehört, auf denen Yrjö Jyrinkoski und Ella Eronen Gedichte rezitierten, aber das war etwas völlig anderes, die waren wenigstens beim Thema geblieben, dieser hier aber versteifte sich auf Variationen. Der Mischmasch aus wüsten Lügen, Verallgemeinerungen und Unterstellungen kam in einem ungeordneten Schwall heraus, als hätte der Mann seit Wochen mit keinem Menschen mehr geredet. Es war wohl auch ein Geständnis dabei, aber da hakte ich nicht ein, weil seine Art zu reden einen in ganz andere Dimensionen mitriß.

Ich kam mir vor wie nach einer kleinen Haschtüte. Ich hatte zuletzt zwei Jahre vor der Polizeischule was geraucht, in Roskilde, aber in meiner Erinnerung war so ein sanftes Schweben, irgendwo weit weg, gespeichert.

Der Mann redete zirka sieben Minuten am Stück, aber es kam mir wie eine Stunde vor. Bis Kohonen eingriff, schaffte er es, über die Frau, das Kind, über Wohnungen und Wohnungslosigkeit, über das Immobiliengeschäft, die Sonne, den Himmel, die Sehnsucht, den Haß und die Technik von Vogel-Ferngläsern zu reden.

Kohonen kam aus der Küche, hörte eine halbe Minute zu und schlug den Käfig vor.

Der Mann stoppte wie vor einer Wand und sah Kohonen an, wie man im Kino einen Menschen ansieht, bei dem das Handy piept. Auch ich sah Kohonen an, und besiegt von unseren Blicken, ging er hinaus an die Luft.

Ich bemerkte auf dem Fußboden ein Notizbuch, eine Art

Tagebuch. Darauf stand: »Aufzeichnungen eines Mannes von der Heimatfront, Häuser und Menschen«. Ich bat um ein Glas Wasser. Er holte es mir. Inzwischen hob ich das Notizbuch auf und ließ es in meiner Tasche verschwinden.

Dann ließ ich den Mann zu Ende schwadronieren.

Als er mit seinem Vortrag fertig war, fragte er mich, ob ich einen Kaffee wolle, wir könnten auch meinen Kollegen dazubitten. Ich lehnte ab und fragte, ob er in letzter Zeit mit einem Handy telefoniert habe. Er leugnete, so etwas überhaupt zu besitzen, erklärte aber, Rehunen sei immer eifrig hinter der neuesten Technologie her.

Ich gab auf.

Der Freund der Dichtung war der Schuldige, da war ich mir sicher, aber erst ein Hecht, der im Boot zappelt, ist für mich ein sicherer Beweis. Bis dahin ist alles Spekulation und Rumgefummel mit dem Köder.

Ich verließ die Wohnung und wünschte ihm viel Glück bei der Jagd nach seiner verlorenen Familie. Ist einem die erst mal aus den Händen geglitten, kriegt man sie schwer wieder zu fassen. Wie wenn man versucht, eine glibberige Aalquappe festzuhalten. Dieser Vergleich gefiel ihm nicht.

Kohonen wartete stumm im Mondeo. Für ihn war ein Hausbesuch gelungen, wenn er anschließend neben einem Stück Scheiße auf der Rückbank sitzen und ihm Einzelheiten über die Zellen in Malmi erzählen konnte.

Ich tröstete ihn, indem ich sagte, früher oder später würden wir entweder den Qualitätsprüfer oder den Jogger kriegen.

IV

Der Umzugstag

06.49

Es ist früh am Morgen, und die Sonne legt bereits los, wie wird es erst am hellen Mittag sein, wenn sie jetzt schon so heftig scheint, wird der Regen je kommen, der Wasser spendet, den Pflanzen und uns, den Schaben auf der trockenen Erde?

Ich ziehe die Vorhänge auf, bemühe mich, hinzuschauen, ich kann nicht, sie sticht wie ein Dolch, als wäre die Sonne die Feindin, die einen langen Winter im Finsteren gewartet hat und jetzt zuschlägt.

Absichtlich langsam gehe ich in die Küche. Die letzten Monate und Wochen sind schnell vergangen, den Rest des Weges will ich in Ruhe zurücklegen.

Ich schlage Eier in die Pfanne, sie sehen aus wie das Gehirn eines überfahrenen Hasen.

Ich suche den Wetterbericht im Radio, es kommt ein Schlagersänger. Er sehnt sich nach etwas, unternimmt aber nichts.

Das Wetter verspricht eine Sonne, die immer höher an den wolkenlosen Himmel steigt, von wo sie auf den Asphalt brennt, bis er dampft, bis die Menschen rot werden und die Pflanzen noch trockener. Die Sonne läßt uns keinen Trost, keinen Wind in die Bäume und Blätter, sie läßt die Luft stillstehen und keine Regung zu. Die Sonne ist grausam, aber das ist sie, ohne es zu wissen.

Ich schalte das Radio aus, lasse die Sonne nicht über mein Handeln bestimmen.

Die Spiegeleier lege ich auf eine große, runde Scheibe Roggenbrot, gebe Rote-Bete-Salat darauf und Käse und haue eine zweite Scheibe drauf. Ich esse langsam und sehe in der Tabelle nach, wie weit ich mit dieser Kalorienmenge komme. Weit. Falls mir die Energiereserven ausgehen, wird mich mein Auftrag nähren.

Ich packe die Essenszutaten, das Messer, das Fernglas und die Spielsachen, die ich aus dem Garten von Kesämaas Objekt geholt habe, in den Rucksack. Den fertig ausgestellten Kaufvertrag falte ich zusammen und stecke ihn in die Seitentasche. Das Notizbuch kann ich nicht finden, ich tröste mich damit, daß ich heute sowieso nicht zum Schreiben kommen werde.

Heute ist der Tag, für den ich seit fast sechs Monaten gelebt habe.

Heute bekomme ich meine Familie zurück und führe sie in ein hellgelbes Haus.

Ich gehe aufs Klo und schaue mich im Spiegel an.

Mit Mühe erkenne ich den Mann wieder. Das Fleisch an den Wangen, unter dem Kinn und am Hals ist verbrannt. Die Wangen sind eingedellt, die Augen haben tiefe Höhlen. Wie ein Marder seh ich aus, ein Hermelin bin ich.

Ich binde mir den Gurt des Pulsmessers um die Brust, schalte das Gerät am Handgelenk ein. Der kleine Digi-Mann auf dem Display rennt auf der Stelle. Der Verkäufer hat behauptet, man kann ihn nicht abschalten. Die ganze Zeit hat mich dieses Männchen mit seinem ziellosen Laufen gestört.

Ich springe die Treppe hinunter und bemerke am Schwarzen Brett einen gelben Zettel. Ich brauche nicht mehr zu lesen, was das Ehepaar über mir zu sagen hat. Anläßlich der frühen Helligkeit stecke ich mir an der Haustür zwei Zigaretten an, eine für den Mundwinkel, die andere für die Treppe, von dort steigt der Rauch bei diesem windstillen Wetter direkt in ihre Nasenlöcher.

Puls 67.

Heute laufe ich nicht, ich brauche es nicht mehr, ich habe es nicht eilig.

Bevor der Verkauf abgewickelt wird, habe ich Zeit, an den Stellen haltzumachen, die mir während der letzten Monate lieb geworden sind. Auf dem vertrauten Pfad gehe ich durch den Wald zur Brücke über den Ring I, bleibe stehen und stütze mich aufs Geländer. Die Autos fahren unter mir hindurch, sie sehen aus wie Käfer. Sini liebt Käfer, sie will ihnen ein neues Zuhause in einer Streichholzschachtel geben. Das lasse ich nicht zu, sie sind in ganz Finnland zu Hause.

Ich nehme die Hände vom Geländer und breite sie zu Flügeln aus. Mir fällt der Päijänne ein, der Steg und der Wind, der mich von meiner Familie fortreißen wollte. Ich senke die Flügel, lehne mich ans Geländer und lasse die Flügel herabhängen.

Ring I, meine Ader, mein Weg.

Ich stehe über dir, ich will dich ganz sehen.

Ring I, du schlängelst dich durch die Landschaft, walzt Felder unter dir platt, nicht mehr lange, und du zwingst die Entscheider, auch die letzten Parks als Baugebiete auszuweisen, und dann ist in Pirkkola, Pakila und Paloheinä Schluß mit dem selbstgefälligen Geschwätz davon, wie schnell man von hier aus im Grünen ist. Dann ist Schluß mit dem Gerupftwerden in Sachen Grund und Boden.

Ein Mythos bist du im Lande geworden, du bist ein Begriff und eine Landmarke, durch dich fließt mein Blut, unter deine Achsel will ich, deine Haare riechen. Was sind neben dir die Autobahnen nach Hämeenlinna, Lahti, Tuusula? Nichts. Sie führen zurück in die Finsternis, du aber führst nirgendwohin, sondern umrundest die Stadt, bist ihre bedeutendste Ader, das Haarband von Helsinki.

Im Nu führst du mich von Espoo zum Einkaufszentrum Ost, an den Saum des Haarbands. Das Einkaufszentrum Ost ist der wichtigste Ort des neuen Helsinki, der Schmelztiegel von Rußland, Somalia, Parkano und Kiihtelysvaara. Dort brodelt und gärt eine Suppe, von tausend Köchen gekocht.

Ring I, was für ein Glück, daß wir einander haben und durch uns die Erkenntnis: Die Stadt breitet sich aus, bröckelt, reißt an den Rändern, gebiert schwarze Löcher, aus denen heiße Lava dampft, diese unsere Zeit, die zum Erstarren zu bringen wir nicht taugen. Wo wir auch hinschauen, überall kocht und brodelt es, und in der Luft sind sämtliche sieben S der russischen Sprache zu hören.

Du hast die Verstädterung ausgelöst, hast das Beispiel gegeben, den Weg gezeigt. Du wächst zu der mythischen Bahn heran, von der man im Jahr 2040 mit dem gleichen Unterton sprechen wird wie nach dem Krieg von der Straße von Palovaara nach Raate an der Ostfront.

Jetzt siehst du starr und unbeweglich aus, das trügt. Am Nachmittag, wenn die Familien Verwandtenbesuche machen oder zu den Sonntagsbesichtigungen aufbrechen, dampfst du heiß wie in Pech gekochte Schweinesülze, du funkelst und regst dich im Sonnenglanz.

In diesem sentimentalen Moment habe ich die Hände über das Geländer baumeln lassen, und vom herabfließenden Blut sind sie blaurot. Ich nehme sie hoch, befühle die Stirn. Die Gedenkstunde hat leichten Schweiß aus mir herausgepreßt.

Möge frischer Orangensaft das Gleichgewicht in meinem Flüssigkeitshaushalt wiederherstellen.

07.22

Die Nächte vor langen Arbeitstagen sind immer gleich. Der Schlaf kommt in Stundenschüben, das Nervensystem steht in Flammen, und das Laken ist am Kopfende zerknüllt.

Ich stehe zu früh auf, bin es müde, mich hin und her zu wälzen und auf tiefen Schlaf zu warten. Keine Lust, in der Küche mit Kaffee und Toastbrot zu hantieren, ich beschließe, zur Teboil-Tankstelle zu fahren. Mein Glück ist eine Tankstelle, die rund um die Uhr geöffnet hat.

Ich stopfe einen Stapel Prospekte in die Aktentasche, prüfe den Gesamteindruck im Spiegel in der Diele und mache vorsichtig die Tür hinter mir zu. Auf dem Rasen liegt Tau, die Autobahn nach Tuusula summt leise.

Ich blicke zum wolkenlosen Himmel, er verheißt einen schweißtreibenden Tag. Ich rucke mich in eine möglichst bequeme Position, Merja hat den Wagen gefahren, ich muß den Sitz neu einstellen. Es gibt kein Auto, in dem ich mir nicht umständlich und verschwitzt vorkäme. Und wenn wir so eins mal in den Verkauf kriegen würden, bekäme es garantiert Sutinen. Ich merke, wie sich der erste Verdruß des Tages in meine Seele einschleicht. Das ist nicht gut. Jetzt nicht an die kleinen Unebenheiten des Alltags denken, heute stehen immerhin mehrere anständige Objekte zum Verkauf.

Die Reifen knirschen auf dem trockenen Kies, ich hätte Lust, Spuren im Hof zu hinterlassen. Ich gelange über die Zufahrt auf den Ring I, von der Fußgängerbrücke läßt einer die Hände baumeln, der hat wohl nichts Besseres zu tun.

Ich taste nach dem Diktiergerät im Handschuhfach. Viele meiner besten Gedanken sind im Auto entstanden, mitten beim Überholen oder auf einem langen, geraden Autobahnabschnitt. Das Denken ist unberechenbar, es fragt nicht nach Zeit und Ort.

Jetzt kommt kein Gedanke. Das hat mit dem Hunger und der schlechten Nacht zu tun. Ich gebe den Schnellsprechern des Lokalsenders eine Chance. Eine Minute. Länger halte ich es nicht aus, schon gar nicht, wenn so ein nuschelnder Knallkopf in das Stück einer unbekannten Heavy-metal-Gruppe reinlabert.

Ich nehme die Ausfahrt, biege mit Schwung bei der Tankstelle ein, klappe die Sonnenbrille zusammen und stecke sie ins Etui. Ich steige aus dem brütendheißen Wagen. Schon jetzt klebt die Sommerhose unangenehm an der Haut. Hätte das Auto Klimaanlage, hätte ich den Ärger nicht, aber andererseits – mein Vater hatte überhaupt kein Auto, als er anfing zu arbeiten, konnte er froh sein, daß er überhaupt noch ein Leben hatte. Und mein Sohn wagt, über ein Auto zu jammern, das er umsonst kriegt, blökt der Vater immer, wenn ich mal den Nerv hab, einen Umweg über Ylistaro zu machen, um mir seine durchdachten Ansichten anzuhören. Völlig sinnlos, ihn daran zu erinnern, daß der Firmenwagen in diesem Job das einzige feste Gehalt darstellt.

Ich ziehe die Hose hoch und verrenke mich, um meine Vermutung bestätigt zu bekommen. Über der Pofalte befindet sich ein dunkler Schweißfleck, aber ich werde ihn nicht mit dem Sakko verdecken, weil ich sonst vor Hitze eingehe.

Ich hole mir Wasser aus dem Automaten, trinke das Glas sofort aus, fülle es wieder und stelle es mit einem Kaffee aufs Tablett. Krapfen nehme ich keinen, das ist sicher, obwohl das Angebot – dreizehn Finnmark mit Kaffee – einen in die Welt der schnellen Genüsse lockt. Falls bei den Besichtigungen heute ein Kunde die Waffen streckt, werde ich zurückkommen und mir eine Extraration gönnen.

Ich suche mir meinen Platz auf der Raucherseite sorgfältig aus. Mein Tisch muß mindestens drei Meter von den maulenden Jugendlichen entfernt sein. Es ist besser, die nicht zu dicht an sich heranzulassen, die saugen einem die Kräfte aus und nehmen einem den Lebenswillen. Der Chef der Tankstelle ist derselben Meinung, aber als Unternehmer kann er nichts gegen die Typen machen, solange sie was kaufen. Ich glaube nicht, daß auch nur einer von dieser Bande mal zu einem Hundebesitzer mit positiver Einstellung zu Einfamilienhäusern heranwachsen wird.

Ich habe den Kaffee halb getrunken, da erschreckt mich ein Geräusch. Neben mir schrammt ein Stuhl quietschend über den Boden. So ein Jogger zwängt sich an einen Tisch. Umständlicher geht's wohl nicht. Muß sich mit seinem Rucksack in so eine enge Lücke quetschen. Knallt seinen Orangensaft auf den Tisch, macht eine richtige Programmnummer daraus. Kaum hat er ihn geschlürft, stopft er sich eine Kippe in den Mund und saugt daran, als wäre es die letzte auf der ganzen Welt.

Jetzt glotzt er mich an wie ein Wilder aus dem Wald. Vielleicht ist er verrückt. Die stachelt man nur an, wenn man zurückguckt. Ich schwenke den Blick zum Fenster.

07.35

Als ich die Augen aufmache, scheint die Sonne durch das schmutzige Fenster und macht sämtliche Fingerspuren sichtbar. Macht nichts, wenn es nicht sauber ist, heute schon gar nicht.

Sini säuselt neben mir, diese Nacht hat sie in meinem Bett schlafen dürfen.

Ich zause ihr die Haare. Rate mal, was heute für ein Tag ist. Heute gehen wir das Haus angucken. Komm, wir gehen, sagt Sini, gleich begeistert. Noch nicht. Zuerst essen wir Brei und gehen schwimmen, dann erst. Koch den Brei, bettelt Sini. Jaja. Ich stehe auf. Sini schnellt hoch, rennt in die Küche, holt einen Topf aus dem Schrank und stellt ihn auf die Platte. Sie ist so voller Eifer, daß ich sie bändigen muß. Komm, die Mama schüttet die Flocken hinein. Nein, ich. Nun komm schon. Guck doch mal nach, ob die Kinderstunde schon läuft.

Sini rennt zum Fernseher, schaltet ihn ein und setzt sich auf den Fußboden.

Ich rühre im Brei und starre auf die Bilder an der Dunstabzugshaube. Sie bringen mich zum Schmelzen.

Und Mattis Worte erst.

So hat er noch nie geredet.

Ich mußte ihn fragen, ob er was genommen hat.

Was?

Na, irgendwas.

Beruhigungsmittel, oder wie? Du weißt doch, daß ich nichts nehme. Ich bin mir, Helena, in dieser Sache einfach so sicher. Kommt doch einfach und schaut es euch an, wir müssen uns auch nicht versöhnen, kommt einfach schauen.

Na gut. Wir kommen.

Sini wollte sofort nach dem Gespräch wissen, ob der Papi angerufen hat. Sie ahnt immer alles, manchmal kommt es mir vor, als würde sie auch alles verstehen. Hoffentlich nicht.

Ich rühre im Brei und kann immer noch nicht glauben, daß das wahr sein soll. Sirkku hat er alles erzählt, und zwar ganz ruhig, mit mir hat er kürzer geredet. Er weiß, daß ich Schwadronieren nicht leiden kann.

Ich ziehe uns beiden die gelben Sommerkleider an, die wir in Padasjoki gekauft haben. Sini mache ich Zöpfe und mir selbst eine Schleife. Ein bißchen albern. Daß wir uns das Haus anschauen, heißt nämlich noch gar nichts. Aber die

Dunkelheit hat so lang gedauert, da will ich, daß wir schön aussehen.

Aus dem Fernseher kommen schrille Stimmen, der Brei blubbert, die Sonne kommt hinter den häßlichen Häusern hervor, ich schmelze dahin, zum Glück ist Matti nicht hier. Ich würde ihm bestimmt um den Hals fallen, nicht wegen dem Haus, sondern einfach so. Wie lange ist das her, daß ich seine Bartstoppeln am Hals gespürt habe? Lange. Wie lange, daß ich seine Hände überall hatte? Noch länger.

Ich rufe Sini. Der Brei ist fertig.

07.42

In meinen Knochen kenne ich dich, persönlich nicht.

Ich dränge mich dir jetzt nicht auf, ich glaube, wir werden uns heute noch im Zeichen der Arbeit begegnen. Ich will Geruchsdistanz zu dir halten, denn an dem, was passieren wird, ist nichts Persönliches. Wir werden uns noch begegnen, weil du etwas hast, was ich nicht habe: die kleine Macht, auf die Preise kleiner Häuser in schlechtem Zustand einzuwirken.

Wenn alles vorbei ist und der Kauf abgewickelt, lösen wir uns wieder voneinander wie zwei Raumschiffe, die zufällig auf dieselbe Umlaufbahn geraten sind. Jetzt bin ich allerdings sentimental geworden, denn kosmische Männer sind wir beide nun doch nicht. Ich präzisiere: Du wirst weiterleben, als hätte es mich nie gegeben, und ich werde beim Einheizen der Sauna an dich denken, wenn ich ein Stück Rinde vom Birkenscheit abreiße. Ich rieche an der Rinde, die mir als Zunder dient, dabei rieche ich Geld, und Geld erinnert mich an dich.

Du bist früh auf den Beinen, das Sandmännchen ist nicht gekommen, und du kannst um diese Zeit noch nicht über raffinierte Hanglagen und Kachelöfen reden. Ich habe hier in meinem Rucksack Post für dich, aber die gebe ich dir nicht persönlich, und genaugenommen ist sie für Merja. Selber schuld, du hast mich nicht angerufen, mir kein neues Angebot gemacht, du zwingst mich dazu, den Postmann zu spielen.

Deine Sommerhose ist schon verschwitzt, auf deiner Stirn stehen Falten, was ist los mit dir? Trink deinen Kaffee, solange du noch Zeit dazu hast. Rauch deine Zigarette, solange sie noch brennt.

Du hast den Geruch von billigem Rasierwasser mit hereingebracht, hast du auch etwas von der Hoffnung mitgebracht, von der die Nachkriegszeit voll war? Kaum. Du hast uns den freien Sex gebracht, damit hat deine Generation immer mordsmäßig großgetan, und ich soll mich darüber jetzt mordsmäßig freuen. Oder verallgemeinere ich, so wie es in Geschichtsbüchern üblich ist? Vielleicht warst du in den wilden Sechzigern ja auf der Handelsschule und hattest keine Ahnung von den Neuerungen im Lendenbereich, vielleicht darf ich den ganzen Ärger, den die Leute in deinem Alter verursacht haben, gar nicht auf deinem Konto verbuchen.

Ich sehe dich an, du weichst meinem Blick aus.

Das würde ich auch tun, wenn ich du wäre.

Selber schuld. Du hast dir einen schlechten Platz ausgesucht, hier gibt es keine Privatsphäre. Jeden Augenblick kann ein mangelhaft medikamentös behandelter Nuschler oder ein jähzorniger Schaufensterkranker hereinkommen, was machst du dann? Die Budgets sind reduziert worden, Klinikplätze sind knapp. Such dir deinen Platz in der Tankstelle sorgfältig aus!

Ich beende meinen langen inneren Monolog an Kesämaa,

der unbehaglich dasitzt, von einer Hinterbacke auf die andere rutscht und die Füße hin und her wirft. Aus dem Augenwinkel schaut er, ob ich ihn noch ansehe. Jawohl. Das ist meine Art, Fleisch zu grillen.

Das Mitleid stattet meinem Kopf einen kurzen Besuch ab, geht aber schnell in Kälte über. Ich trinke meinen Saft aus und winke dem Mann zu, dessen Ehebund sich bald endgültig in einen Warschauer Pakt verwandeln wird. Kesämaa ist verdutzt und macht keine Anstalten, vor dem Mann die Hand zu heben, der ihm heute ein Haus vor der Nase wegkaufen wird.

08.15

An solchen Tagen hab ich mit der Martta auf der Gartenschaukel gesessen, und wir haben nichts geredet. Wir haben den Wind rauschen und die Vögel zwitschern lassen.

Viki rennt an der Schnur hin und her und springt mir aufgeregt an die Knie. Die Martta und ich haben manchmal überlegt, ob wir uns einen Hund anschaffen, ist aber nie was draus geworden. Ein Wachhund im eigentlichen Sinn ist dieser Viki nicht, aber Reino hat gesagt, die Gefahr erkennt er.

Ich hab Hefegebäck gekauft, da koch ich dem Reino Kaffee, wenn er nach der Mittagszeit kommt. Vor der Besichtigung gehen wir in die Wirtschaft, am Automaten spielen. Reino hat versprochen, daß er hierbleibt, bis die Besichtigung um ist. Das weiß der Mann von der Firma nicht, aber das geht ihn auch nichts an. Wir haben schon ausgemacht, wenn es was wird mit dem Geschäft, machen wir am Abend die Sauna an.

Ein bißchen aufgeräumt hab ich, den Bub und seine Frau hab ich nicht bohnern lassen. Ich kann das Gemecker über dies und das, über die alten Möbel und was nicht renoviert ist, nicht hören. Wär ich einer von der empfindlichen Sorte, wäre ich glatt beleidigt.

Reino war einmal hier, als der Bub mit Familie bei uns war. Reino hat sich das Gekrittel angehört und später gesagt, er würde so was keine zwei Minuten aushalten. Ich erklärte ihm mein System. Ich drehe immer das linke Ohr dahin, wo die Kritik herkommt, und mit dem anderen höre ich auf die Vögel.

Die Gartenschaukel hab ich abgewaschen. Der Mann von der Firma hat gesagt, die Familien sitzen da gern drauf und denken über den Kauf nach. Er hat mich gebeten, die Schaukel drei Meter weiter in Richtung Schuppen zu rücken, weil da angeblich in den zwei Stunden, wo Besichtigung ist, die Sonne so schön hinfällt. So ein Blödsinn. Aber ich hab gedacht, ich tu ihm den Gefallen.

Wenn wir für das Haus den verlangten Preis kriegen, weiß ich nicht, was ich tue.

So ein Geld. Wo komm ich damit hin?

Wenn ich mir die kleine Wohnung im Block vom Bub kaufe, bleibt noch wer weiß wieviel auf dem Konto liegen. Die Martta und ich, wir waren es gewohnt, so zu leben, daß wir nichts ausgegeben haben. Ich kann doch keine Kleider kaufen. Oder ein Auto. In der Stadt bin ich seit drei Jahren nicht gewesen. Mit Reino hab ich ausgerechnet, daß wir im ganzen Leben nicht alles verschwenden könnten, auch wenn wir mit höherem Einsatz spielen.

Das Geld bleibt übrig für den Bub.

Der kauft sich so einen Van.

Braucht er ja auch, schließlich hat er ein Kind, und dann die ganzen Skier und Segelbretter und den ganzen Kinderkram. Hat schon geklagt, daß in seinen Kombi beim besten Willen nicht alles reingeht.

Da hab ich mich gewundert.

Was anderes hab ich die letzten dreißig Jahre sowieso nicht getan.

Fürs Wundern und Sichaufregen geht die ganze Zeit drauf.

Vor dem Bub mach ich den Mund nicht auf, ich weiß ja, was dann kommt.

Der Bub lebt ein anderes Leben als ich, in einem anderen Land und auf andere Art. Ich bin im eigenen Land im Ausland. Das Land, in dem ich gelebt hab, als ich so alt war wie der Bub, das gibt es nicht mehr. Und wenn, dann ist es verschüttet. Dieses Land hier liegt über meinem Land.

Die Martta hat es für Quatsch gehalten, wenn ich so was gesagt hab.

Als ich so alt war wie der Bub, hab ich kein eigenes Leben leben dürfen. Ich hab das von Finnland gelebt. So war es einem wenigstens vorgekommen. Der Reino ist derselben Meinung. Was das sein soll, das eigene Leben. Was das sein soll, Zeit für sich. Alle leben in derselben Zeit. Aber nicht im selben Land.

09.45

Den glotzenden Verrückten hab ich mir aus dem Kopf geschüttelt, jetzt sitze ich im Büro und lerne die Hausbeschreibungen auswendig. Reden ohne Zettel macht immer Eindruck. Mein Vater hat gesagt, die Prediger von der Erweckungsbewegung hätten Gottes Wort nie nach Vorlage verkündigt. Ich hab versucht, ihm klarzumachen, daß der

Verkauf von Immobilien nicht mit der Verkündigung von Gottes Wort vergleichbar ist.

Ich sauge die Tinte aus diesem Papier und verwandle sie in Wein. Ich entferne die Fakten und konzentriere mich auf die Fiktion. Aufbrausen wie ein Prediger und zuspitzen wie ein Fernsehjournalist.

Man muß die Saiten, die in den Seelen der Familienmitglieder aufgespannt sind, zum Klingen bringen. Man muß das niedliche kleine Frauchen und den übergewichtigen Häkkinen-Fan davon überzeugen, daß das hier ihr Wunschtraum ist, ein Nest wie für euch geschaffen, zu Kesämaas Preis, mitten am hellichten Tag.

Ich stelle mir die Kunden des Tages vor.

Die Arbeit des Verkäufers ist die des Schauspielers. Es geht darum, sich in die Lage eines anderen hineinzuversetzen.

Der Kunde des Tages kann ein fünfundvierzigjähriger Beamter sein, der in einem schäbigen Reihenhausstummel in Vantaa wohnt, der Nachbar räuchert ihn über den Zaun hinweg mit seinem Grill aus, seine Frau kauft sich teure Einrichtungszeitschriften und redet immer wieder von Veränderung, die Halbwüchsigen gehen ans Portemonnaie und winseln um ein Piercing zu Mittsommer.

Für einen Moment bin ich jetzt er.

Ich guck mir das Objekt mit seinen Augen an, und was sehe ich? Ruhe, den Keim der Veränderung, den ich im Garten aussäe, ich hör nur die Treppe knarren, genau wie in meiner Kindheit, und was für eine Veranda, man muß bloß die Fensterrahmen abspachteln und streichen und fertig. Hier fängt unser neues Leben an, ich höre auf zu rauchen, gehe drüben im Zentralpark joggen, bringe meinen Oberkörper in Form.

Ich breche die Vorstellung ab und rieche an meinen Achseln.

Das darf nicht wahr sein. Noch so früh am Tag, und ich stinke schon.

Ich hole mir das Spray von der Firmentoilette, ziehe das Hemd aus und gebe vier lange Spritzer unter die Arme und zwei kurze auf den Hals. Draußen röstet die Sonne den Wagen. Wenn ich es mir aussuchen dürfte, würde ich ein weißes Auto nehmen, da beißt sich die Sonne nicht mit der gleichen Intensität fest. Wenn ich es mir aussuchen dürfte, würde nichts darauf stehen, jedenfalls nicht der Name der Firma. Manchmal sonntags, in schwachen Momenten, vor den Besichtigungen, wenn ich mir die freien Menschen auf den Terrassen und in den Parks ansehe, habe ich das Gefühl, als dürfte ich mir im ganzen Leben überhaupt nichts aussuchen. Als wäre die ganze Marktwirtschaft nur ein Deckname für Zwangsarbeit und als wäre ich mitten in einem heißen Hof in Beton eingegossen worden, um zu reden, zu reden und zu reden. So lange, bis sich die Wörter in Geld verwandeln, die Hoffnung in eine Bilanz, der Traum in einen Namen auf dem Papier.

Ich falle wieder in meinen Pessimismus zurück.

Ich hole mir eine Cola aus dem Kühlschrank, nehm einen ordentlichen Schluck und verpasse mir selbst zwei Ohrfeigen.

Jarmo, jetzt aber ran! Jarmo, es ist Sonntag!

Vor der Hausbesichtigung muß ich noch ein Reihenhaus an den Mann reden. Hoffentlich klappt es, denn ein gelungener Verkauf ist wie der Space Shot im Vergnügungspark, der mich sechzig Meter in die Luft schießt. Von dort seh ich auf die freien Terrassenhocker hinab und frage sie: Wer von euch hat heute einem, der es braucht, ein Zuhause verschafft und nebenbei noch zehntausend eingesackt?

10.24

Zwei Stunden lang bin ich die Straßen des Gebiets von Anfang bis Ende abgelaufen, habe mich zurückerinnert, mich verabschiedet.

Vertraute Weißdornhecken, Anpflanzungen, Briefkästen, Gartenzwerge. Dort drüben habe ich im Graben gehockt und mit dem Fernglas in den Garten des weißen Backsteinhauses gespäht, in jenem Garten dort habe ich eine Rasenprobe ausgerupft und nachts in meiner leeren Wohnung daran gerochen.

Jetzt, da ich gefunden habe, was ich suchte, stellen sich manche meiner Handlungen als überflüssig, ja sogar peinlich dar. Trotzdem darf ich die Basisarbeit, die ich geleistet habe, nicht geringschätzen. Ich darf nicht zulassen, daß sich Selbstmitleid oder ein anderes, die Handlungsfähigkeit beeinträchtigendes Gefühl bei mir einnistet. Das Wichtigste ist noch nicht getan.

Ich gehe am Altersheim vorbei, bleibe stehen, um einen alten Mann zu betrachten, der mit einer Wolldecke über den Knien im Rollstuhl sitzt. Noch vor zehn Jahren hätte ich in ihm die Vergangenheit gesehen, jetzt sehe ich die Zukunft. Ich stehe nicht mehr mitten im Raum, ich sehe bereits die Rückwand. Gern würde ich hingehen, ihm etwas sagen, aber ich gehe nicht.

Gerade als ich meinen Weg fortsetzen will, dreht der Mann das Radio, das er auf dem Schoß hat, lauter. Es kommt ein Interview mit einem bekannten finnischen Bergsteiger. Ich spüre den vertrauten Reiz im Hals, trotzdem höre ich zu.

Der Kletterer erzählt von den Hindernissen, vom Höhenklima, vom Aufbau des Basislagers, von den Herausforderungen des großen Berges und davon, wie der Berg schon viele junge Männer in den vorzeitigen Tod geführt hat. Er schickt Grüße an seine Kooperationspartner und an seine Frau, die ihn seit Jahren unterstützt.

Ich müßte kotzen, aber die Aufgaben des Tages zwingen mich, meine Nahrung bei mir zu behalten.

Seit dem Jahr 1995 komme ich aus der Kotzspirale nicht heraus. Damals beförderten drei zwanzigjährige Jünglinge einen schwarzen Gegenstand über das Eis, spielerisch und so geschickt, daß Finnland zum erstenmal in der Geschichte die Eishockeyweltmeisterschaft gewann. Ich weiß noch, wie froh ich darüber war. Ich konnte wirklich nicht ahnen, was für Folgen das phantasievolle Spiel von Saku Koivu, Jere Lehtinen und Ville Peltonen haben würde.

Es begann die Zeit des neuen Patriotismus. Man hörte einem röchelnden Infanteriegeneral zu, als wäre er ein Medium, das man aus einem Morastloch herausgezogen hatte, alles, was er sagte, wurde mit Gottes Wort verglichen. Der Mannschaft, die zur nächsten WM fuhr, gab man als Hotellektüre Väino Linnas Roman *Der unbekannte Soldat*, der Cheftrainer sprach scherzhaft in Kriegsterminologie und befahl seinen Spielern, sich ein Beispiel an Linnas Romanhelden, dem störrischen Soldaten Antti Rokka, zu nehmen.

All dies sah ich mir mit einem fiebrigen Mädchen auf dem Arm an, und ich fragte mich: Was hat das mit Eishockey oder wenigstens mit diesem Land zu tun, warum karrt man diesen schwachsinnig wirkenden General wie den Papst von einem Empfang zum nächsten, warum hält man seinen Satz »Finnland ist ein gutes Land« für eine in Granit gehauene Weisheit?

Vor dem Patriotismus hatte bereits die Zeit des fanatischen Individualismus begonnen, die der in diesen Sommermorgen hineintönende Bergsteiger repräsentiert. Ich mußte mir einen zweiten Kotzeimer besorgen. Auf den Eimer, den ich mir für den Eishockeyrausch und den General gekauft hatte, schrieb ich »Suomi«, auf den anderen »Finland«. »Suomi« stellte ich neben den Fernseher, »Finland« in die Küche. Helena verstand das nicht, für sie war die Besteigung des Mount Everest eine Leistung, die man würdigen sollte. Diese Aussage entfremdete uns für eine Woche voneinander.

Ich trete vor den alten Mann hin. An den Augen erkenne ich, daß er blind ist. Ich bitte ihn, das Radio auszuschalten. Ich teile ihm mit, mein Name sei Matti Virtanen und ich hätte gerade gehört, wie der Bergsteiger sich selbst als Betrüger entlarvt habe. Während all seiner Extremaktionen habe er das breite Publikum nämlich glauben gemacht, er hätte Familie. Auf diese Weise habe er mehrere Sponsorenverträge mit Textilherstellern schließen können, die der Institution der Familie verpflichtet seien.

Der alte Mann sagt, von diesen Dingen verstehe er nichts, aber er wolle Radio hören. Ich sage, daß ich ihm gern einen anderen Sender suche. Er willigt ein. Ich drehe den Kletterer ins Unhörbare und finde das Erste Programm des Finnischen Rundfunks.

Ich entschuldige mich für mein Benehmen und wünsche ihm noch einen schönen Sommertag. Er nickt und zieht die Wolldecke zurecht.

11.06

Ein blauer See, am Ufer ein rotes Haus, davor ein Männlein und ein Weiblein, zwischen ihnen ein Mädchen, das lächelt und einen Strandball in den Händen hält. Das Männlein hat dickes, schwarzes Haar, eine Zigarette zwischen den Zähnen und ein Mikrophon in der Hand. Das Weiblein hat gelbe

Haare, die bis zu den Füßen reichen und ein Pflaster auf der Wange.

Sini steht in ihrem Blümchenkleid mitten in der Küche und zeigt mir stolz ihre neueste Zeichnung. Ich klatsche Beifall, Sini lächelt, reißt das Bild aus ihrem Block und befestigt es mit einem Magnetmarienkäfer an der Kühlschranktür.

Es ist mit Sicherheit ihre dreißigste Zeichnung. Sie hat damit schon vor Monaten angefangen, damals waren auf dem Bild nur ein blauer See und ein leerer Steg zu sehen.

Gleich fahren wir in die Stadt. Wir haben noch viel Zeit, bevor wir nach Maununneva fahren. Wir treffen uns am Bahnhof mit Sirkku, gehen im Brunnenpark spazieren und anschließend Pizza essen. Ich weiß nicht, wann das letzte Mal alles so gut gewesen ist.

Aber ich ahne die Gefahr, die mit dem guten Gefühl verbunden ist.

Den ganzen Morgen habe ich zärtlich an Matti gedacht und mir Mühe gegeben, die Ecken der ganzen Geschichte abzurunden. Ich habe mir das Haus vorgestellt, uns auf der Schaukel, Sini im Sandkasten. Ich habe Matti verziehen, Matti hat mir verziehen, die ganze Nacht haben wir in dem alten Haus im Schlafzimmer unsere Versöhnung gefeiert.

Haß ist eine sichere Sache, er zieht Grenzen.

Liebe ist eine unsichere Angelegenheit, sie hebt die Grenzen auf.

Verzeihen ist gefährlich, es bewirkt, daß man die Waffen sinken läßt.

Ich lasse die Waffen nicht sinken. Ich ziehe Grenzen. Aber das Haus sehe ich mir an. Diese Chance gebe ich Matti.

Sini kommt schon wieder mit einer neuen Zeichnung an: blauer Himmel und drei Wolken, auf jeder von ihnen steht ein Engel, einer hat ein Ding am Hals, das aussieht wie ein Tintenfisch.

Wer ist das, frage ich. Ich, du und Papi, antwortet Sini. Wir sind aber nicht tot, sage ich. Eigentlich nicht, sagt Sini. Warum sind wir dann Engel? frage ich. Darum, antwortet Sini. Warum hat der einen Tintenfisch oder so was am Hals? frage ich. Das bist du, antwortet Sini. Warum malst du mir einen Tintenfisch an den Hals? will ich wissen. Weil du das erzählt hast, antwortet Sini. Hör auf, solche Sachen zu malen, bitte ich sie. Ich darf das malen, beharrt Sini. Aber wenn dich die Mama bittet, daß du es nicht tust, probiere ich es. Ich mal es trotzdem!

Ich nehme Sini die Zeichnung weg und zerknülle sie. Sini fängt an zu weinen. Ich erschrecke und nehme sie in den Arm. Sie wehrt sich und rennt zu ihrem Bett und fängt an zu schluchzen. Ich streiche das Bild wieder glatt und gehe zu ihr.

Hör auf zu weinen. Es tut mir leid.

Sini dreht den Kopf zur Wand und weint weiter.

Ich bereue, was ich getan habe, und bin gleichzeitig sauer.

Ich habe eine Kinderzeichnung zerknüllt, die mir weh getan hat.

Mir wird klar, daß ich in den letzten Monaten gezwungen war, es immer gut zu meinen. Das rächt sich jetzt. Ich streiche Sini über den Rücken. Das Schluchzen bricht ab. Ich hole ein Eis am Stiel aus dem Kühlschrank. Sini dreht sich um. Vom Schweiß kleben ihr die Haare an der Stirn. Ich mache sie weg und gebe Sini das Eis.

Wir versöhnen uns. Das war häßlich, sage ich. War es nicht, du hast selber von dem Tintenfisch und seinen Armen erzählt, behauptet Sini. Ich meine, es war häßlich von mir, daß ich es zerknüllt habe, korrigiere ich mich. Ach so, sagt Sini. Bei der Mama liegen die Nerven blank, direkt an der Oberfläche, erkläre ich. Ach, so wie die Seerosenblätter auf dem See? sagt Sini. Nicht ganz, antworte ich. Wie dann? fragt Sini. Die Nerven sieht man nicht. Sie sind im Kopf, erkläre ich ihr. Gerade hast du gesagt, sie sind an der Oberfläche, behauptet Sini. Iß jetzt das Eis, dann gehen wir zum Bus.

12.09

Bei der Reihenhausbesichtigung sind acht Kunden, davon sechs Schnüffler. Sutinen hat sich diese treffende Bezeichnung für die Leute ausgedacht, die zu den Besichtigungen angerannt kommen, ohne überhaupt eine Wohnung zu suchen. Die wollen bloß die Privatsphäre anderer Leute verletzen und die Makler als Ketzer hinstellen.

Um meinen inneren Frieden zu wahren, konzentriere ich mich auf zwei Frauen, die eindeutig Kaufabsichten hegen. Ich gebe ihnen den Prospekt und beobachte ihre Bewegungen und ihren Tonfall. Beide sind zwischen vierzig und fünfundvierzig, von den Kleidern her gehobener Mittelstand, Einkommen vielleicht an die 200 000 Finnmark im Jahr, wohnen derzeit in 3 ZKB.

Ich zähle die Vorteile des Objekts auf, betone die Solvenz der Eigentümergemeinschaft sowie die ausgezeichnete Lage im heiligen Dreieck der Hauptverkehrswege. Wer zwischen den Autobahnen nach Tuusula und Hämeenlinna wohnen darf, und dann auch noch unter der Achsel von Ring I, der weiß, was gute Verkehrsanbindung heißt.

Eine der beiden bedankt sich und geht.

Nach diesem Rückschlag reiße ich mich zusammen und laufe der anderen hinterher in den Garten. Die Pflanzungen sind nicht gerade im allerbesten Zustand. Ich gebe zu, daß der Garten nach einer pflegenden Hand verlangt, die derzeitigen Bewohner haben nicht die Zeit gefunden, sich damit intensiv zu beschäftigen, weil beide über die Maßen durch Auslandsprojekte in Anspruch genommen werden. Darüber weiß ich zwar nichts, aber irgendwie muß ich die Blumenrabatte ja aufwerten. Die Frau liegt mir mit einer bevorstehenden Dachreparatur in den Ohren. Davon weiß ich nichts, weil mir nichts davon gesagt worden ist. Sie sagt, sie habe es von einer Bekannten gehört, die im Endhaus wohnt. Wahrscheinlich dauert es mindestens ein Jahr, bevor die verschiedenen Angebote geprüft sind.

Die Sonne findet meine aufkeimende Glatze. Ohne Mitleid brennen die Strahlen auf die zerkratzte Haut. Im Herbst lasse ich mich untersuchen, dieses Jucken muß endlich aufhören. Die Frau erkundigt sich nach dem Fußbodenbelag, es ist Laminat, parkettähnlich. Aber nicht Parkett, präzisiert die Frau. Na und, du blöde Kuh, denke ich, es erfüllt doch denselben Zweck. Darauf kannst du genausogut nach der Sauna zur Glotze tappen, und während ich das noch denke, steht die Frau schon im Sanitärraum.

Dieses Bad, fängt sie an, und ich ahne bereits, daß sich hier eine Schlange ins Paradies geschlängelt hat. Sie redet, als wäre sie eine Expertin für Reihenhausbau, und für mich ist die Rolle des bedauernswerten Bauleiters reserviert, den man herbeizitiert hat, damit er Rechenschaft über bestimmte Mängel ablegt.

Die Frau ist der Meinung, man könne an den Fugen sehen, daß beim Kacheln gepfuscht worden sei, absolut, das kann man durchaus so sehen, stimme ich zu, versuche es aber abzufedern, indem ich erzähle, daß bei meinem Schwager auf den letzten Renovierungsmetern die Verfugung komplett vergessen wurde, was hier zum Glück ja nicht ganz der

Fall sei. Ich habe nicht einmal eine Schwester, aber ich erlaube mir, mich in schwierigen Situationen auf erfundene Personen zu stützen.

Das Handy klingelt, auf dem Display steht Merjas Name.

Scheiße noch mal, ich antworte nicht, wenn ich arbeite, darüber haben wir wie oft schon geredet.

Per Knopfdruck verpasse ich dem Handy den Exitus.

Die Frau setzt sich auf die gelbe Couch und seufzt. 985 000 Finnmark sind viel für so ein mickriges Reihenhaus. Zehn Kilometer nördlich von hier kriegt man für dieses Geld ein richtiges Haus.

Aber wer fährt bei diesem Wetter schon so weit raus. Na klar, in den Wäldern Vantaas gibt's Baracken, aber da sitzt du dann auch, weit weg vom Kino, von der Oper, und das einzige Café ist die Kesoil-Tankstelle, dachte ich bei mir, aber diese Ansicht trage ich nicht vor, sondern sage, der Verkäufer nehme gern jedes Angebot entgegen, steigen Sie nur munter ein, kleine Dame.

Ich bemerke meinen Fehler sofort – eine Sekunde zu spät.

Eine Kundin nennt man nicht »kleine Dame«, auch wenn es auf den Millimeter genau stimmt.

Die Frau wirft einen kurzen Blick auf denjenigen, der sie so tituliert hat, richtet die Augen dann auf das Blumengemälde, steht auf und geht in die Diele. Sie bückt sich, um die blauen Tüten von den Schuhen zu ziehen, verspricht, sich Anfang der Woche zu melden, was sie mit Sicherheit nicht tun wird, bedankt sich für den korrekten Service und geht zur Tür.

Ich stürze ihr nach und erinnere sie daran, daß dieses reizende Objekt ziemlich begehrt sei, da sollte man sich nicht zuviel Zeit lassen. Die Frau steht schon im Hof und erklärt, sie treffe ihre Entscheidungen immer schnell, es könne sein, daß bei dem kleinen Herrn schon am nächsten Tag das

Handy bimmele. Sie schlüpft in einen Audi, der schnurrend anspringt und dann über eine Betonschwelle hopst.

Ich sammle die blauen Puschen in der Diele ein, stecke sie in eine Plastiktüte, gehe in die Küche, nehme die Blaubeersuppe aus dem Kühlschrank und trinke sie direkt aus der Packung. Das tut gut. Das sind so die kleinen Vergünstigungen, die einem die Position beschert.

Ich wische mir die Blaubeerflecken aus den Mundwinkeln und gestehe mir die Niederlage ein. Ich habe mich dazu verleiten lassen, mich im Ton zu vergreifen, sie war keine vom Stamm der kleinen Damen, ich hätte mit ihr wie mit einer Töpferin oder einer Innenarchitektin reden müssen.

Was lerne ich daraus?

Fall kleine Dame: Denk an den Sprachgebrauch. Unterschätze den Gegner nicht. Disqualifiziere die Kunden nicht zu schnell. Denk über Vertraulichkeit nach, wann ist sie aufdringlich, wann eine natürliche Form der Annäherung. Demut könnte ein Schlüsselbegriff sein, gerade beim Verkauf von Reihenhäusern. Reihenhausmenschen sind oft zukünftige Einfamilienhausmenschen.

Demut.

Ich frage mich, ob das als Thema für einen Vortrag geeignet wäre.

Ich trinke Saft aus dem Kühlschrank, aus beiden Packungen zirka einen halben Deziliter, so ist der Verlust schwer festzustellen.

Demut.

Ein verzwickter Terminus, andererseits ein guter Ausgangspunkt, allerdings macht man mit Demut letztlich selten ein Geschäft. Beim Anwärmen des Kunden ist sie allerdings nützlich, das ist ja gerade umgekehrt bewiesen worden. Ein demütiger und hungriger Makler hätte niemanden als kleine Dame tituliert.

Ich beschließe, mir ein Brot zu schmieren und mache den Kühlschrank auf. In den Türfächern sind sonnengetrocknete Tomaten, griechischer Käse, Oliven, Curry- und Sesampaste, für mich fremdartige Mittel, sich den Alltag zu versüßen. Ich lade mir von allem was aufs Brot und führe das Ganze zum Mund. Die Roggenscheibe kann die ganze Ladung nicht tragen und bricht unter ihr weg. Ein Teil der exotischen Delikatessen läuft mir über Mund und Hals auf das Hemd und die verschwitzte Haut. Vor allem das Öl, in dem die getrockneten Tomaten eingelegt waren, fühlt sich am Hals und auf den Brusthaaren ekelhaft an.

Ich lege das zerfallene Brot auf dem Tisch ab.

Mein Zugriff ist schwächer geworden, das sieht man an solchen kleinen Schusseligkeiten. Wie bei unseren Löwen am Puck. Geht man überheblich an die Sache heran, klingelt es bald im eigenen Kasten. Wer nicht bereit ist, in den Ecken zu stochern und fleißig zu checken, braucht erst gar nicht auf eine Medaille zu spekulieren.

Das Handy klingelt, schon wieder Merjas Name.

Ich gehe ran, komme aber nicht dazu, irgend etwas zu sagen, weil ich von der anderen Seite überschüttet werde, und zwar laut.

Ich verstehe bloß, daß die Post ausnahmsweise auch heute am Sonntag ausgetragen worden ist.

12.10

My my, hey hey, rock 'n' roll is here to stay. It's better to burn out than to fade away.

Ich sitze auf einem Stein, ungefähr dreihundert Meter von meinem Haus entfernt und teste das alte Holzfällerhemd: Hat er das Zeug zum Staatsmann, oder füttert er mich bloß mit Mist, dem er mit einer wunderbaren Melodie Flügel verliehen hat? An diesem wichtigen Tag möchte ich von keinen der größten unpolitischen Autoritäten der Heimatfrontkämpfer enttäuscht werden.

Was nützt mir in meiner Situation ein Satz, der mich dazu ermuntert, auszubrennen? Ich stopfe Neil Young zu Johnny Rotten und Mick Jagger in denselben Komposthaufen und gehe auf das Haus zu.

Er kommt mir entgegen, läßt sich aber nicht besänftigen, obwohl ich beruhigend auf ihn einrede.

Was verliere ich, wenn ich die Geduld bewahre? Viel.

Ich packe ihn am Hals.

Drücke zu, so fest ich kann. Er röchelt. Ich drücke weiter, kümmere mich nicht darum, daß ihm die Töne wie die Haare ausgehen. Er zuckt mit dem ganzen Leib, der Hals fühlt sich an wie ein unwahrscheinlich dickes Seil. Es wird schlaffer, ich blicke aufs Handgelenk: Puls 134. Von der Fitneß her ist ein Puls zwischen 120 und 150 am besten. Ich drehe ihm die letzten Pfeiftöne ab.

Das war's.

Ich schleife ihn zum Schuppen, mache die Tür auf und lege ihn neben den Rasenmäher. An den Klingen des Mähers sind Grasbüschel hängengeblieben. Wenn das hier alles vorbei ist, werde ich den Rasenmäher saubermachen und ölen.

Ich schaue mir den Leblosen genau an.

Er ist sauber, kein Blut und keine Quetschungen am Hals,

ein paar Hautfetzen hängen häßlich herab, ich rupfe sie ab. Der Leblose sieht ausgeruht aus, er hat das Ende seines Weges erreicht, die kühle Luft im Gartenschuppen. Ich betrachte seine braunen Augen und den bläulichen Mund, der in einer Grimasse erstarrt ist. Ich bringe den Mund in eine angenehmere Position.

Dann setze ich mich und warte darauf, daß sich mein Puls beruhigt. Einen sehr niedrigen Puls erreicht man nur, wenn man sich hinlegt. Jetzt besteht keine Chance auf ein gutes Resultat.

66. Unter diesen Umständen ein guter Wert.

Der Schuppen ist praktisch und schön. Die Immobilienmakler achten nicht genug auf die Gartengebäude, sie erwähnen sie im Verkaufsgespräch nur nebenbei oder sogar von oben herab. Ein alter, gut in Schuß gehaltener Schuppen hat eine Seele, darum habe ich den Leblosen hierhergebracht.

Ich fühle mich gut, entspannt. Eines will ich noch überprüfen. Wird hier Holz gehackt? Holz, Hackklotz, Axt und Beil. Der Duft, der beim Hacken von frischem Holz freigesetzt wird, ist für den Gesamtkomplex von größter Wichtigkeit.

Ja, alles ist da, in bester Ordnung. Und der übrige Krempel, ohne den kein echter Schuppen auskommt. Rechen, Hacken, Schaufeln, Schnüre, Fäustlinge, Skier, Hammer, Stampfer, Spaten. Alles in bester Ordnung.

Ich drücke dem Leblosen die Augen zu.

Unter deinen Lidern stehst du auf.

12.16

Was knurrt und zetert der Viki so da draußen?

Ich gehe vor die Tür, aber der Hund ist nirgendwo zu sehen. Ich ruf ihn, aber er kommt nicht.

Jemand kommt aus dem Schuppen.

Was mach ich jetzt? Wer ist das?

Er kommt näher. Es ist der Jogger.

Wo ist Viki?

Was hat das zu bedeuten?

12.17

Oksanen scheint Angst zu haben, obwohl es keinen Grund dafür gibt.

Möglichst ruhig gehe ich auf ihn zu.

»Recht schönen guten Tag. Ich bin dieser Matti Virtanen. Du erinnerst dich bestimmt.«

»Wo ist Viki?«

»Ach, der Hund? War zornig. Ich hab ihn ein bißchen schlafen gelegt.«

»Wo ist er … der Hund vom Reino …?«

»Er schläft. Drüben im Schuppen.«

»Hast du ihm was getan?«

»Nichts Schlimmes. Gehen wir ins Haus.«

»Was willst du?«

»Ich bin gekommen, um das Geschäft abzuschließen. Ich habe den Kaufvertrag und hunderttausend Mark Handgeld dabei. Laß uns jetzt reingehen.«

»Die Besichtigung ist erst später …«

»Ich weiß, was ich kaufe.«

»Das kann ich nicht machen …«

»Doch, du kannst. Laß uns jetzt reingehen, damit wir zur Sache kommen.«

»Ich gehe nirgendwohin, ich rufe die Polizei.«

Leider muß ich Oksanen unter dem Arm packen und ihn die Treppe hinauf und ins Haus führen. Wir gehen in die Küche. Dort setzte ich ihn auf einen Stuhl.

»Ich hab dir nichts getan. Verschwinde!«

»Jetzt fang nicht schon wieder an. So ein Hausverkauf ist keine großartige Prozedur. Den Kaufvertrag hab ich schon fertiggemacht.«

Ich nehme die Papiere aus dem Rucksack und lege sie auf den Tisch. Um seine Stimmung zu heben und den Lauf der Dinge zu beschleunigen, ziehe ich aus der Seitentasche das Bündel mit den Geldscheinen und lege es neben die Papiere.

»Das sind hunderttausend Finnmark, Oksanen. Das ist das Handgeld. Die restlichen achthunderttausend bekommst du morgen, wenn die Banken offen haben.«

»Der Preis ist aber eine Million zweihunderttausend.«

»Er ist neunhunderttausend. Das ist der Preis für ein Frontkämpferhaus, wenn es ein Mann von der Heimatfront kauft.«

»Ein was …?«

»Ein Mann von der Heimatfront. Ich bin ein Heimatfrontkämpfer. Dir hat man nach dem Krieg ein Grundstück und den Typenbauplan für dieses Haus gegeben. Ich habe Geschichte studiert. Mir hat niemand die Chance gegeben, in einem kleinen Haus am Stadtrand zu wohnen, obwohl ich meine besten Jahre für mein Zuhause und meine Frau hingegeben habe. Lies dir den Kaufvertrag genau durch, Oksanen, dann verstehst du mich.«

Oksanen nimmt den Kaufvertrag in die Hand und kneift die Augen zu. Ich reiche ihm die Lesebrille von der Spüle.

Ich bin umsonst laut geworden. Wenn Oksanen die Unterlagen sorgfältig durchliest, wird sich alles klären.

12.20

Bei der Polizeiarbeit hat man selten die Gelegenheit, mit der Seele eines Kunden nähere Bekanntschaft zu schließen. Erschwert wird das Ganze dadurch, daß die meisten von ihnen gar keine haben. Darum war es auch so bereichernd, dieses Tagebuch zu lesen. Eigentlich ist es kein Tagebuch, sondern eher eine Kombination von Erinnerungen und Forschungsmaterial.

Wenn der Fall erledigt ist und der Mann seinen Bußgeldbescheid bekommen hat, würde ich gern mal mit ihm über einige Eintragungen reden.

Der Mann hat sich praktisch all dessen schuldig gemacht, was auch nur im geringsten mit Hausfriedensbruch zu tun hat. Das hier ist ein umfassendes, hundertseitiges Geständnis, aber es ist noch viel mehr. Über solche Dinge steht nichts in der Zeitung, weil Leute wie er meistens nur im Amtsgericht interviewt werden. Seine Behauptungen und Schlußfolgerungen sind zum Teil zwar ziemlich plump, unter den Umständen aber verständlich.

Als Frau bin ich in vielen Punkten seiner Meinung, als Polizistin in keinem.

Der Jogger ist ein zäher Mensch, der fest an seine Sache glaubt. Er würde es weit bringen, wenn es ihm gelingen würde, seine Willenskraft auf ein vernünftiges Ziel zu richten. Mit dieser Energie und in dieser Zeit hätte er sich eigentlich ein neues Haus bauen können.

Ich blättere auf dem Balkon in dem Notizbuch, heute habe ich frei. Auf eine komische Weise genieße ich, was da geschrieben steht, ich muß richtig nachdenken, wieso. Ein Teilgrund ist bestimmt, daß mir diese Gegend da persönlich nicht gefällt und die ganze Einfamilienhaus-Idee auch nicht.

Der Strolch hat sich schwer ins Zeug gelegt. Da würde ich nicht so schnell drauf kommen, auf diese Art nach einem Haus zu suchen. Besonders seltsam sind die Beobachtungen und Messungen, die er in seiner Umgebung gemacht hat. Er hat ausgerechnet, wieviel Strom die Grills verbrauchen und wieviel Brennstoff die Rasenmäher. Es gibt in dem Notizbuch auch eine Aufstellung dazu, wie viele Stunden im Sommer die Rasenmäher das Wort haben. Er hat eine ganze Kassette mit dem Knattern aufgenommen und will das Material einer Plattenfirma anbieten. Er findet, man könnte die Kassette bei der Haus-und-Garten-Messe verkaufen.

Bei all dem merkt man, daß der Mann durchaus zu etwas taugt. Es gibt Anspielungen auf eine abgebrochene Ausbildung. Die Art und Weise, wie er sich in das Thema Haus eingearbeitet hat, deutet auf einen Menschen hin, der zu langwieriger Forschungsarbeit fähig ist.

Ich höre dem Rauschen in meinem Kopf zu: *Da schäumt die Freude immerzu und kommt gar nie zur Ruh.*

Oksanen liest den Kaufvertrag, seine Hände zittern, ich verstehe nicht, warum. Seine Augen sind feucht geworden, er wird doch an diesem Freudentag nicht weinen?

»Was sagst du? Prima Bedingungen, nicht wahr?«

»Ich kann nicht … verschwinde. Du kriegst die Uhr und das Geld.«

»Jetzt bring nicht alles durcheinander. Hast du das Papier genau durchgelesen?«

Oksanen nickt.

»Bis zum Ende?«

»Nimm das Geld und alles, was du willst …«

Jetzt verstehe ich gar nichts mehr. Ist meine Klaue zu klein? Ich nehme den Kaufvertrag und lese ihn Oksanen vor.

»Der Käufer verpflichtet sich zu folgendem: Der Verkäufer Taisto Oksanen darf bis zu seinem Tod in dem Haus wohnen bleiben. Sein Zimmer befindet sich im ersten Stock: das ehemalige Zimmer seines Sohnes. Der Käufer verpflichtet sich, Oksanen an jedem Kalendertag des Jahres zwei warme Mahlzeiten zuzubereiten. Auch sonst verfügt Oksanen im Haus über die gleichen Rechte wie der Käufer und seine Familie. Na? Was sagst du? Das ist ein legales Dokument in zwei Ausfertigungen. Fehlen nur noch die Namen. Wärst du so freundlich und würdest hier deinen Namen hinschreiben?«

Ich halte Oksanen den Kaufvertrag hin.

Er fängt an zu schluchzen.

12.22

Er ist groß und böse und macht mit mir, was er will.

Wann kommt Reino?

Ist Viki tot? Warum kommt er nicht und beißt den da?

Wie komme ich hier raus?

Zum Laufen hab ich die Kraft nicht.

Ich kann meinen Namen nicht dahin schreiben.

Kann nicht jemand zur Tür hereinkommen und den da fortschaffen?

12.23

Sini kann ich trösten, aber keinen alten Mann. Wenn Sini weint, nehme ich sie auf den Arm und sage: Mach dir nichts draus, Sini, der Papi hält dich fest.

Begreift der wirklich nicht, um was für ein prima Geschäft es sich hier handelt? Er braucht Kesämaa keine Maklergebühr zu zahlen und darf in seinem Haus bleiben, genauso, wie es früher auf dem Land üblich war. Hier handelt es sich um einen modernen Generationswechsel. Und um die Herstellung des Familienfriedens. In der Substanz handelt es sich um Wiederaufbau.

»Schreib deinen Namen dahin, dann haben wir die Formalitäten hinter uns.«

Er sagt nichts.

Soll ich ihm die Hand führen? Das wäre peinlich, immerhin ist er ein Mann, der an der Front gekämpft und sich mit eigenen Händen sein Haus gebaut hat.

»Schreib jetzt deinen Namen dahin, Oksanen!«

»Eins Komma zwei …«

»Neunhunderttausend, so steht es da, weil ich es so ausgerechnet habe, verdammt noch mal!«

»Ja, aber …«

»Kapierst du Uhu nicht, daß ich nicht mehr Geld habe? Dieser Preis ist der Preis eines Heimatfrontkämpfers, ausgerechnet mit Johnny Rottens Rechenmaschine! Würde ich mir noch dreihunderttausend mehr von der Bank holen, wäre ich in deinem Alter, wenn das Haus abbezahlt ist, und das kann nicht sein. Denk mal drüber nach, in welchem Alter du deine Schulden für das Haus los warst!«

Ich möchte eigentlich nicht schreien, schließlich ist er nicht mein Feind, sondern mein Waffenbruder. Aber wenn ihm so eine einfache Sache nicht einleuchten will!

12.24

Auf dem Fensterbrett liegt das Messer.

Komm ich da dran?

Und ist die Klinge überhaupt noch scharf? Die Martta hat es im Beet benutzt.

Würde er wenigstens einen Meter weggehen, könnte ich's probieren.

Ich schreibe meinen Namen nicht.

Soviel steht fest.

Dieser Mann wird mein Haus nicht kaufen.

Jetzt streck ich den Arm aus, nehme das Messer, stoße zu und renne los ins Freie und lebe.

12.25

Sini steht auf dem Steg vor dem Café Ursula, breitet die Arme aus und lacht.

Kaum hatte sie ihn von drinnen gesehen, mußte sie unbedingt auf den Steg.

So macht's der Papi am großen See, ruft Sini und meint den Päijänne.

Sirkku blickt auf die Uhr. Bald müssen wir gehen.

Mir kommen die Tränen.

Bei dem, was ich durchmache, muß ich ständig und aus den verrücktesten Gründen heulen.

Sini kommt und will wissen, warum ich weine. Die Mama freut sich nur, antworte ich. Stimmt nicht, widerspricht sie. Doch, antworte ich. Wenn man sich freut, weint man nicht, hör auf zu weinen, Mama, bittet Sini. Mach dir keine Gedanken darüber.

Ich schnappe sie mir, da lacht sie, und ihr Lachen steckt mich an, und der Wind wirft mir ihre Haare vor die Augen. Durch die Strähnen hindurch sehe ich die Sonnenpunkte auf dem Meer flackern. Die Möwen schießen von oben herab wie Dolche und nehmen sich, was ihnen zusteht.

12.26

Ich setze das Wasserglas an und spüre einen Stich in der Seite.

Das Glas fliegt auf den Boden, ich schlage mit der Hand aus, sie trifft Oksanens Schläfe, er taumelt auf die Diele zu, ich schwanke hinterher, trete ihm gegen das Bein, er fällt hin, ich schleife ihn in die Küche, setze ihn auf den Stuhl und haue ihm eine herunter. Er schreit und weint und zittert.

Ich spüre etwas Warmes an der Seite, lege die Hand auf die Wunde, sie ist nicht groß. Das blutverschmierte Messer liegt auf dem Fußboden. Ich werfe es ins Spülbecken.

Dann trete ich hinter Oksanen, nehme seine rechte Hand fest in die meine und stecke den Stift hinein. Oksanen schluchzt. Gemeinsam schreiben wir seinen Namen unter den Kaufvertrag. Ein bißchen Blut von meiner Hand mischt sich dazu, auf die Rechtsgültigkeit hat das keinen Einfluß.

Jetzt muß ich ruhig nachdenken.

Ich habe das so nicht gewollt. Oksanen hat das Messer genommen. Ich kann sein Verhalten nicht verstehen. Warum versteht er nicht, wenn man es gut mit ihm meint? Kapiert er wirklich nicht, was ich alles unternommen habe? Wie weit ich ihm in allen Einzelheiten entgegengekommen bin? Niemand in dieser Stadt hat an diesem Sonntag so viel Handgeld bei sich wie ich, niemand ist bereit, den Verkäufer der Immobilie, die er kauft, für den Rest seines Lebens darin zu beherbergen und ihm auch noch zweimal am Tag Essen zu machen. Aus guten Zutaten, mit Sorgfalt und konzentriert und mit Liebe gekocht.

Für den Rest des Tages hatte ich ganz andere Pläne, aber jetzt muß ich ihn in den Keller bringen. Gleichzeitig mache ich Feuer im Saunaofen. Das beruhigt.

12.27

Was macht er jetzt?

Er packt mich unter den Armen.

Die Backe und das Bein tun mir weh.

Gleich sterbe ich.

Wo ist Reino?

Ist Viki tot?

Ich geh zur Martta, falls da der Himmel ist.

Wo ist der Bub? Und seine Frau?

Ich sehe, was passiert. Der Boden und die Türen und die Wände und die Decke, alles bewegt sich, alles ist durcheinander. Die Fersen tun mir weh, sie schlagen auf die Stufen. Bringt er mich gleich um? Bringt er mich in die Sauna? Mir ist schwindlig. Es sticht in der Brust.

Die Martta wartet auf mich.

Das hat sie gesagt.

12.37

Ich seh den Viki gar nicht. Ist Taisto mit ihm spazierengegangen? Wohl kaum. Davon hat er nichts gesagt.

Ich rufe nach Viki.

Hier ist er nicht.

Ich geh an die Tür. Sie ist zu.

Das sieht dem Taisto nicht ähnlich, der weiß doch, daß ich komme.

Neben der Treppe ist ein Kellerfenster, da regt sich was.

Ich bücke mich und gucke nach.

Ich hab ein schlechtes Herz.

Das hält so was nicht aus.

Ein Mann bindet Taisto die Hände auf den Rücken.

Mir springt gleich das Herz raus.

Kein Telefon weit und breit.

Gleich kann ich nicht mehr atmen, es kommt nur noch ein Pfeifen.

Ich gehe an die Straße. Wenn wenigstens Autos kämen oder Leute.

Schaffe ich es bis heim? Ich muß. Da ist ein Telefon. Wo ist Viki? Auch im Keller? Wer ist der Mann? Taisto hat doch nicht viel Geld im Haus. Warum ist der da rein?

12.45

Die Besichtigung fängt erst um halb an, aber nach Hause kann ich nicht. Der Postmann war vor mir da.

Also beschließe ich, nach Maununneva zu fahren, obwohl ich lieber nach Ylistaro fahren und dort unter dem Himmel stehen würde. Der alte Hof würde mich wenigstens ein bißchen beruhigen, auch wenn ich sicher bin, daß Merja gleich am Montag die Scheidungspapiere einreicht. Das Beweismaterial von diesem Rehunen ist evident.

Ich biege auf Oksanens stilles Grundstück ein und gehe zur Tür, sie ist ausnahmsweise zu.

Ich läute.

Niemand macht auf, komisch. Er hat doch ausdrücklich damit gedroht, er werde bei der Besichtigung daheim sein. Vielleicht ist er bei seinem Kumpel. Ich setze mich auf die Schaukel und stecke mir eine Zigarette an.

Die Tür geht auf.

Ein unbekannter Mann kommt heraus und setzt sich mit einem Blatt Papier in der Hand auf die Treppe.

»Kesämaa! Guten Tag. Du kommst eine halbe Stunde zu spät.«

Er schwenkt das Blatt Papier. Ich gehe näher heran. Ich kenne den Mann nicht.

»Was soll das sein?«

»Das ist ein Kaufvertrag. Oksanen hat mir gerade diese Immobilie verkauft.«

»Das ist ein illegales Dokument. Unsere Firma hat einen Vertrag mit dem Verkäufer dieser Immobilie. Die Besichtigung ist um halb zwei. Wer sind Sie?«

»Der Postmann.«

»Was zum Teufel …?«

»Und der Geldmann.«

»Du …?«

»Was ich?«

»Du hast mich und uns die ganze Zeit terrorisiert?«

»Ich habe getan, was ich konnte, um meiner Familie ein Haus in der Hauptstadtregion zu beschaffen.«

»Dieses Papier ist wertlos.«

»Ist es nicht.«

»Du wirst mir die Vermittlungsgebühr bezahlen müssen.«

»Werde ich nicht, weil ich nicht über deine Firma von dem Objekt erfahren habe. Ich habe es selbst entdeckt und mit dem Verkäufer über den Preis verhandelt.«

»Wo ist Oksanen?«

»Er schläft.«

»Ich wecke ihn. So macht man keine Geschäfte.«

»Du weckst ihn nicht. Der Kauf ist nach schwerem Ringen zustande gekommen. Lassen wir den alten Mann einen Moment ausruhen.«

»Das werde ich nicht einfach hinnehmen.«

»Und ob du das hinnehmen wirst. Richte deiner Frau schöne Grüße aus.«

Ich bin kein gewalttätiger Mensch, ich habe noch nie jemanden geschlagen, nicht einmal geschubst. Ich will auch jetzt keine Ausnahme machen, sondern gehe zum Wagen. Ich muß Sutinen und Laakio anrufen. Ich muß sofort ein Brötchen kriegen. Ich muß mich setzen. Wie macht man eine Besichtigung rückgängig? Kann man das überhaupt? Hat ja sogar in der Zeitung gestanden. Ein Arbeitskollege meines Vaters ist mal vom Blitz getroffen worden. Er sagt, bei dem Karren vom himmlischen Vater ist der Reifen geplatzt, jetzt fährt sich's ein bißchen eckig. Auch mich hat gerade der Blitz getroffen. Die Welt ist ein Abgrund, ich bin im freien Fall in Richtung Boden, reiß mir an der Steilwand Hände und Füße auf, kann nichts machen, wer hilft mir? Der Himmel über Ylistaro schrumpft zusammen wie ein riesiges, von Wind und Wetter löchrig gewordenes Stück Plastik.

12.55

Der Dienstapparat klingelt.

Ich lege das Notizbuch auf die Knie und gehe ran.

Endlich einmal verstehe ich von Kohonens Bericht jedes Wort, weil ich den Mann auf dem Schoß habe, von dem er spricht.

Kohonen ist der Meinung, die Situation erfordere eine Sicherheitspatrouille. Der Meinung bin ich auch.

Und weil ich der verantwortliche Oberwachtmeister für das Gebiet bin, muß ich die Leitung übernehmen. Wir vereinbaren, daß ich in den Schützengrabenweg komme.

12.58

Ich bringe Oksanen in eine bessere Position und biete ihm gemischten Fruchtsaft an.

Er ist bei Bewußtsein, läßt aber so den Kopf hängen, daß aus dem Trinken nichts wird.

Ich sage ihm, daß ich Nudelauflauf für uns kochen werde und daß meine Familie auch zum Essen kommt. Der Auflauf ist mein Bravourstück. Ich bedaure, daß er noch eine Weile gefesselt bleiben muß, aber das habe nicht ich mir so ausgesucht.

Ich gehe in den ersten Stock, hole mir, was ich brauche, aus dem Medizinschrank und verbinde meine Wunde. Sie müßte getackert werden, aber das wird wahrscheinlich bis Montag warten müssen.

Ich nehme eine Flasche Mineralwasser aus dem Kühlschrank und setze mich auf das alte Sofa im Wohnzimmer. Ich lege die Füße auf den Tisch, stecke mir eine Zigarette an und blicke auf die Uhr: Der kleine Digi-Mann rennt auf dem Display und bleibt nie stehen.

Ich schaue mich in dem gemütlichen kleinen Wohnzimmer um. Ich habe viel bekommen, dadurch daß ich die Geduld verlor.

Ich rauche so langsam ich kann.

Puls 98.

Was hatte Oksanen für einen Puls im Feuersturm? Wahrscheinlich hämmerte er mit über hundertsiebzig.

Ich gehe in die Küche und stelle das Nudelwasser auf den Herd.

Ich hacke die Zwiebeln und verrühre Eier und Milch.

Ich bräune das Hackfleisch an und würze es leicht, Oksanen scheut wahrscheinlich scharfes Essen. Nur ein bißchen schwarzer Pfeffer, damit es nach etwas schmeckt. Nimmt man zuviel, muß man das Ganze mit Sahne verschneiden, da besteht die Gefahr, daß der Auflauf wäßrig wird.

Ich habe die Menge so geplant, daß wir uns davon morgen noch eine Mahlzeit aufwärmen können. Kommt ein bißchen darauf an, wieviel Sini ißt. Das ist ihr Lieblingsessen.

Ich gehe in den Keller hinunter. Oksanen pfeift, der arme Mann.

Ich lockere die Schnüre und befreie die Hände.

»Aber mach keine Dummheiten!«

Oksanen antwortet nicht.

Ich streiche ihm über die Wange, da hat er einen blauen Fleck.

Das eine Auge ist zu, das andere macht Verrenkungen.

»Taisto.«

Komisches Gefühl, ihn beim Vornamen zu nennen.

»Mmhhh.«

»Willst du Saft?«

Ich halte ihm das Glas an die Lippen, sie öffnen sich ein wenig, ich kann etwas hineinschütten. Ein Teil des Saftes fließt aus dem Mund auf den Hals und von dort ins karierte Hemd. Ich versuche, ihm Kinn und Hals abzuwischen, hebe seinen Kopf an, das eine Auge geht auf. Als Zweiäugiger sieht er für einen Moment aus wie mein Freund. Aber er schaut nicht mich an, sondern zu dem kleinen Fenster hinauf, wo eine Gestalt aufblitzt.

13.02

Ich befehle den Männern, um das Haus herum Stellung zu beziehen, ich selbst gehe zur Tür.

Ich läute.

Kein Laut.

Ich blicke durch das kleine Fenster. Ich sehe einen alten Mann auf einem Stuhl, der Kopf hängt ihm auf die Brust, Virtanen sehe ich nicht.

Ich habe den Männern berichtet, um was für einen Fall es sich handelt und sie ausdrücklich davor gewarnt, überstürzt zu handeln.

Der Mann, der das Notizbuch geschrieben hat, ist kein Irrer im klassischen Sinn, er will nur seine Familie zurückhaben.

Er ist nicht vorbestraft, wohl kaum bewaffnet, aber er hat einen Willen, und zwar einen festen.

Ich habe auch betont, daß kein Alkohol im Spiel ist.

Luoma trägt einen toten Spitz aus dem Schuppen heraus.

Ich läute noch einmal.

Ich öffne die knarrende Briefschlitzklappe und halte meinen Mund daran.

»Matti Virtanen! Hier spricht Oberwachtmeister Marita Kalliolahti. Kommen Sie heraus, dann klären wir die Situation in aller Ruhe.«

Keine Reaktion.

Ich gehe die Treppe hinunter zu dem kleinen Fenster und versuche hineinzuspähen. Die Sonne blitzt auf der Scheibe, sie bildet eine schimmernde Folie, und ich kann nichts sehen. Ich hole das Megaphon aus dem Wagen.

13.04

Sie kommen und machen alles kaputt. Denen ist alles egal, und sie verstehen nichts. Sie haben von dem Ganzen hier keine Vorstellung. Sie glauben, ich hätte Böses im Sinn.

Jetzt kochen die Nudeln über.

Ich renne in die Küche, schiebe den Topf halb von der Platte und schütte das Wasser ab. Die Nudeln haben ein bißchen zu lange gekocht. Man kann sich hier auf nichts mehr konzentrieren. Ich fette die Auflaufform ein, vermische die Zutaten und gieße die Eier-Milch-Mischung dazu. Über alles streue ich etwas geriebenen Käse. Ich schiebe die Form in den Ofen und schaue aus dem Fenster. Ein Mann in blauer Uniform steht an der Weißdornhecke und spricht zu seiner Schulter.

Ich gehe in den Keller und sage Oksanen, das Essen sei in vierzig Minuten fertig. Er brummt und deutet auf das Saftglas. Ich gebe es ihm. Jetzt geht der ganze Saft in den Mund. Alles regelt sich.

Ich erzähle Oksanen, daß Nudelauflauf nur eines der Grundrezepte aus meinem Repertoire sei, bei uns werde er nahrhafte finnische Kost von A bis Z bekommen.

Wir müssen bloß verhindern, daß die da draußen alles kaputtmachen.

13.05

Kohonen kommt und teilt mir mit, daß eine Frau und ein kleines Mädchen am Gartentor stehen. Die Frau behauptet, sie wäre mit Matti Virtanen verheiratet.

Ich gehe zu ihnen, stelle mich vor und berichte ihnen, was ich weiß.

Die Frau fängt an zu weinen. Das kleine Mädchen hält sich am Bein seiner Mutter fest.

Wir vereinbaren, daß sie sich im Streifenwagen auf den Rücksitz setzen.

Ich beruhige die Frau und sage ihr, wir hätten die Situation vollkommen unter Kontrolle.

»Wir rufen Sie, wenn es die Lage erfordert.«

Einer der Männer bleibt bei der Frau und dem Mädchen im Wagen, ich selbst gehe mit dem Megaphon zu dem kleinen Fenster.

»Hier ist immer noch Oberwachtmeister Marita Kalliolahti. Matti Virtanen, komm ganz ruhig raus. Ich habe dein Notizbuch! Hörst du, du wirst mit sehr wenig davonkommen!«

13.06

Sie hat meine Aufzeichnungen gelesen, die Arbeit von Monaten gestohlen.

Wie kann sie es wagen!

Ich recke mich auf Zehenspitzen zum Fenster, öffne es einen Spalt. »Verschwindet! Das hier ist ein normaler Hauskauf, sonst nichts!«

»Du hast einen alten Mann als Geisel!«

»Das ist keine Geisel, er bleibt hier wohnen. Wir haben einen Vertrag darüber. Verlaßt mein Grundstück!«

»Das können wir nicht! Du mußt herauskommen, oder wir kommen hinein!«

»Das könnt ihr nicht, das ist mein Haus!«

Ich steige auf einen Stuhl, um die Ruferin sehen zu können. Sie ist nicht da, ich sehe den Rasen und ein blaues Auto und durch sein Fenster ins Innere.

Helena und Sini.

Da sitzen sie und warten auf mich.

Meine Liebste. Meine beiden Liebsten.

Sie sind zu früh gekommen.

Macht nichts. Der Auflauf ist bald fertig.

Helena.

Ich sage zu Oksanen, ich würde Helena und Sini holen. Oksanen zittert. Ob ihm kalt ist? Ich muß ihn besser zudecken.

»Ich komme gleich. Dann essen wir.«

Ich gehe die Treppe hinauf, in die Diele, mache die Tür zum Licht auf. Die Sonne blendet mich, ich kann keine Einzelheiten erkennen und lege beide Hände als Schirm über die Augen.

Meine Handgelenke werden ergriffen.

Man dreht mir die Arme um.

Es klickt.

Für einen Augenblick biegt der Wind einen Zweig der großen Birke vor die Sonne, und ich kann die beiden sehen.

13.07

Ich sitze auf der Gartenschaukel unter den Apfelbäumen und lasse die nackten Füße über das Gras gleiten. Es ist ein Nachmittag im August, ich habe den Ofen eingeschaltet. Bald werden sie aus dem Auto steigen, und wir werden gemeinsam in die Sauna gehen. Zuvor aber werde ich den Menschen verpflegen, der mir alles gegeben hat, was er besitzt.

Dort in der hohen Birke singt ein Vogel. Was für einer? Den ganzen Tag habe ich dem lauten Rufen und dem ungleichmäßigen Rhythmus meines Herzens zugehört, und jetzt erkenne ich nicht, was da mit eigener Stimme Botschaften aussendet. Ein sanfter Wind rauscht in die Birke und nimmt den Vogel mit. Ich blicke in die Höhe, nehme die Füße von der Erde, die Schaukel versetzt mich leicht in Bewegung. Mir wird schwindlig. Die Anstrengung des Tages hat den Sauerstoff in meinem Gehirn aufgezehrt. Selbst als ich die Schaukel anhalte, kommt es mir noch vor, als schlüge die Erde kleine Wellen.

PIPER ORIGINAL

Karin Fossum

Also, von mir aus

Roman. Aus dem Norwegischen von Gabriele Haefs.
221 Seiten. Klappenbroschur

Intelligent, sympathisch, tolerant. Ja, das war er, jedenfalls würde Jonas sich selbst so beschreiben. Ein Wunder eigentlich, daß noch keine Frau diese Qualitäten des Mittdreißigers erkannt hatte. Aber es war nur eine Frage der Zeit, bis ihm die richtige über den Weg lief: Lillian war klein, mollig und unsicher. Aber sie kochte fabelhaften Kaffee, und sie erzählte ungeheuer fesselnd von ihrer Arbeit als Bohnensortiererin. Folgerichtig stellte Jonas bald die unvermeidliche Frage: »Willst du mich heiraten?« – »Von mir aus«, lautete Lillians schlichte Antwort. Und das war nur der Anfang …

04/1037/01/R

PIPER ORIGINAL

K. L. McCoy

Mein Leben als Fön

Abenteuerroman. Aufgeschrieben von Tilman Rammstedt, Michael Ebmeyer, Florian Werner und Bruno Franceschini. 204 Seiten. Klappenbroschur

Als mysteriöser Phoinos philosophiert er über die Kunst des Haartrocknens, und als ›Mann mit dem Fön‹ lernt er im Zuchthaus den Marquis de Sade kennen – K. L. McCoy, dessen einzigartigen Lebensbericht wir hier studieren können, ist ein Held von verblüffender Langlebigkeit und außergewöhnlichen Begabungen: Sein Charme betört die stolzesten Frauen, seine Schießkünste verstören sogar die Banditen am Rio Grande, und ein paar schwermütigen Karibikbewohnern schenkt er das Lachen. McCoy, der mutige Zeitreisende, kennt nur eine Schwäche – seine Obsession für den Fön. Seine Abenteuer sind ungezählt und hier zum ersten Mal nachzulesen.

04/1038/01/R

PIPER

Annette Pehnt

Insel 34

Roman. 189 Seiten. Gebunden

»Ich habe nie so getan, als ob ich die Insel kenne, und ich bin die einzige, die wirklich hinfahren wollte. Die Seekarten hatte ich mir schon gekauft, bevor ich Zanka überhaupt kannte.«

Zanka roch nach Vanille und Zigaretten, und er brachte ihr bei, wie man liebte. Aber auch Zanka konnte sie nicht davon abhalten, auf die Inseln vor der Küste zu fahren. Keine von ihnen trug einen Namen, sie waren numeriert. Und Insel Vierunddreißig war ihr Ziel, dorthin wollte sie, den Jungen mit den geraden Augenbrauen finden und herausbekommen, ob ihr Herz schneller schlug.

Die eigenwillige Ich-Erzählerin in Annette Pehnts neuem Roman hofft auf das Erwachen ihrer Leidenschaft, das Leben zu spüren ist ihr Wunsch. Unbeirrt versucht sie, ihm mit Forschergeist und der Beherrschung eines ungewöhnlichen Instruments näherzukommen.

01/1327/01/R

PIPER

Radek Knapp
Papiertiger

Eine Geschichte in fünf Episoden. 152 Seiten. Gebunden

Nach seinem filigranen Roman »Herrn Kukas Empfehlungen« erzählt Radek Knapp auch in seinem neuen Buch die Geschichte eines tragikomischen, zutiefst sympathischen Helden, der auf der Suche nach seiner Berufung ist. Aber was fängt man an, wenn man die ersten zwei Jahrzehnte seines Lebens sorglos zugebracht hat? Walerian folgt seiner Intuition, die ihm dringend vom eingeschlagenen Astronomiestudium abrät. Vielleicht sollte er schreiben? Angesichts besorgniserregender Finanzen arbeitet er einstweilen als Krankenpfleger und Weihnachtsengel, »weiß Gott, warum er sich so entschieden hatte«. Bis eines Tages das Kuvert eines Verlegers in seinem Briefkasten liegt, sein Manuskript sei großartig. Damit ändert sich Walerians Leben schlagartig: Kein Glücksritter würde die Gunst der Stunde und die schöner Bewunderinnen ausschlagen! Aber ist der Erfolg Walerians wahre Berufung? – »Papiertiger«, die Geschichte eines Optimisten, der vorübergehend zum Pessimisten wird.

01/1258/02/R

PIPER ORIGINAL

Nadja Sennewald

RunRabbitRun

Roman. 255 Seiten. Klappenbroschur

»Okay, ich ruf dir jetzt 'n Krankenwagen« – Kookie ist stinksauer, ihr Bike hat die fette Acht. Aber der dreckverschmierte Typ, den sie gerade angefahren hat, stöhnt, und Blut läuft ihm aus der Nase. Er will keinen Krankenwagen, und Kookie spürt, daß irgendwas faul an ihm ist. Trotzdem nimmt sie ihn mit nach Hause, im Zickzack durch die Stadt, damit sie durch keinen Security-Check müssen. h. b., Kookies Freundin, schnallt dann sofort, was mit dem Typ los ist: Der ist »Hase« in dieser abgefahrenen Gameshow. Wenn er nicht gefangen wird, kassiert er in drei Wochen die 1 Million-Euro-Prämie. h. b. und Kookie schließen einen Pakt mit ihm …

04/1039/01/R